Georgische Kurzgeschichten

Georgische Kurzgeschichten

Georgisch–Deutsch

Ausgewählt, übersetzt und erläutert von
Steffi Chotiwari-Jünger
unter Mitarbeit von
Artschil Chotiwari

BUSKE

The book is published with the support of the Georgian National Book Center
and the Ministry of Culture and Monument Protection of Georgia

GEORGIAN
NATIONAL
BOOK
CENTER

MINISTRY OF CULTURE
AND MONUMENT PROTECTION
OF GEORGIA

Elektronische Erfassung der georgischen Texte:
Maja Gwischiani-Lisowski.

Bibliografische Information der Deutschen Nationalbibliothek

Die Deutsche Nationalbibliothek verzeichnet diese Publikation
in der Deutschen Nationalbibliografie; detaillierte bibliografische Daten
sind im Internet über ‹https://portal.dnb.de› abrufbar.

ISBN 978-3-87548-774-9

Satz: Kontrapunkt, Bautzen. Druck und Bindung: Strauss Offsetdruck, Mörlenbach. Bindung: Litges + Dopf, Heppenheim. Gedruckt auf säurefreiem, alterungsbeständigem Papier: alterungsbeständig nach ANSI-Norm resp. DIN-ISO 9706, hergestellt aus 100 % chlorfrei gebleichtem Zellstoff. Printed in Germany. **www.buske.de**

Inhaltsverzeichnis

Vorwort

Mit diesem Buch werden einerseits Leser guter und interessanter georgischer Literatur des 20./21. Jahrhunderts auf ihre Kosten kommen, andererseits soll Georgisch-Lernenden das Lesen georgischer Originalliteratur erleichtert werden.

Bei der Auswahl der 14 Kurzgeschichten waren für mich vor allem literarische Qualität, Unterhaltungswert, Vielfalt sowie die Vermittlung von Wissen über Georgien wichtig, gepaart mit den verschiedenen Erzählweisen und -formen: episch, lyrisch, dramatisch, essayistisch ... Äußerst wortkarge Miniaturen wechseln mit (Kurz-)Erzählungen, mit Prosa in Gedichtform sowie einer Roman-Miniatur mit folkloristischen, philosophischen und psychologischen Merkmalen.

Die auf der rechten Seite angebotenen Übersetzungen mussten die zwei oben angedeuteten Lesarten berücksichtigen. Für den ersten Leser sollten die Übertragungen gut lesbar und erquicklich sein, für die Lernenden musste eine möglichst nachvollziehbare, nicht zu freie Übersetzung geboten werden – eine nicht immer leichte Gratwanderung. Der erste Leser könnte demnach vielleicht den Vorwurf einer zu wortwörtlichen Übersetzung vorbringen, der Lernende jedoch eine noch genauere Übertragung und weitergehende Erklärungen vermissen. Wir sind hoffentlich beiden Lesergruppen gerecht geworden.

Die georgischen Namen wurden wie im Deutschen üblich wiedergegeben und nicht in der englischen Passvariante (Nodar Dumbadse und nicht Nodar Dumbadze; Rewas Inanischwili und nicht Revaz Inanishvili usw.), um dem deutschen Leser die Aussprache zu erleichtern. In den Erläuterungen werden sowohl historische, ethnografische u. a. Hinweise gegeben als auch Tipps für Georgisch-Lernende zum Auffinden der Vokabeln in Wörterbüchern, sodass sie für beide Leserarten von Gewinn sein können. Außerdem kann es für Leser der (nur) deutschen Variante auch interessant sein, zu erfahren, dass es im Georgischen kein grammatisches Geschlecht gibt und wie die Suche nach diesem für den Übersetzer „eine ganze Wissenschaft“, ein Versteckspiel oder eine ausgedehnte Reise werden kann.

Dem Georgisch-Lernenden werden die zwei besten und größten Wörterbücher Georgisch–Deutsch empfohlen:

- das für Deutsche zum Übersetzen unverzichtbare dreibändige *Georgisch-Deutsche Wörterbuch* von Kita Tschenkeli, 1960–1974, 3 Bd.
- und das 2009 in Georgien erschienene *Georgisch–Deutsche Wörterbuch* von Rusudan Sekalaschwili, das für Georgier konzipiert ist und für Deutsche als zweites Wörterbuch zum Einsatz kommt, besonders bei neuerer Terminologie oder im Tschenkeli nicht vorhandener neuer Lexik.

In beiden Büchern nicht enthaltene Wörter könnten auf der Internetplattform www.ena.ge zu finden sein oder im erklärenden Wörterbuch „kartuli enis ganmart'ebiti leksik'oni" I.–VIII. der Jahre 1950–1964.

Die Georgisch-Lernenden können ihre eigene Lese- und Lernabfolge festlegen nach der Länge der Texte, der Menge der zusätzlichen Informationen oder anderen Kriterien auswählen. Ihnen sei empfohlen, mit der Erzählung von Chwedelidse zu beginnen, denn sie ist im Präsens geschrieben; somit sind die Probleme mit den überaus schwierigen georgischen Verben darin nicht so groß. Fortsetzen könnte man mit der Erzählung von Bughadse, denn hier gibt es des Öfteren (künstlerisch durchaus berechtigte) Wiederholungen, die dem Lernenden entgegenkommen. Bei besonders fortgeschrittenen Georgisch-Lernenden werden die deutschen Texte als Hilfe dienen, um nicht jedes einzelne Wort im Wörterbuch nachschlagen zu müssen.

Die meisten der 14 Erzählungen von 9 Autoren erscheinen in diesem Buch zum ersten Mal. Die Erzählung „Hund" wurde bisher lediglich in einer verkürzten Form angeboten, sodass sie hier erstmals vollständig abgedruckt vorliegt. Sie gehört zu meinen georgischen Lieblingserzählungen. Zwei Geschichten „Der Vater" und „Die Legende vom Dudelsack" sind bereits in einer wissenschaftlichen Zeitschrift bzw. in einem themengebundenen Sammelband (zum Thema „Dudelsack") veröffentlicht worden. Sie werden in diesem Buch einem breiteren Publikum zugängig gemacht. Die Erzählung von Lascha Bughadse, die anlässlich des „Literatur-Expresses"[1] im Jahre 2000 entstand, wurde damals im Internet veröffentlicht, wo sie später zusammen mit allen anderen Werken aus mir unbekannten Gründen gelöscht wurde.

Gleichzeitig muss aber auch darauf hingewiesen werden, dass die genannten Erzählungen für das vorliegende Buch neu bearbeitet, vervollständigt und durch Erklärungen oder Varianten ergänzt wurden. Nichts-

1 „Um Europa zu erzählen, müssen sie Europa erfahren: 106 Dichter und Dichterinnen aus 43 Ländern steigen in den LITERATUR EXPRESS EUROPA 2000."

destoweniger danken wir den entsprechenden Verlagen für ihr Einverständnis zur erneuten Veröffentlichung.

Die Erzählung „Der Kasten" wird faktisch im georgischen Original wiederhergestellt zugänglich gemacht und damit „gerettet", da sie sowohl beim Autor als auch beim Verlag in den schwierigen 1990er Jahren verloren gegangen war. Vielen Dank an Dato Barbakadse, der sie wiederentdeckt hat – nach einer halbjährigen, intensiven, doch leider erfolglosen Suche meinerseits.

Ana Mcheidses Werk wurde im Georgischen bisher lediglich im Selbstverlag ihres Bruders publiziert, sodass die Veröffentlichung ihrer Erzählung in der georgischen Originalversion eine wertvolle Bereicherung und Wertschätzung darstellt.

Kaum sichtbar ist die Mühe, die mit einer solchen Auswahl verbunden ist. Nicht nur die Übersetzungsrechte waren für jede Kurzgeschichte zu klären und abzusprechen, auch die Aufbereitung der georgischen Originaltexte stellte sich als ein echter Kraftakt dar, da die meisten Texte nicht digitalisiert waren. Maja Gwischiani-Lisowski danke ich daher sehr für die entsprechende Texterfassung.

Für alle Leser, die das georgische Original und die Übersetzung parallel lesen, sei hier noch auf wiederkehrende Veränderungen des deutschen Textes gegenüber dem georgischen hingewiesen:

- Bei Wiederholungen von Wörtern (was in manchen Sprachen als normal gilt) haben wir meist unterschiedliche Synonyme benutzt.
- Im Georgischen entspricht die 3. Person Plural dem deutschen „sie" oder „man". c'eren – sie schreiben, man schreibt. Die „man"-Formen werden im Deutschen sehr oft durch die elegantere deutsche Passivkonstruktion wiedergegeben.
- In den georgischen Erzählungen und der Prosa überhaupt können die Zeiten der Verben bunt durcheinander angewendet werden (wie in vielen anderen Sprachen ebenfalls), z. B. wird nach Vergangenheitsformen einfach im Präsens weitererzählt. Im Deutschen klingt es einfach besser, in vielen Fällen die Zeitform dem deutschen Sprachempfinden anzupassen und ebenfalls in einer Vergangenheitsform fortzuführen.
- Georgische Verbalnomen im Nebensatz wurden meist umgewandelt in Verbalkonstruktionen mit „zu" (ich begann das Schreiben – ich begann zu schreiben) oder in Adjektive (mit Staunen – staunend).
- Ikit-akit wurde durch „um, herum" ersetzt. Er sah hierhin und dorthin – Er sah sich um.

- Der Dativ wird oft umgewandelt in ein Possessivpronomen: hing mir am Hals – hing an meinem Hals.
- Substantive im Nominativ müssen im Deutschen mitunter im Plural wiedergegeben werden.
- Wendungen wie „Ich und Mutter“, „ich und mein Mann“ werden im Deutschen mit „Mutter und ich“, „Mein Mann und ich“ wiedergegeben.
- Die Satzzeichen werden mitunter geändert und dem Deutschen angepasst, zum Beispiel: „Geh!“ statt „Geh.“. „Bist du nicht recht bei Verstande!“ statt „Bist du nicht recht bei Verstande.“

Ich hoffe, dass sich die Mühe gelohnt hat und ein interessanter, inhalts- und formenreicher Leseeindruck georgischer Kurzerzählungen entstanden ist und sich auch die Beschäftigung mit der Gegenüberstellung Georgisch–Deutsch als fruchtbringend erweist.

Berlin, im September 2016 Steffi Chotiwari-Jünger

Niko Lortkipanidse

Das Herz
Eine ungewöhnliche Liebe
Kummer

ნიკო ლორთქიფანიძე

გული
უცნაური სიყვარული
სევდა

ნიკო ლორთქიფანიძე

გული

მოკვდა.

დის ნაზ ხელს არ გაუსწორებია სასთუმალი; იდუმალის მწუხარებით არ შემოუხედავს ავადმყოფის ოთახში სატრფოს თვალებს; ნაცნობებს არ მოუკითხავთ; უკანასკნელ წამს შენდობა არ მიუღია იმ მშვიდ და წყნარ ადამიანისგან, რომლის ძალა აღარ სწამდა. მაგრამ დამამშვიდებელი სიტყვების მისგან გაგონება მაინც უნდოდა; დედას არ დაუყრია ცხარე ცრემლები.

მოკვდა უცხოეთში.

– ათასი სნეულებით იყო ავად, არავითარმა წამალმა არ იმოქმედა, იმართლებდა თავს ამხანაგთა წინაშე ექიმი.

ცხედარი გაჭრეს.

პროფესორმა ხელები ჩამოუშვა და გაკვირვებულმა წამოიძახა:

– შეხედეთ, ბატონებო, ეს რა ამბავია?!

ერთმანეთს შესცქეროდენ.

– ბატონებო, გული, გული, სადღაა?

გულის მაგიერ ფერფლი-ღა დარჩენილიყო.

დეპეშით გაგებული უბედურებისაგან თავზარდაცემული დედა შევარდა საყვარელი შვილის ობლად დატოვებულ ოთახში. ქვითინებდა: ასე გამომიმეტე ქვრივი ოხერი? სადაა შენი კარგი გული, ამდენის ვაით და უით რომ ჩაგიდგი საგულეში?

კედლიდან პატარა რუქამ გასცა პასუხი:

– მე დავაჭკნე!

– მე დავწვი! – გახმაურდა სურათი მაგიდაზე.

სიტყვები არავის გაუგონია.

1908

Niko Lortkipanidse

Das Herz

Er[1] war gestorben.

Die zarte Hand der Schwester hatte das Kopfkissen nicht zurechtgerückt, die Augen der Geliebten hatten nicht mit heimlicher Traurigkeit ins Krankenzimmer geblickt, die Bekannten nicht nachgefragt; er hatte von jenem friedlichen, ruhigen Menschen, an dessen Kraft er nicht mehr glaubte, von dem er aber wenigstens beruhigende Worte vernehmen wollte, im letzten Augenblick keine Sündenvergebung erhalten; die Mutter hatte keine heißen Tränen vergossen.

Er war im Ausland gestorben.

„Er besaß tausenderlei Krankheiten, keinerlei Arznei hatte geholfen", verteidigte sich der Arzt vor seinen Freunden.

Der Leichnam wurde aufgeschnitten.

Der Professor ließ die Hände hinunter gleiten und rief voller Erstaunen:

„Sehen Sie, meine Herren, was ist denn hier los?!"

Sie blickten sich gegenseitig an.

„Meine Herren, das Herz, das Herz, wo ist es bloß?"

Anstelle eines Herzens war irgendein Überrest[2] verblieben.

Die vom Unglück durch ein Telegramm informierte, erschütterte Mutter trat in das verwaiste Zimmer des geliebten Kindes. Sie schluchzte: „Warum hast du mir, einer armen Witwe, das angetan? Wo ist dein gutes Herz geblieben, das ich dir mit so viel Mühe und Leid in deinen Herzbeutel gelegt habe?"

Von der Wand gab eine kleine Landkarte eine Antwort:

„Ich habe es verwelken lassen!"

„Ich habe es verbrennen lassen!", lärmte ein Foto auf dem Tisch.

Die Worte vernahm niemand.

1908

უცნაური სიყვარული

მინდა ხელუხლებელ, კლდოვან ნაპირზე მარტოდმარტო ვიჯდე... არავინ იყოს ირგვლივ... ზღვა ოდნავ ტორტმანობდეს; მისი ხმა არც ისმოდეს.

მაშინ ვოცნებობ შენზე. ზღვის პირზე შენი სახე წარმომიდგება...

არ მინდა არც შენი სიახლოვე, არც შენი სიყვარული, არც თანაგრძნობა...

მაღალი ზღვის ნაპირი... თვალუწვდენელი ჰორიზონტი და შენზე ოცნება!

ამ უცნაურის სიყვარულის ახსნას ყური მოვკარი ბაღის მივარდნილ კუთხეში, სადაც ერთიმეორეზე უფრო ყმაწვილი ქალ-ვაჟი იჯდა.

1909

სევდა

(რომანი-მინიატურა სამ ნაწილად)

1

მთელი ცხოვრება ამ ადამიანისა სევდამ მოქსოვა.

პირველად რომ გადმოიხედა ლოგინიდან ახლად გამოღვიძებულმა, დაინახა მწუხარედ მომღიმარე სახე გაყვითლებული ქალისა და მაღალქოჩორიანი კაცის, რომელნიც ალერსით მას შეჰყურებდნენ. იყვნენ მშობლები, და მწუხარე ღიმილს სევდიანი ღიმილით უპასუხა.

2

თეთრ ბალდახინძე იდვა კუბო. შავი ცხენები შავი სუტანით. ცოტა აცილებდა.

მამა და შვილი წყნარის ნაბიჯით უკან მიჰყვებოდნენ.

მამა არ ტიროდა.

ბავშვი ფიქრობდა: მამას უფრო უყვარვარ თუ დედას? მამას ძაან უყვარვარ, მარა დედას კიდო სხვანაირად. აი ახლა, დედა უსათუოდ იფიქრებდა: დამეღლება ჩემი ბიჭიკოვო და თავისთან დამსვავდა.

Eine ungewöhnliche Liebe

Ich will an einem unberührten, felsigen Ufer mutterseelenallein dasitzen ... Niemand soll ringsherum da sein ... Das Meer soll etwas wogen und seine Stimme nicht zu hören sein.

Dann träume ich von dir. Am Ufer des Meeres stelle ich mir dein Gesicht vor ...

Ich will weder deine Nähe, noch deine Liebe, auch nicht dein Mitgefühl ...

Das Ufer des hohen Meeres ... Der für das Auge unerreichbare Horizont und der Traum von dir!

Das Geständnis dieser ungewöhnlichen[3] Liebe vernahm ich in der abgelegenen Ecke des Gartens, wo einst ein Mädchen und ein Bursche, eines jünger als der andere, saßen.

1909

Kummer

Roman-Miniatur in drei Teilen

1

Der Kummer dieses Menschen webte das ganze Leben.

Als der gerade erst Erwachte zum ersten Mal[4] aus dem Bett herübersah, erblickte er das betrübt lächelnde Gesicht einer fahlen Frau und eines Mannes mit hohem Haarschopf, die ihn zärtlich ansahen. Es waren seine Eltern, und der Betrübte antwortete ihnen mit einem kummervollen Lächeln.

2

Auf dem weißen Leichenwagen stand ein Sarg. Schwarze Pferde mit einer schwarzen Soutane. Er entfernte sich etwas.

Vater und Sohn liefen mit ruhigen Schritten hinter ihm her.

Der Vater weinte nicht.

Das Kind dachte: „Liebt mich Papa mehr oder die Mama? Vater liebt mich sehr[5], aber Mutter noch[6] anders. So wie jetzt, die Mutter hätte unbedingt daran gedacht, dass ihr kleiner Junge[7] wird ermüden könnte und hätte mich zu sich setzen lassen."

დედა! – უნდოდა ხანდახან წამოეძახა ბავშვს, მაგრამ როგორც წაიწევდა წინ, მამა, რომელსაც მისი ხელი ეჭირა, შეაჩერებდა და მზრუნველობით დაიხრებოდა მისკენ... თვალს ამოსწმენდდა. ბავშვი კი მორცხვად მიიხედ-მოიხედავდა და ორ-სამ ცრემლს გადმოუშვებდა, ხელის ზურგით ჩუმათ ამოიწმენდდა თვალს და ისევ დაიწყებდა ფიქრს.

– დედა ახლა წევიდა. მამამ მითხრა, აღარ მოვაო... დიდხანს არ მოვა, თვარა მერე მოვა... მე არ დავიძინებ... სულ ვუცდი, ვუცდი... მერე ყველა რომ დაიძინებს, მაშინ მოვა ჩემთან. ჩემ უნახავად ვერ გაძლებს დედა! – წამოსცდებოდა ბავშვს, მორცხვად თავს ჩაჰკიდებდა, ფეხის გადადგმა ოდნავ აერეოდა და ისევ მარჯვეთ გადააბიჯებდა ფეხს, რომ მამას გვერდში კარგად გაჰყოლოდა.

საფლავში ჩაასვენეს. ბალდახინი წავიდა. ორიოდე ნაცნობიც მიიმალა.

დარჩნენ ორნი, სევდით ერთად შედუღებულნი.

დღე ღამეს ეყრებოდა. ფერმიხდილი მზე ჩაესვენა. მწუხარე, დანაოჭებული ცა დარჩა.

სევდა!

3

დედას სევდამ ოჯახისაგან მოუსპო დღე.

მამამ ვერ გაუძლო უძლურების სევდას.

შვილი შეიწირა სევდამ სოფლისამან.

1944

„Mama!“, wollte das Kind ab und zu rufen, aber sobald es nach vorn zog, hinderte der Vater, der seine Hand hielt, es daran und beugte sich besorgt zu ihm hin ... Er wischte ihm über das Auge. Das Kind jedoch sah sich schüchtern um und vergoss zwei, drei Tränen, fuhr sich heimlich mit dem Handrücken über das Auge und begann wiederum nachzudenken.

„Mama ist jetzt weggegangen[8]. Vater hat mir gesagt, sie wird nicht mehr wiederkommen ... sie wird lange nicht kommen, letztendlich wird sie dann schon kommen ... Ich werde nie schlafen ... warte immerzu auf sie, warte auf sie ... Dann, wenn alle schlafen werden, dann wird sie doch zu mir kommen ... Sie kann es doch nicht aushalten, mich nicht zu sehen.“

„Mama!“, entschlüpfte es dem Kind, es ließ den Kopf schüchtern hängen, stolperte kurz mit den Beinen und schritt dann wieder behänd aus, um dem Vater gut folgen zu können.

Sie wurde ins Grab hineingelegt. Der Leichenwagen fuhr davon. Auch die wenigen Bekannten gingen eilig weg.

Sie blieben zu zweit, durch ihren Kummer eng verbunden.

Der Tag wurde durch die Nacht abgelöst. Die bleiche Sonne legte sich zur Ruhe, der runzelige Himmel blieb.

Kummer!

3

Die Mutter ist am Kummer um die Familie zugrunde gegangen.

Der Vater konnte den Kummer seiner Schwäche nicht verwinden.

Das Kind wurde dem Kummer der Welt ausgeliefert.

1944

Anmerkungen

1 Aus dem Text geht nicht direkt hervor, ob es sich bei dem gestorbenen Menschen um eine Frau, einen Mann oder Kind handelt. Wir tasten uns an eine Entscheidung heran: Zunächst stellen wir fest, dass es sich um einen Erwachsenen handelt, denn der Mensch ist ohne Schwester, Mutter und Geliebte(n) im Ausland gestorben. Ob es sich um einen Mann oder eine Frau handelt, erkennen wir an zwei Hinweisen:
1. Die Erzählung ist 1908 erschienen. Zu dieser Zeit weilten georgische Frauen nur äußerst selten im Ausland.
2. Das Wort სატრფო wird eher für eine Frau („Geliebte“) genutzt als für einen Mann („Geliebter“).
Daneben gibt es die Möglichkeit, Literaturkritik zu lesen: Sergi Tschilaia სერგი ჭილაია (fast ein Zeitgenosse N. Lortkipanidses) schreibt in seinem Buch „ოცწლეული (1921–1940) – წლები და პრობლემები“ auf S. 327/328 über die Hauptgestalt der Eskise „Das Herz“ und spricht von einem Mann, von einem georgischen Patrioten.

2 eigentlich: irgendeine Asche.

3 das -s des georgischen Adjektivs (უცნაურის) ist eine alte Form. Heute würde an dieser Stelle lediglich უცნაური stehen.

4 პირველათ = პირველად.

5 ძაან (mündlich auch heute noch gebräuchlich) = ძალიან.

6 კიდო (westgeorgisch) = კიდევ.

7 ბიჭიკოკო (westgeorgisch) = ბიჭიკო.

8 წევიდა (westgeorgisch) = წავიდა.

Amiran Ninua

Die Legende vom Dudelsack

ამირან ნინუა

ლეგენდა სტვირზე

ამირან ნინუა

ლეგენდა სტვირზე

ამბავი, რომელსაც მოგითხრობთ, გავიგონე მთის რაჭის ძველთაძველ სოფელ გლოლაში, სადაც დღემდე შემონახულა ძველი ქართული ენა და ადათ-წესები.

ერთ დღეს სოფელში ხმა დაირხა: რაჭაში სახელგანთქმული მესტვირე ზაქარია ერაძე ამოსაულა და ამაღამ ნახშობაზე იქნებაო.

მისი ნახვა მეც მაინტერესებდა. ბევრი რამ მსმენოდა სტვირის ამ ვირტუოზზე. მოუთმენლად ველოდი დაღამებას და სანახშოზე წასვლას.

– ფარახეთი ხომ გაგიგონია? – მეკითხება მასპინძელი. – ჩვენში ამ სოფელს სტვირის სამშობლოს ეძახიან. ზემო რაჭის ერთ-ერთი ლამაზი სოფელია. სანამ ონში მოხვიდოდე, ქვევით, რიონის ხელმარცხნივ, ფერდობზეა შეფენილი...

არსებობს ლეგენდა ამ სოფლის წარმოშობაზე. მას ფესვები შორეულ წარსულში აქვს გადგმული.

... იმ წყეულ დროს, რომელსაც ხალხმა „დიდი თურქობა“ შეარქვა, თურმე მთელი რაჭა გახიზნულა ფარახეთში, რომელიც მტრისათვის მიუვალი ყოფილა. ხიზნებს აქ ჩამოურეკავთ პირუტყვი, ფარეხებით დაუფარავთ სოფელი. ფარახეთიც სწორედ ამიტომ უწოდებიათ ამ სოფლისთვის.

ვაჟკაცები დღედაღამ დარაჯობდნენ ნახირს, და ზამთრის გრძელ ღამეებში რომ არ დასძინებოდათ, შემოუსხდებოდნენ შუაცეცხლს და უკრავდნენ სტვირს, თხზავდნენ ლექსებს, წარმოთქვამდნენ შაირებს. ასე მომრავლებულან თურმე ფარახეთსი მესტვირეები. ახლაც ყოველი აქაური გლეხი ექსპრომტის მთქმელი და მოშაირეა. ჩვენი ზაქარია ერაძეც ამ სოფლიდან არის. იგი ქართველ მესტვირეთა შორის უხუცესია.

მამამისიც ცნობილი მესტვირე ყოფილა. სოფლიდან სოფელში კარდაკარ დაეხეტებოდა სახალხო მომღერალი, რომ ამ გზით ლუკმაპური ეშოვნა მრავალრიცხოვანი ჯალაბობისათვის. პატარა ზაქარიასაც თან დაატარებდა თურმე მოხუცი...

Amiran Ninua

Die Legende vom Dudelsack

Die Geschichte, die ich Ihnen erzählen möchte, habe ich im uralten Ratscha[1]-Dorf Glola gehört, wo die alte georgische Sprache, die Sitten und Bräuche bis heute erhalten geblieben sind.

Eines Tages wurde im Dorf das Gerücht verbreitet, nach Ratscha sei der berühmte Dudelsackbläser Sakaria Eradse gekommen und würde heute Nacht auf dem Nachschoba[2]-Platz spielen.

Auch mich interessierte es sehr, ihn zu sehen. Vieles hatte ich über diesen Virtuosen des Dudelsacks gehört. Ungeduldig wartete ich auf den Einbruch der Nacht und die Nachschoba. „Du hast doch schon mal von Paracheti gehört?", fragte mich der Gastgeber. „Bei uns nennt man dieses Dorf die Heimat des Dudelsacks. Es ist eines der schönsten Dörfer im Oberen Ratscha. Bevor man Oni erreicht, breitet es sich, vom Rioni aus gesehen, links unten auf einem Hang aus ..."

Es gibt eine Legende über die Herkunft dieses Dorfes. Seine Wurzeln sind in der fernen Vergangenheit verankert.

... In jener verdammten Zeit, die das Volk das „große Türkentum" genannt hat, flüchtete ganz Ratscha nach Paracheti, das für den Feind unzugänglich war. Die Flüchtenden trieben das Vieh dorthin, stopften das Dorf mit Schafställen voll. Deshalb wurde das Dorf auch Paracheti[3] genannt.

Die Männer bewachten Tag und Nacht ihre Herde und setzten sich in den langen Winternächten, um nicht einzuschlafen, um die Feuerstätte[4], spielten Dudelsack, dichteten und trugen Schairi[5] vor. So sollen sich in Paracheti die Dudelsackbläser vermehrt haben. Auch jetzt ist jeder hiesige Bauer ein improvisierender Dichter und Wettsänger. Unser Sakaria Eradse stammt ebenfalls aus diesem Dorf. Er ist der älteste unter den georgischen Dudelsackbläsern.

Schon sein Vater soll ein bekannter Bläser gewesen sein. Der Volkssänger zog von Dorf zu Dorf und von Tür zu Tür, um dadurch für seine vielköpfige Sippe etwas zum Essen zu erwerben. Auch den kleinen Sakaria soll der Alte mitgeschleppt haben ...

კიდევ ბევრი საინტერესო ამბავი მომითხრო ჩემმა მასპინძელმა ზაქარია ერაძესა და ფარახეთზე. მისმა ნაამბობმა გამიორკეცა სანახშოზე წასვლის სურვილი.

ნახშობას ხანდაზმულ მამაკაცთა თავშეყრას ეძახიან მთის რაჭაში.

ზაფხულზე, სოფლის მოედანზე, ბებერი კაკლის ან ცაცხვის ძირას საგანგებოდ ჩამწკრივებულ ლოდებთან, ან ხის კუნძებთან საღამოობით თავს იყრიან გლეხები და რიგრიგობით ყვებიან ამ მთისა და იმ ბარისას.

ასე ყოფილა ათადან-ბაბადან. ძველად თურმე, საქართველოს თითქმის ყველა კუთხეში იმართებოდა ნახშობა. შესაძლოა იმ წყეულ დროში, როცა ჩვენს წინაპრებს გარს ეხვია უთვალავი მტერი და ყოველწუთს მათი თავდასხმის მოლოდინში ფხიზლობდა, ნახშობა თავყრილობის მაგივრობას სწევდა მთაში. აქ წყდებოდა, ალბათ, თავდაცვის ამბები, სოფლის ყოფნა-არყოფნის საკითხები. მაგრამ სამწუხაროდ ჯერ არავის გამოუკვლევია და აუწერია ჩვენი წინაპრების ეს საინტერესო ტრადიცია.

გვიან იწყება საგლოლოში ნახშობა. მოგეხსენებათ რაჭული სიდარბაისლე. ბაღ-ვენახებიდან დაბრუნებული გლეხი ჯერ ივახშმებს, ცოლ-შვილს მიუალერსებს (არც რაჭულ ალერსზე დაწერილა ჯერ არაფერი), შემდეგ საოჯახო თადარიგს დაასრულებს და, ბოლოს, წავა სანახშოზე, ახალი ამბების გასაგებად...

მოედანი ხალხით გაჭედილიყო. ჯერ კიდევ შორიდან შემოგვესმა სტვირის საამო ხმა, რომრლიც ნიავის ქროლვაზე ხან გარკვევით, ხან მობნედილად მოისმოდა. წრის შუაში ყველაზე საპატიო კუნძზე იჯდა თოვლის პაპის მსგავსი სათნო მოხუცი, ხელში გუდასტვირი ეჭირა, ყელმოღერებულ სალამურზე სათუთად აფათურებდა დიდრონ თითებს და ბაგეთაგან თაფლი გადმოდიოდა.

ახლა ახალწლისა დოუკარი, ზაქარია ბატონო; ახლა უხვი მოსავლის ამბებით გაგვახარე; ახლა ისა, ახლა ესა, – გაისმოდა აქეთიქიდან, და მესტვირის პირიდან წყაროსავით იღვრებოდა ტკბილი მელოდიები, ისმოდა ჟრუანტელის მომგვრელი ჰანგები, რომლებიც ნაზად ეფინებოდა მთვარის შუქზე გაკაშკაშებულ საგლოლოს კალთებსა და ხეობებს...

უცებ სტვირი დადუმდა. მოხუცმა გუდა კუნძზე მიასვენა, ქამარში გაყრილ ტყავის ქისას ზონარი შეუხსნა, გრძელტარიანი

Noch viel Interessantes erzählte mir mein Gastgeber über Sakaria und Paracheti. Seine Erzählung verdoppelte meinen Wunsch, zum Nachschoba-Platz zu gehen.

Nachschoba nannte man im bergigen Ratscha die Zusammenkunft der Alten.

Im Sommer versammelten sich abends die Bauern auf dem Dorfplatz unter einem alten Walnussbaum oder unter einer Linde an speziell in Reihe gelegten Steinbrocken oder Baumstämmen und erzählten sich nacheinander dies und jenes[6].

So war es seit alters her. Früher soll in jedem Winkel Georgiens solch eine Nachschoba stattgefunden haben. Vielleicht in jener verfluchten Zeit, als unsere Vorfahren von zahlreichen Feinden umringt waren und jeden Augenblick deren Angriffe erwartet wurden. Nachschoba ersetzte in den Bergen die Versammlung. Wahrscheinlich wurden hier Verteidigungsfragen und Fragen des Seins oder Nichtseins des Dorfes gelöst. Aber leider wurde diese interessante Tradition unserer Vorfahren noch von niemandem erforscht und beschrieben.

Spät begannen die Bewohner von Glola die Nachschoba. Ihr kennt doch die Ruhe und Gemütlichkeit der Bewohner von Ratscha. Der von den Gärten und Weinbergen zurückgekehrte Bauer muss erst zu Abend essen, die Familie liebkosen (auch über die Liebkosungen der Ratscha-Bewohner wurde bisher nichts geschrieben), dann werden Familienangelegenheiten erledigt und schließlich geht es zum Nachschoba-Platz, um die Neuigkeiten zu erfahren ...

Der Platz war von Menschen überfüllt. Schon von weitem hörten wir bezaubernde Dudelsacktöne, die im Wind mal klar, mal schwach klangen. In der Mitte des Kreises, auf einem besonderen Ehrenbaumstamm, saß ein gütiger Alter, der einem Weihnachtsmann ähnelte. Er hielt einen Dudelsack in der Hand. Auf einer Flöte, die einem erhobenen Hals glich, bewegte er vorsichtig die großen Finger, und von den Lippen flossen Worte wie Honig.

„Jetzt spiel[7] etwas über das Neujahr, Sakaria; erfreu uns mit Geschichten über eine reiche Ernte.“ Mal dies, mal das vernahm man von verschiedenen Seiten, und aus dem Mund des Spielers flossen wunderschöne Melodien wie aus einer Quelle. Es waren Töne, die einen erbeben lassen und die sich an den vom Mondlicht bestrahlten Berghängen und -schluchten von Glola sanft ausbreiteten.

ჩიბუხი და საზელივით დაგრეხილი თუთუნი ამოიღო, ხელის დანას დასწვდა, პირი გაუხსნა, ჩიბუხი ამოფხიკა, ხელის გულზე დაიბერტყა, გააწყო და პირში გაირჭო. ახლა ქისიდან ტალი, კვესი და აბედი ამოალაგა, მხოლოდ ერთხელ გაჰკრა ფოლადი კაჟს და წრეში აბედის სუნი დაიფრქვა. აბედის სუნმა უნებლიედ პაპაჩემი ხუტუია გამახსენა, -ისიც ასეთ ქისას, ტალსა და კვესს ატარებდა. სოფელში ყველაზე უკეთეს აბედს ის ამზადებდა. საამისოდ გულდასმით არჩევდა ბებერ ხურმასა და წაბლზე გამოსულ სოკოებს. ჯერ ნაცრიან წყალში მოხარშავდა, გაახმობდა და შემდეგ მთელი საათობით ბეგვავდა რკინის ურდულით. რაც უფრო მეტს დაბეგვავ, მით უფრო რბილი იქნება აბედი და ადვილად მოეკიდებაო, -კვეს-აბედი, ბაბა, საათივით უნდა გქონდესო აწყობილი, მხოლოდ ერთი გაქნევით უნდა გაუჩნდესო ცეცხლი აბედს, – იტყოდა.

– ასეც იყო, ერთს გადაჰკრავდა და აბედის მსუყე სუნი დადგებოდა ჰაერში.

მას აქეთ თითქმის ორმოცმა წელიწადმა განვლო. კაცი გავჭაღარავდი, მაგრამ დღესაც, ტექნიკის სასწაულების ეპოქაშიც, უდიდეს სიამოვნებას მგვრის აბედის სუნი, ათასგვარ შორეულ ტკბილ მოგონებებს აღმიძრავს იგი. ასე ყოფილა – ბავშვობაში განცდილი საფლავში ჩაჰყვება თურმე ადამიანს.

– მაგის დედა ვაცხონე, ბატონო, ვინც ეგ სტვირი პირველად მოიგონა! დაარღვია სიჩუმე წრეში ფეხმორთხმულმა ერთმა მოხუცმა.

მესტვირემ ჩიბუხი ააფშუკუნა (თუთუნი ჩაფერფლილიყო), ნაცარი ხელზე დაიბერტყა და ჩუმად, თითქმის თავისთვის ჩაილაპარაკა:

– გინდათ გიამბოთ, როგორ გაჩნდა სტვირი ამ ქვეყნად?

მოხუცმა ერთი ნაძალადევად ჩაახველა, კუნძზე უფრო მოხერხებულად ჩამოჯდა, თითქოს დასაკვრელად ემზადებაო და დაიწყო.

ყველას გინახავთ წერწეტა ჩონგური, კუდრაჭა ფანდური, ხმატკბილი სალამური და ჩვენი სტვირი. ყოველ მათგანს აქვს სიხარული და დარდი, სიცილი და ცრემლი, დაბადება და გაჩენა, ხოლო სიკვდილი, სიკვდილი კი არასოდეს უწერიათ. მათ ნარნარ ხმებში ჩაქსოვილია ჩვენი ხალხის უმძიმესი და უტკბესი განცდები. ამ ჯადოსნური საკრავებით ქართველი მუდამ გამოხატავდა მომხ-

Plötzlich verstummte der Dudelsack. Der Alte legte den Sack vorsichtig zur Seite und öffnete den Knoten eines am Gürtel befestigten Lederbeutels, holte eine langhalsige Pfeife und den wie ein Strick gezwirnten Tabak heraus, hob ein Taschenmesser auf, klappte es auf, kratzte in der Pfeife, klopfte sie auf der Handfläche aus, stopfte sie und steckte sie in den Mund. Nun nahm er Feuerstein, Feuerstahl und Zunder aus dem Beutel heraus, rieb den Feuerstahl lediglich einmal auf dem Stein, und im Kreis duftete es nach Zunder. Der Duft des Zunders erinnerte mich unwillkürlich an meinen Großvater Chutuia; auch er trug einen solchen Beutel, Feuerstein und Feuerstahl. Den besten Zunder im Dorf fertigte er. Dafür wählte er sorgfältig auf alten Sharon- und Kastanienbäumen gewachsene Pilze aus. Erst kochte er sie in Aschewasser, dann trocknete er sie und schlug sie mit einem eisernen Riegel. Je mehr du zuschlägst, umso weicher wird der Zunder und leichter zum Anzünden. „Feuerstahl und Zunder, Enkelchen, musst du wie einen Uhrmechanismus so aufeinander einstimmen, dass es gleich beim ersten Reiben flammt“, sagte er immer.

„Das war wirklich so. Er rieb nur einmal, und es roch üppig nach Zunder in der Luft.“

Seitdem waren fast vierzig Jahre vergangen. Ich bin ergraut, aber auch heute, im Zeitalter der technischen Wunder, bereitet mir der Geruch des Zunders ein riesiges Vergnügen, erweckt er in mir tausend verschiedene ferne, angenehme Erinnerungen. So ist es scheinbar beim Menschen, was er in der Kindheit erlebt hat, verfolgt ihn bis ins Grab.

„Dessen Mutter sei gesegnet, der sich als erster diesen Dudelsack ausgedacht hat!“, unterbrach ein im Kreise im Schneidersitz dasitzender alter Mann die Ruhe.

Der Dudelsackbläser prustete[8] (der Tabak war zu Asche geworden), klopfte die Asche auf der Handfläche aus, und sprach leise, fast für sich, vor sich hin:

„Möchtet ihr, dass ich euch erzähle, wie der Dudelsack auf der Welt entstand?“

Der Alte hustete gekünstelt, setzte sich bequemer auf den Baumstamm, als ob er sich zum Spielen vorbereitete, und begann zu erzählen.

„Ihr habt alle die gertenschlanke Tschonguri[9] gesehen, die lebhafte Panduri[10], die süßtönende Salamuri[11] und unseren Dudelsack. Jedes Instrument kennt Freude und Kummer, Lachen und Tränen, Geburt und Erschaffung, aber der Tod ist ihnen nie beschieden. In ihren lieblichen Tönen sind die

დურ მტერთან ბრძოლაში გამარჯვებით განცდილ სიხარულს, თუ დამარცხებით აღძრულ მწუხარებას, უზომო სიყვარულს სამშობლოსადმი, მისი ზღაპრული ბუნების ხოტბას. სასიმღერო ჰანგებში ხან ზღვის ტალღების შრიალი ისმის, ხან ქარიშხლის ღმუილი, ტყეთა შრიალი, ფრინველთა მოძახილი, ღრმად ჩაქსოვილია სატრფოსთან გატარებული წუთების ტკბილი მოგონებანი.

სიმღერები თაობიდან თაობებში გადადიოდა. ასე მოუღწევიათ დღევანდლამდე, როგორც ჩვენი ხალხის უძვირფასეს საუნჯეს. ამ საკრავებმა შეგვინარჩუნეს ჩვენი მუსიკის მარგალიტები: კახური „ზამტარიო“ და „გუშინ შვიდნი გურჯანელნი“, მეგრული „სიქოულ ბატა“ და „მადო ჩქიმი არაზა“, გურული ხასანბეგურა“ და შვიდკაცა“ ჩვენებური „რაეო, ჩემო დედაო“ და „დამისხი, დამალევინე“, სვანური „ლილევო“, ქართლური „ურმული“.

– ვინ გამოთალა პირველი ჩონგური, ვინ გაუბა ფანდურს პირველი ლარები, ვინ გამოჭრა ლერწმისაგან პირველი სალამური და შექმნა პირველი სტვირი? – ამ საიდუმლოებას საუკუნეთა ბურუსი ფარავს, მაგრამ არსებობს ხალხური თქმულებები და ლეგენდები, რომლებიც გვამცნობენ ამ საკრავების დაბადებას. ჩვენი ვალია შევაგროვოთ ისინი, შთამომავლობას შევუნახოთ როგორც უძვირფასესი საუნჯე.

ლეგენდა სტვირზე ჩემს პატარა ბიჭობაში პაპაჩემისგან გამიგონია. არ მინდა დაიკარგოს იგი, მისმინეთ უამბეთ სხვებს, უთხარით – იმათაც სხვებს უამბონ შემდეგ.

– ეს ამბავი მეფე მირიანის დროს მომხდარა. მაშინ ჩვენი წინაპრები წარმართები ყოფილან, უამრავი კერპი ჰყოლიათ, მაგრამ ყველაზე ძლიერ კერპად თურმე მიჩნეული ყოფილა ცეცხლის კერპი, ადამიანის კოცონზე დაწვის დღესასწაული. იგი იწყებოდა ყოველი წელიწადის შუა აგვისტოს და გრძელდებოდა მეორე დღის ნაშუადღემდე. ცეცხლზე დასაწვავ ადამიანს კენჭის ყრით ირჩევდნენ. მას კისერზე ვეება ჯაჭვს დაადებდნენ, დილეგში ჩააგდებდნენ და საგანგებოდ კვებავდნენ, რომ მსუქანი ზვარაკის მირთმევით ესიამოვნებინათ კერპისთვის.

დღესასწაულის დღეს სამსხვერპლოდ განწირული კაცი ჯალათებისა და მოგვების თანხლებით, უცნაური გალობითა და მოთქმით ამოჰყავდათ დილეგიდან. ირგვლივ მას ბრმად მორწმუნე ბრბო ეხვია. მათაც ჯაჭვი ედოთ კისერზე, ხელში ჩირაღდნები

schwersten und angenehmsten Empfindungen unseres Volkes eingewoben. Mit diesen zauberhaften Instrumenten brachten die Georgier stets die durch einen Sieg empfundene Freude im Kampf gegen den eingedrungenen Feind oder die durch eine Niederlage hervorgerufene Trauer, die grenzenlose Liebe zur Heimat oder ein Loblieb auf seine märchenhafte Natur zum Ausdruck. In den Liedmelodien sind einmal das Zischen der Meereswellen, ein anderes Mal das Brausen des Sturmes, das Rauschen der Wälder und das Rufen[12] der Vögel zu hören. Ausdrucksvoll sind auch die süßen Erinnerungen an die mit den Lieben verbrachten Augenblicke verflochten.

Die Lieder wurden von Generation zu Generation weitergegeben. So sind sie bis in unsere Tage als kostbarster Schatz unseres Volkes gelangt. Diese Instrumente haben uns die Perlen unserer Musik erhalten: die kachetischen „samtario[13]“ und „guschin schwidni gurdshanelni“[14], die megrelischen „sikoul bata“ und „mado tschkimi araba“, die gurischen „chasanbegura“ und „schwidkaza“[15], unsere „raeo, tschemo dedao[16]“ und „damis’chi, damalewine[17]“, das swanische „lilewo“, das kartlische „urmuli[18]“.

„Wer hat die erste Tschonguri geschnitzt, wer hat die ersten Saiten der Panduri gespannt, wer hat aus Rohr die erste Salamuri geformt und wer hat den ersten Dudelsack gebaut? Dieses Geheimnis verdeckt der Nebel der Jahrhunderte, aber es gibt Volkssagen und Legenden, die uns von der Geburt dieser Instrumente berichten. Unsere Pflicht ist es, sie zu sammeln und den Nachfahren als einen kostbaren Schatz aufzubewahren.“

Die Legende vom Dudelsack habe ich in meiner Kindheit von meinem Großvater gehört. Ich möchte nicht, dass sie verloren geht. Hört mir zu, erzählt sie anderen, sagt ihnen, sie sollen sie später weitererzählen:

„Diese Geschichte ereignete sich während der Regierungszeit des Königs Mirian. Damals waren unsere Vorfahren offenbar Heiden. Sie hatten eine Vielzahl von Götzen, aber der stärkste war als Feuergott bekannt und mit ihm das Fest der Verbrennung des Menschen auf dem Scheiterhaufen. Es begann jährlich Mitte August und dauerte bis Mittag des zweiten Tages. Der zu verbrennende Mensch wurde durch Los ausgewählt. Ihm wurde eine riesige Kette um den Hals gelegt, er wurde in den Kerker geworfen und besonders gut gefüttert, um Gott mit einem fetten Opfer zu erfreuen.“

Am Tage der Feier wurde der zum Opfern verurteilte Mensch unter ungewöhnlichem Betgesang und Wehklage in Begleitung der Henker und Priester[19] aus dem Kerker herausgeholt. Er war von einer blindgläubigen Menschenmasse umgeben. Auch um ihre Hälse lagen Ketten, in den Händen

ეჭირათ და როკვითა და გალობით გარს უვლიდნენ კვარცხლბეკზე აღმართულ კერპს.

და ასე დაუსრულებლად გრძელდებოდა ეს ველური ცერემონია მეორე დღემდე. მთელი ღამე გიზგიზებდა მაღალ ბორცვზე აჭრილი ვეება კოცონი, რომელსაც ქურუმები განუწყვეტლივ უმატებდნენ ფისიან მორებს. როცა ალიონი მოაღწევდა, მოგვების უფროსის ნიშანზე ჯალათების ხელს ჩაავლებდნენ მსხვერპლს და კოცონისაკენ გააქანებდნე. მათთან ერთად დაიძროდა მთელი ბრბო ხელში ჩირაღდნებით, რომელთაც კოცონთან მიახლოვებისთანავე ყრიდნენ ცეცხლში. და, როცა ადამიანის სხეულს ალი მოადებოდა, ბრბო ჯოჯოხეთური ღრიალითა და როკვით გარს უვლიდა კოცონს.

ასე გრძელდებოდა მანამ, ვიდრე ცეცხლი ჩაიფშუტებოდა, ბოლოს, მიესეოდნენ დარჩენილ ღველფს და უბეში იყრიდნენ რადარს, რომელიც, მათი რწმენით, ყველაფრის განმკურნავ წამლად ითვლებოდა.

და აი, სწორედ იმ დროს, საქართველოს ერთ კუთხეში, მიუვალი კლდის ძირას, პატარა ქოხში ცხოვრობდა თურმე მოხუცი თავისი ბებერი ცოლით. ცოლ-ქმარს მხოლოდ სიბერის ჟამს ეყოლათ ვაჟი. ბავშვი მეტად ლამაზი იყო, ოქროს თმები ჰქონდა, ვარსკვლავებივით გაბრწყინებულ თვალებს გიშრის გრძელი წამწამები უმშვენებდა. იზრდებოდა ისე სწრაფად, როგორც ზღაპრებშია აღწერილი. 12 წლისა 20 წლის ვაჟკაცს ჰგავდა. მთელს სახელმწიფოში პირველი მომღარალი, მოისრე და მობურთალი ყოფილა. მის დანახვაზე ტრფობით იმსჭვალებოდნენ ულამაზესი ასულნი.

მოხუცებს გაგიჟებით უყვარდათ სანუკვარი პირმშო. როცა ბავშვი დაიძინებდა, მშობლები ჩუმად უკოცნიდნენ ოქროს თმას, მის ალერსში ათენებდნენ ღამეებს.

მაგრამ ხანმოკლე გამოდგა მათი სიხარული. მზე დაუბნელდათ – ჭაბუკს კოცონზე დაწვის კენჭი შეხვდა. მაშინვე შეცვივდნენ ქოხში ჯალათები და ბედშავ მოხუცებს მკერდიდან მოჰგლიჯეს შვილი.

– ვაიმე შვილო, – ამის თქმა-ღა მოასწრო ბედშავმა დედამ და იქვე სული განუტევა, შეშლილმა ბერიკაცმა კი დილეგამდე მისდია ჯალათებს და, როცა კარი მაგრად ჩარაზეს, ყველაფერს ბინდი გადაეფარა...

სამუდამოდ ჩაქრა კერა ღარიბ ქოხში. შიგ ობობები და მორიელები დაბინავდნენ. გამწარებულმა ბერიკაცმა გამოთალა უცნაური საკრავი, რომლის მსგავსი მანამდე არავის ენახა, დატოვა ქოხი და

hielten sie Fackeln, und mit Betgesang bewegten sie sich um das auf dem Podest emporragende Idol herum.

Und diese wilde Zeremonie dauerte so endlos bis zum nächsten Tag an. Die ganze Nacht prasselte das lodernde, bis auf die hohen Hügel reichende Feuer, dem die Opferpriester pausenlos Pech und Harzstämme zugaben. Wenn die Morgendämmerung einsetzte, ergriffen die Henker auf das Zeichen des Obersten Priesters das Opfer bei der Hand und drängten es zum Feuer. Zusammen mit ihnen setzte sich die ganze Menschenmenge mit Fackeln in der Hand in Bewegung, die sie, sobald sie sich dem Feuer näherten, in das Feuer hineinwarfen. Und wenn die Flamme den Menschenkörper ergriffen hatte, dann tanzten sie mit höllischem Geschrei um das Feuer herum.

So dauerte es an, bis das Feuer verlosch. Am Ende stürzten sie sich auf die übrig gebliebene Glut und steckten sich den Rest[20] in die Brustöffnung hinein, die nach ihrem Glauben als alles heilende Arznei galt.

Und gerade damals lebte in einem Winkel Georgiens, am Fuße eines unerreichbaren Felsens, in einer kleinen Hütte ein Alter mit seiner Alten. Die Eheleute bekamen erst im hohen Alter einen Sohn. Das Kind war sehr schön, besaß goldene Haare, wie Sterne blitzende Augen, die lange, bernsteinschwarze Wimpern schmückten. Er wuchs so schnell, wie es in Märchen beschrieben wird. Als Zwölfjähriger sah er bereits wie ein zwanzigjähriger Bursche aus. Im ganzen Land war er der beste Sänger, Pfeilschütze und Ballspieler. Sobald ihn die schönsten Mädchen sahen, verliebten sie sich.

Die Alten liebten den lange ersehnten Erstgeborenen wie besessen. Wenn das Kind einschlief, küssten die Eltern leise das goldene Haar und verbrachten mit Liebkosungen ganze Nächte hindurch.

Aber kurz nur währte ihre Freude. Die Sonne verdunkelte sich für sie. Auf den Jungen fiel das Los der Verbrennung auf der Feuerstätte. Sogleich drangen die Henker in die Hütte ein und entrissen das Kind von der Brust der armen und unglücklichen Eltern.

„Weh mir, mein Kind", nur das vermochte die arme Mutter zu sagen und starb[21] auf der Stelle. Der wirr gewordene Alte begleitete ihn bis zum Kerker der Henker, und als die Tür fest verriegelt wurde, verfinsterte sich alles ...

Für immer erlosch der Herd[22] in der armen Hütte. Innen nisteten sich Spinnen und Skorpione ein. Der verbitterte Alte schnitzte ungewöhnliche Musikinstrumente, etwas Ähnliches hatte keiner je gesehen. Er verließ die

გზას გაუდგა. ბევრი მთა და მდინარე გადალახა, სანამ მიაღწევდა იმ ქალაქს, სადაც მეფე ცხოვრობდა. ქალაქის გარეუბანში ერთი გორაკი იყო, რომელიც მეფის სასახლეს გადმოჰყურებდა. მოხუცი ყოველ საღამოს ადიოდა გორაკზე და მთელი ღამე აკვნესებდა იმ უცნაურ საკრავს. მოსთქვამდა თავის უბედურებაზე და მდუღარე ცრემლებს ღვრიდა. სიმღერის ხმა ნიავს ქალაქში ჩამოჰქონდა და დიდსა და პატარას აჯადოვებდა. ყველა სულგანაბული უსმენდა გორაკიდან დაფრქვეულ ჰანგებს. მისი გაგონებისთანავე სიმღერას წყვეტდნენ მუსიკოსები, დუმდებოდნენ ბულბულები, კრიჭა ეკროდა ყოველ სულდგმულს. უცნობმა ჰანგებმა ყველაზე მეტად დაატყვევა მუსიკის მოყვარული ნანა დედოფლისა და მის პირფარეშთა გული. მაგრამ საიდან იყო ეს ხმა – ზეციდან მოდიოდა, თუ ქვესკნელიდან, ადამიანის ბაგეთაგან თუ ზღაპრულ სირინიზთაგან, – ვერ გაეგოთ.

და აი ერთხელ, როცა ლაშქრობიდან გამარჯვებული მირიან მეფე შინ დაბრუნდა, დიდებულებთან ერთად ნადიმი გაიმართა. გააღეს სასახლის კარი და დერეფნები; უკრავდნენ საკრავებს, მუსიკის ჰანგზე თავდავიწყებით ცეკვავდნენ, პაექრობდნენ მასხრები, ენამჭევრობდნენ მოშაირენი. სწორედ ამ დროს სადღაც შორიახლოს ისევ გაისმა მომჯადოებელი ჰანგები, რომლების ადიდებული მდინარის მსგავსად, ხან აზვირთდებოდნენ ხან ხან დაეშვებოდნენ და ღრმად იჭრებოდნენ ადამიანთა გულში. მეჯლისის მონაწილენი თითქოს გაქვავდნენო, სულგანაბულნი უსმენდნენ ამ ჟრუანტელის მომგვრელ ჰანგებს, რომლებიც დაკარგულ სიხარულსა და ენით გამოუთქმელ მწუხარებას გამოხატავდნენ.

ბოლოს მეფემ ძლივს დააღწია თავი ბურუსს და იკითხა:

– საიდან მოდის ეს უცნაური სიმღერა, ასე ჯადოსნურად რომ იჭრება გულში?

აუხსნეს მბრძანებელს – ერთი ხანია ყოველღამე ისმის ვიღაც უცნობი მუსიკოსის მომჯადოებელი კვნესა-გოდებაო!

მეფე წამით დაფიქრდა, შემდეგ მოიხმო სპასალარი და უბრძანა: წადით და აქ მომგვარეთო ის უცნაური კაცი, ვნახო ადამიანია თუ ღვთისაგან გამოგზავნილი არსება! იმ წამსვე მოედნენ სპანი ქალაქს ყოველი კუთხით და მუსიკის ხმაზე მალე მიაკვლიეს მაღალ გორაკზე გადმომჯდარ უცხო მუსიკოსს, რომელიც მღეროდა და აკვნესებდა იღლიაში ამოჩრილ უცნაურ საკრავს, არაფრად აგდებდა მასთან ადამიანების მიახლოებას. როცა მოახსენეს მეფის ბრძანებს, მოხუცმა შუბლი შეიკრა, გაჯიქდა და ხელმწიფეს-

Hütte und ging fort. Er durchschritt viele Berge und Flüsse, bis er die Stadt erreichte, wo der König lebte. In der Umgebung der Stadt war eine kleine Anhöhe, die auf den Königspalast schaute. Der Alte ging jeden Abend auf die Anhöhe und ließ die ganze Nacht hindurch dieses merkwürdige Musikinstrument seufzen. Er wehklagte über sein Unglück und vergoss heiße Tränen. Die Stimme des Liedes beförderte ein Windhauch in die Stadt hinunter und verzauberte Groß und Klein. Alle hörten mit angehaltenem Atem den vom Hügel herabklingenden Tönen zu. Die Musikanten brachen das Singen ab, als sie sie vernahmen; es verstummten die Nachtigallen, die Lebewesen gaben keinen Laut mehr von sich. Die unbekannten Melodien bezauberten am meisten das Herz der Musikliebhaberin Königin Nana und ihrer Kammerdienerinnen. Aber woher kam diese Stimme? Aus dem Himmelreich oder aus der Tiefe der Hölle, von menschlichen Lippen oder märchenhaften Sirenen, das konnten sie nicht erkennen.

Einmal, als König Mirian als Sieger vom Feldzug zurückkehrte, feierte er mit den Würdenträgern an einer Tafel. Es wurden die Türen und Tore des Palastes geöffnet; es spielten Musikinstrumente auf. Zu den Melodien wurde selbstvergessen getanzt, es wetteiferten die Narren und die Dichter trugen redegewandt ihre Schairi vor. Gerade in diesem Augenblick erklangen wieder irgendwo in der Nähe bezaubernde Töne, die wie ein Hochwasser führender Fluss mal hochsprangen und mal abfielen und tief in das Herz der Menschen eindrangen. Die Teilnehmer des Gastmahls erstarrten fast. Mit angehaltenem Atem hörten sie diese schauerlich aufreizenden Töne, die verlorene Freude und unbeschreibliches Leid ausdrückten.

Schließlich befreite sich der König mit Mühe aus der Düsterkeit und fragte: „Woher kommt dieses merkwürdige Lied, das so voller Zauber in das Herz eindringt?“

Dem Herrscher wurde erklärt: „Seit einiger Zeit ist jede Nacht die verzaubernde, stöhnende Wehklage eines unbekannten Musikers zu hören!“

Der König dachte einen Augenblick nach, dann rief er den Heerführer herbei und befahl: „Geht und führt diesen merkwürdigen Mann zu mir, damit ich sehe, ob es ein Mensch ist oder ein von Gott geschicktes Wesen!“ Sofort eilten die Reiter[23] in jede Ecke der Stadt und mit Hilfe der Musik fanden sie bald den auf dem hohen Hügel sitzenden Musiker, der ein unter den Arm gedrücktes merkwürdiges Musikinstrument aufstöhnen ließ und nicht auf die sich ihm nähernden Menschen achtete. Als ihm den Befehl des Königs vorgetragen wurde, runzelte der Alte die Stirn, stellte sich stur[24] und lehnte ab, zum König zu gehen. All das teilte man dem Herrscher mit. Der

თან ხლებაზე უარი თქვა. ყოველივე ეს ამცნეს მბრძანებელს, გვირგვინოსანმა განაცხადა:

– არ მინდა ძალა ვიხმარო იმ ადამიანზე, რომელმაც თავის ზეციური სიმღერით ამდენი სიამოვნება მოგვგვარა, წადით და გადაეცით მწირს, რომ მეფე მზად არის შეუსრულოს ყოველი თხოვნა.

და როცა კვლავ ამცნეს მოხუცს მეფის ნაბრძანები, მყისვე წამოდგა, წამოვიდა ქალაქში და წარდგა მბრძანებლის წინაშე.

მოხუცს წელამდე სცემდა თოვლივით თეთრი წვერი, ვარამისაგან დატანჯულ სხეულს თხის ტყავის გრძელი კაბა უმოსავდა და ხელში ეჭირა ის უცნაური საკრავი, რომლის ხმა ასე აჯადოებდა ყველას.

ვინ ხარ, ბერიკაცო, და ან რა ჰქვია ამ საკრავს, ხელთ რომ გიპყრია, რომლის მსგავსი დღემდე არავის უნახავს? მიმართა მეფემ მწირს.

– ამას, მეფეო, „ვსტირი“ ჰქვია, ხოლო მე ვინა ვარ? ერთი უბედური ადამიანი, რომლის მსგავსი ამ ქვეყნად არც დაბადებულა და არც დაიბადება!

– მაინც რა გიჭირს, მოხუცო? გელაპარაკები მეფე მთელი იბერიისა, რომელმაც არ ვიცი, რა არის შეჭირვება, მამცნე, რა ვარამი გიღრღნის გულს, და მზად ვარ ბედნიერებად გიქციო იგი.

– მაშ, შენ ამბობ, მეფეო, რომ უბედურებას ბედნიერებად მიქცევ! დამარცვლით წარმოთქვა მოხუცმა, და რაც ძალი და ღონე ჰქონდა, ჩაჰბერა იღლიაში ამოჩრილ გუდას, წელში გაიმართა, თვალი მიმოავლო ირგვლივ მყოფთ და დაიწყო:

მე ღარიბი ქოხში ვცხოვრობ,
არ მიქნია სხვისთვის ავი,
მაგრამ უცებ თავს დამატყდა
მწუხარება, როგორც ზვავი.
კენჭი ყარა და წამართვეს
ერთადერთი შვილის თავი,
და შეიქმნა მზეჭაბუკი
კერპის ცეცხლზე დასაწვავი.
ბნელ დილეგში ჩაამწყვდიეს,
ასუქებენ შესაწირად
იმას, ვისაც რწმენით ვზრდიდი
იბერიის ნამდვილ გმირად.
არვის სწვდება ჩემი ტანჯვა,

Gekrönte erklärte:

„Ich möchte keine Gewalt gegen jenen Menschen anwenden, der uns mit seinem himmlischen Gesang so viel Freude bereitet. Geht und übermittelt dem Fremdling[25], dass der König bereit ist, alle seine Wünsche zu erfüllen."

Und als dem Alten wieder der Befehl des Königs mitgeteilt wurde, stand er schnell auf, ging in die Stadt und trat vor den Herrscher.

Bis zur Taille reichte der schneeweiße Bart des Alten, sein gramgequälter Körper war mit einer langen Ziegenhaut bekleidet und in der Hand hielt er jenes merkwürdige Musikinstrument, dessen Stimme alle so verzaubert hatte.

„Wer bist du, alter Mann, und wie heißt dieses Musikinstrument, das du in der Hand hältst und das bis heute keiner gesehen hat?", wandte sich der König an den Fremdling.

„Dies, König, heißt ‚Wstiri[26]', und wer ich bin? Ein unglücklicher Mensch, so wie in der Welt noch keiner geboren wurde und auch nicht mehr geboren werden wird!"

„Nun sag schon, was bedrückt dich, alter Mann? Mit dir spricht der König des gesamten Iberien[27], der nicht weiß, was Not ist, teil mir mit, welcher Kummer dir am Herzen nagt, und ich bin bereit, es dir in Glück zu verwandeln."

„Also, du sagst, mein König, dass du mir das Unglück in Glück verwandeln wirst?", sprach er Silbe für Silbe und blies mit voller Kraft in den unter den Arm gedrückten Dudelsack. Er reckte sich, blickte die ringsum Anwesenden an und begann zu singen:

„Ich Armer lebe in einer Hütte,
Habe niemandem etwas Böses getan,
Aber plötzlich suchte mich
Der Gram wie eine Lawine heim.
Sie zogen ein Los und nahmen mir
Den Kopf des einzigen Kindes,
Und der Sonnenjunge wurde
Zum Verbrennen bestimmt.
Man sperrte ihn in einen dunklen Kerker.
Man mästet zur Opferung
Denjenigen, den ich mit dem Glauben großzog
Zum wahren Helden von Iberien.
Keinen erreicht mein Leid,

ჩემი კვნესა ჩემი ცრემლი,
მეფე ილხენს და მის გვერდით
ქუხს სიკვდილის მძიმე გრდემლი.
ვაი, შვილო, მზეჭაბუკო,
წამებისთვის გაჩენილო,
ვაი მამავ უბედურო,
უნაყოფოდ დარჩენილო!

დარბაზს გმინვა აღმოხდა. მოხუცის სიტყვებმა მეფეს ჟრჟოლა მოჰგვარა. ირგვლივ სამარისებური სიჩუმე ჩამოწვა!...

ბერიკაცმა ისევ ჩაჰბერა გუდას, ერთხელ კიდევ მიმოავლო ამღვრეული თვალები დამსწრეთ და ახლა უფრო აუწია ხმას:

ნუ იქნები შენ ჯალათი,
დიდო მეფევ, დიდო კაცო!
რად გინდა რომ ჩემი პირმშო
მე გულიდან გამომტაცო.
გააუქმე ძველი წესი,
უკუღმართი დაწვის ჩვევა,
გაახარე ჩენი ხალხი,
გაიგონე ჩემი რჩევა.
თორემ ბოლოს მწუხარება
აზვირთდება ხალხის ზვავად
და შენთანაც მოვა მეფევ,
წასალეკად, მოსაკლავად.
ეს იყო, რაც უნდა მეთქვა,
შემისრულე სიტყვა, რაც ვთქვი,
დამიბრუნე ჩემი შვილი,
გამახარე ბერიკაცი!

მუსიკოსს ნაკადულივით წამოსცვივდა ცრემლები, რომლებიც გზადაგზა იყინებოდნენ და ბროლის ჯაჭვებად ეკიდებოდნენ უცნაურ საკრავს. მოხუცთან ერთად ატირდნენ დამსწრენიც. ცრემლმა დანამა ნანა დედოფლის ლამაზი თვალებიც.

მესტვირის ტირილზე უცებ ქვეყანა დამუნჯდა, დადუმდა ყოველი სულდგმული, მთვარეს თალხი გადაეფარა, ვარსკვლავებმა შეწყვიტეს ციმციმი.

შემდეგ საზარლად დაიგმინა დარბაზმა. ყველა მეფეს შეაჩერდა!...

Mein Seufzen, meine Träne,
Der König feiert und neben ihm
Donnert der schwere Amboss des Todes.
Wehe, Kind, Sonnenjunge,
Du zur Qual geborener,
Wehe, Vater, unglücklicher,
Der ohne Frucht gebliebene! ..."[28]

Im Saal ertönte plötzlich ein Stöhnen. Die Worte des Alten ließen den König erschauern. Ringsum war Totenstille eingekehrt! ...

Der Alte blies wieder in den Dudelsack, blickte nochmals mit betrübten Augen die Anwesenden an und sang lauter:

„Sei kein Henker,
großer König, großer Mann!
Wozu möchtest du, dass ich mein Kind
aus dem Herzen reiße.
Nimm das uralte Gesetz zurück,
Die sinnlose Gewohnheit des Verbrennens,
Erfreue dein Volk,
Höre auf meinen Rat.
Sonst wird die Traurigkeit
noch werden zur Volkslawine
Und auch zu dir kommen, o König,
Um dich wegzuschwemmen, zu töten.
Das war es, was ich sagen musste,
Erfülle mir das, was ich gesagt habe,
Gib mir mein Kind zurück,
Erfreue mich Alten."

Wie ein Bach flossen dem Musiker die Tränen herunter. Unterwegs erfroren die Tränen und wie Kristallketten hängten sie sich an das merkwürdige Musikinstrument. Mit dem Alten begannen auch die Anwesenden zu weinen. Tränen befeuchteten auch die schönen Augen der Königin Nana.

Durch das Weinen des Dudelsackspielers verstummte plötzlich das Land, jegliche Lebewesen; den Mond bedeckte ein Trauerflor. Die Sterne hörten auf zu blinken.

Dann stöhnte der Saal schrecklich auf. Alle starrten den König an! ...

– კმარა, ეს შეუძლებელია! – კი არ თქვა, იღრიალა განრისხებულმა მბრძანებელმა და ზე წამოიჭრა. – ახლავე დილეგში ჩააგდეთ ეს თავხედი ბერიკაცი და შვილთან ერთად დაწვით ხვალ დილით კოცონზე!...

ისევ გმინვა აღმოხდა დარბაზს. თავჩაქინდრულ ადამიანთა უსიტყვო მზერა ხან მეფისაკენ გადადიოდა, ხან მოხუცისაკენ, რომელიც ამღვრეული თვალებით შესცქეროდა მეფეს.

მაშინ წამოდგა ნანა დედოფალი, მანდილი გადაიწია და მოახსენა დიდებულთ:

– მეფის სიტყვა ყველა ადათზე მტკიცე უნდა იყოს. ამიტომ, – მიმართა მან გვერდით მჯდომ მეუღლეს, – მოვითხოვ, ახლავე, აქვე საჯაროდ აღასრულოთ მოხუცისადმი მიცემული თქვენი პირობა, როგორც საზეიმო ფიცი!...

ამაყი მეფე, რომელმაც არ იცოდა რა იყო დათმობა და დამცირება, დედოფლის სიტყვით გაწამებული მოწყვეტით დაეცა სავარძელზე და ისე გმინავდა დიდხანს. შემდეგ წელში გაიმართა, მაღლა ასწია გვირგვინოსანი თავი და ნაწყვეტ-ნაწყვეტად ბრძანა:

– დიახ, მართალს ბრძანებ, დედოფალო! მაგრამ ყველაზე მართალია ეს მოხუცი, რომელსაც ხვალ განთიადისას კოცონზე დაუწვავენ შვილს...

აქ მეფე კვლავ დადუმდა, წუთით შეყოყმანდა, ეტყობოდა რაღაც საშინელ შინაგან ჭიდილს განიცდიდა. ბოლოს ძალა მოიკრიბა და მტკიცედ წარმოთქვა:

მე, ხელმწიფე იბერიისა, ვბრძანებ ყველას გასაგონად: ამიერიდან აიკრძალოს ცეცხლთაყვანისცემა. ახლავე შეხსენით დილეგს ურდულები, გააღეთ კარები და დაუყოვნებლივ დაუბრუნეთ ბერიკაცს შვილი.

იგრიალა ტაშმა და მუსიკამ, ქუხილივით მოედო ოღუშულ ცას, მაგრამ მოხუცმა ველარ გაუძლო მოზღვავებულ სიხარულს და უცებ გაქვავდა, თურმე ქანდაკებად იქცა!

* * *

ამბობენ: მაღალ მთებში, ჩანჩქერების სამყაროში, ახლაც დგასო თურმე გაქვავებული ბერიკაცის სტვირით ხელში, ახლაც იფრქვევაო ამ ქანდაკების ირგვლივ ჟრუანტელის მომგვრელი ჰანგები, რომლებიც ატკბობენ და აჯადოებენ ყოველ გამვლელს...

ასე დაბადებულა თურმე ჩვენი ტკბილი სტვირი! – დაამთავრა სიტყვა სტვირის უხუცესმა დიდოსტატმა.

„Es reicht, das ist unmöglich!", brüllte der erboste Herrscher und stand auf. „Sperrt diesen unverschämten Alten sofort in den Kerker und verbrennt ihn zusammen mit seinem Sohn morgen früh auf dem Scheiterhaufen! ..."

Wiederum stöhnte der Saal auf. Der wortlose Blick der Menschen mit gesenkten Köpfen wandte sich mal zum König, mal zum Alten hin, der mit trüben Augen den König anschaute.

Dann stand Königin Nana auf, zog den Schleier beiseite und sagte den Würdenträgern:

„Das Wort des Königs muss mächtiger sein als jegliche Sitten." Sie wandte sich an den neben ihr sitzenden Ehemann: „Deshalb verlange ich sofort, das dem Alten von Ihnen hier öffentlich gegebene Versprechen als feierlichen Eid zu erfüllen! ..."

Der stolze König, der nicht wusste, was Zugeständnis und Erniedrigung bedeuteten, fiel, gequält von den Worten der Königin, kraftlos auf den Sessel zurück und dachte lange Zeit scharf nach. Dann richtete er sich auf, hob sein gekränztes Haupt und befahl Wort für Wort:

„Ja, Sie haben recht, Königin! Aber am meisten recht hat dieser alte Mann, dessen Kind man im Morgengrauen auf dem Scheiterhaufen verbrennen wird ..."

Hier verstummte der König wieder. Einen Augenblick lang zögerte er. Es sah so aus, als ob er einen schrecklichen inneren Kampf austrug. Dann fasste er sich und sagte entschlossen:

„Ich, Iberiens König, befehle, alle sollen es sich merken: Von nun an soll das Feueranbeten verboten werden. Öffnet sofort die Riegel der Kerker, öffnet die Türen und gebt dem alten Mann unverzüglich sein Kind zurück."

Es erdröhnte Applaus und Musik. Wie ein Donner verbreiteten sie sich am grauen Himmel; der Alte, voller grenzenloser Freude, ertrug jedoch nicht mehr die grenzenlose Freude und versteinerte plötzlich. Wie es heißt, verwandelte er sich in eine Statue!

* * *

Es heißt, in den hohen Bergen, in der Welt der Wasserfälle steht auch heute noch der versteinerte alte Mann mit dem Dudelsack in der Hand, werden auch jetzt rings um die Statue herum erschaudernde Melodien versprüht, die alle Wanderer genießen und bezaubern ...

So wurde unser lieblicher Dudelsack geboren!", beendete der älteste große Meister des Dudelsacks seine Geschichte.

Anmerkungen

1 Gebiet von Georgien, Ratscha.
2 Nachschoba wird im Verlaufe der Erzählung erklärt.
3 Schafstall.
4 შუაცეცხლი = altes Wort, wortwörtlich: Mitte-Feuer,
früher brannte das Feuer in der Mitte des Raumes.
5 Sechzehnhebige Verse in Vierzeilern.
6 eigentlich: von diesem Berg und jener Ebene.
7 eigentlich: დაუკარი. Hier Dialekt.
8 Westgeorgischer Ausdruck.
9 Viersaitiges Zupfinstrument.
10 Dreisaitiges Zupfinstrument.
11 Hirtenflöte.
12 eigentlich: zweite Stimme.
13 Winter; hier und im Weiteren: Kachetien (k'acheti), Megrelien (samegrelo),
Gurien (guria), Swanetien (svaneti) sind Teile Georgiens.
14 Gestern sieben aus Gurdshaani.
15 Sieben Männer.
16 Was ist los, meine Mutter.
17 Gieß mir ein, gib mir was zum Trinken.
18 Gesang des Fuhrmanns.
19 der zoroastrischen Religion.
20 glimmende Kohle unter der Asche.
21 სული (Seele), -ტე(ვ)- verlassen, der Körper wurde von der Seele verlassen.
22 კერა = im Sinne von Hausstand, Heim.
23 eigentlich: Reitertruppe, persisch: Armee, Heer.
24 von ჯიქი Panther, Leopard abgeleitet.
25 Eingewanderter, Heimatloser.
26 ვ(ს)ტირი = bedeutet: Ich beweine etw., ich weine.
(Vgl. Stwiri oder auch Gudastwiri = Dudelsack).
27 ივერია, იბერია = früher hieß der ostgeorgische Staat: Iberien – Iberia – Iweria.
28 Will man eine Nachdichtung anfertigen, findet die Struktur des Werks Beachtung,
die sich durch acht Hebungen pro Zeile und Reime nur am Ende jeder 2. Zeile auszeichnet.
Hier seien nur die ersten acht Zeilen angeführt:
Ich, Armer, leb' in der Hütte,
Tat niemandem etwas zu leid,
Wie eine Lawine besuchte mich
Jedoch der Gram im schwarzem Kleid
Den Kopf des einzigen Kindes
Zog das Los und brachte Leid,
Zum Verbrennen bestimmt wurde
Der Sonnenjunge, voll Schönheit.

Nodar Dumbadse

„Hund“ oder „Nur ein Hauch Krieg“

ნოდარ დუმბაძე

ძაღლი

ნოდარ დუმბაძე

ძაღლი

ეს ამბავი 1941 წლის აგვისტოში დაიწყო და ზუსტად ორი წლისთავზე გათავდა. ომი სულ რაღაც ორი თვის გამოცხადებული იყო, მისმა სუსხმა რომ ჩვენს სოფელს მოაღწია. ასეა თუ ისე, შეძლებულ ცხოვრებას მიჩვეულმა გლეხმა უცებ ვერ აწონა ქვეყნად მომხდარი საშინელება, უცებ ვერ დააგდო ხელგაშლილი ცხოვრება და უკვე აგვისტოში, ბევრის ბეღელი, ჭური და სალარო დაცარიელებული აღმოჩნდა, ყოველ შემთხვევაში, ჩვენს ოჯახს ასე დაემართა.

წყალმანკით დაუძლურებული და ძვალგაციებული ბაბუაჩემი სპირიდონი დღედაღამ ბუხართან იჯდა და მთელი ოჯახის სიმძიმე მე მაწვა კისერზე. სხვას რომ თავი დავანებოთ, მარტო ტყიდან შეშისა და ფიჩხის თრევას ვერ ვუთავდებოდი, რათა ძვალგაციებულ ბაბუას ბუხარი არ გაპარვოდა.

1941 წლის 25 აგვისტოსთვის ყველაფერი გაგვითავდა. ბაბუაჩემმა განჯინიდან თავზე ტაროს ნაქურჩლებით დაცობილი, მისი ღვიძლის მომნელებელი, არყით სავსე ათლიტრიანი ბოცა გამომატანინა და მითხრა:

– ჩადგი გოდორში, წაიღე ჩოხატაურის ბაზარში და ერთ ფუთ სიმინდში გადაცვალე. ვინც ნაკლები შეგაძლიოს, დაამხვე თავზე ბოთლიანად და წამოდი. ამის ფასი მარტო მე ვიცი, ბჟოლისაა და 80 გრადუსია. – მერე სევდიანი თვალი გააყოლა ბოცას, ამოიოხრა და ხელით მანიშნა – წადიო.

ბოთლის თავზე დამხობა კი არა, ბაზარში არყის ისეთი სპეციალისტი შემხვდა, ერთი ფუთი ფრჩხილის სისხო ყვითელი სიმინდის კაკალიც ჩამიჩხრიალა ტომარაში, სამი თუმანიც ჩამიკუჭა ჯიბეში, ლოყაზეც ხელი მომითათუნა და მეორე კვირისათვის ისევ იმ ადგილზე დამიბარა.

ბაზრის პირდაპირ რომ სასადილოა, იმის კარი შევაღე და გოდრიანად მივადექი დახლს.

– კატლეტი გაქვთ? – ვკითხე მებუფეტეს.

Nodar Dumbadse

„Hund“ oder „Nur ein Hauch Krieg“ [1]

Diese Geschichte begann im August 1941 und endete genau zwei Jahre danach. Der Krieg war gerade erst vor ungefähr zwei Monaten verkündet worden, als sein raues Dasein unser Dorf bereits erreichte. Wie es auch sei, der an ein Leben im Wohlstand gewöhnte Bauer konnte nicht sofort die in der Welt geschehenen Schrecken begreifen; er gab[2] auch nicht gleich sein großzügiges Leben auf, und so erwiesen sich schon im August Speicher, Weinbehälter und Kassen von vielen als leer; das heißt, in unserer Familie war es jedenfalls so.

Mein von der Wassersucht geschwächter und ewig frierender Großvater Spiridon saß Tag und Nacht am Kamin, und die Last der ganzen Familie hing an meinem Hals. Ganz zu schweigen von anderen Sachen, vermochte ich es kaum, Holz und Reisig aus dem Wald herbeizuschleppen, damit dem ewig frierenden[3] Großvater nicht das Kaminfeuer ausgeht[4].

Am 25. August 1941 waren bei uns alle Vorräte zu Ende gegangen. Mein Großvater beauftragte mich, einen oben mit Maisblättern verschlossenen, vollen Zehnliterballon[5] mit Schnaps, der für seine Nieren gut verträglich war, aus dem Wandschrank hervorzuholen und sagte mir:

„Stell ihn in den Korb, geh auf den Tschochatauri-Markt und tausche ihn gegen ein Pud[6] Mais ein. Will dir jemand weniger geben, dann hau ihm eine samt Ballon auf den Kopf und kehre heim. Nur ich kenne seinen Wert: Es ist Maulbeerschnaps, und er ist achtzigprozentig.“ Dann blickte er mit traurigen Augen auf den Ballon, stöhnte auf und gab mir mit der Hand das Zeichen – Geh!

Ich brauchte niemandem die Flasche auf den Kopf zu schlagen. Auf dem Markt begegnete ich einem solchen Schnapsspezialisten, der mir ein Pud gelber, fingernagelgroßer Maiskörner in den Sack schüttete und dazu noch drei Tumani in die Tasche steckte. Er streichelte mir mit der Hand über die Wange und bestellte mich in einer Woche wieder zu jenem Ort.

Gegenüber vom Markt befand sich eine Imbissstube. Ich öffnete deren Tür und ging mit dem Korb bis zur Theke.

„Haben Sie Buletten?“, fragte ich den Wirt.

– ფული გაქვთ? – მკითხა მებუფეტემ.

– კი!

– რამდენი?

– სამი თუმანი.

– მაჩვენე!

ვაჩვენე!

– დაჯექი აბა, აგერ და მოგიტან!

– სამი პორცია! – ვუთხარი მე და გოდორი მოვიხსენი.

– შენ, ბიჭო, უდღეური რომ არ ხარ? – გულწრფელად მკითხა მებუფეტემ.

– მშიერი ვარ მე! – განვუმარტე.

– კარტოფილით მოგიტანო, თუ მაკარონით?

– ორი მაკარონით და ერთი კარტოფილით, სამივე პორცია ცალ-ცალკე.

– ლიმონათი რამდენი?

– ლიმონათიც სამი, – ვუთხარი მე და ქამარი წინდაწინ მოვიშვი.

მებუფეტე ისე დამაკვირდა, შევატყვე, ისევ უნდოდა ეკითხა – უდღეური ვიყავი თუ არა, მაგრამ გადაიფიქრა. ყველფერი რომ მომიტანა, ალერსით მკითხა:

– ის სამი თუმანი რომ მაჩვენე წეღან, რა უყავი!

– აგერ მაქვს! – ვუთხარი რიხიანად და წითელი სამთუმნიანი დავაძრე ჯიბიდან. მებუფეტემ ფული გამომართვა, სინათლეზე გახედა. ჭუჭყიანი ხალათის ქვეშ რომ უფრო ჭუჭყიანი ხალათი ეცვა, იმის გულისჯიბეში ჩაიდო – თავისუფალი ხარო, – გამიღიმა და წავიდა.

სასადილოში დაბალი, გრძელი და შავი ძაღლი შემოიძურწა, ფერდები ჩაცვენილი ჰქონდა. რამდენჯერ ამიარ-ჩამიარა, თან ირიბად მიცქეროდა. არაფერი რომ არ ვუთხარი, ახლოს მოვიდა. კატლეტი ვერ გავიმეტე და ჭიაყელასებური მაკარონი გადავუგდე. ჰაერშივე გაქაჩა და გადაყლაპა. გათამამდა. ახლა კუდის ზაკუნითა და ნერწყვის ყლაპვით წინ დამიჯდა. ისევ ვესროლე მაკარონი, ისევ ჰაერში გადასანსლა. მერე, ყურადღება რომ აღარ მივაქციე, დამიყეფა, – მომხედეო!

– გადი, ძაღლო, გარეთ, შენი ბანალი დაიწვა! – გაუჯავრდა მებუფეტე.

„Hast du Geld?", fragte er zurück.
„Ja!"
„Wie viel?"
„Drei Tumani."
„Zeig sie mir!"
Ich zeigte sie.
„Dann setz dich da hin, ich bringe sie dir!"
„Drei Portionen[7]!", sagte ich ihm und nahm den Korb vom Rücken.
„Du, Junge, bist du ganz bei Trost[8]?", fragte mich aufrichtigen Herzens der Wirt.
„Ich bin hungrig!", erklärte ich ihm.
„Soll ich sie dir mit Kartoffeln oder mit Makkaroni bringen?"
„Zwei mit Makkaroni und eine mit Kartoffeln, alle drei Portionen einzeln."
„Wie viele Limonaden?"
„Limonaden auch drei", sagte ich ihm und lockerte schon vorsichtshalber den Gürtel.

Ich bemerkte, dass der Wirt mich so anstarrte, als wollte er abermals fragen ‚Bist du nicht recht bei Verstande?', aber er überlegte es sich anders. Als er mir alles gebracht hatte, fragte er mich schmeichelnd:

„Die drei Tumani, die du mir vorhin gezeigt hast, wo sind die?"

„Hier hab ich sie!", sagte ich ihm keck und zog einen roten Drei-Tumani-Schein aus der Tasche. Der Wirt überprüfte das Geld, hielt es gegen das Licht. Unter einer schmutzigen Schürze trug er noch eine schmutzigere Schürze, in deren Brusttasche legte er es hinein. „Es stimmt!" Er lächelte mir zu und ging weg.

In die Imbissstube kam zögernd ein kleiner, langer und schwarzer Hund herein; er war nur Haut und Knochen. Er lief mehrmals auf und ab und blickte mich von der Seite her an. Weil ich nichts dagegen hatte, kam er näher heran. Die Bulette konnte ich ihm nicht geben, und so warf ich ein langes Stück Makkaroni hin. Gleich in der Luft schnappte er sie auf und schluckte sie hinunter. Jetzt wurde er kühn. Jetzt setzte er sich mit wedelndem Schwanz vor mich hin, das Maul war voller Speichel. Ich warf noch ein Stück Makkaroni hin, wieder schnappte er es in der Luft. Dann, damit meine Aufmerksamkeit nicht mehr nachlassen sollte, kläffte er ein wenig – ‚sieh doch zu mir'!

„Raus, Hund, fort mit dir, soll ich dein Fell verbrennen!", zürnte ihm der Wirt.

– რა ქვია? – ვკითხე.

– რა ვიცი, მაგის პატრონი გადაშენდა!

– ვისია?

– რა ვიცი, მოუკვდა პატრონი. გადი, ძაღლო, გარეთ! – დანა მოუღერა მებუფეტემ.

ძაღლმა კუდი ამოიძუა და გარეთ გავიდა.

მოვრჩი ჭამას, გოდორი მოვიკიდე და კარისკენ წავედი. მართლაც ნამეტანი მომივიდა. სულს ძლივს ვითქვამდი.

– ხურდა არ მერგება? – ვკითხე სხვათა შორის.

– გადაგყვები ზედ! – მითხრა მებუფეტემ.

– სულ არა? – ვცადე ბედი.

– უბედური შენი მარჩენალი.

შეეცოდა ბაბუაჩემი მებუფეტეს. გარეთ რომ გამოვდიოდი, თვალი მოვკარი, ის ძაღლი ისევ შეიძურწა სასადილოში. სოფლის გზას დავადექი, ათი ნაბიჯი არ მქონდა გადადგმული, ძაღლის, ენით აუწერელი კივილი მომესმა. უცებ შლიგინით ჩამიქროლა გადარეულმა ძაღლმა, ხიდის ქვეშ წყალში შევარდა, მერე ამოვარდა წყლიდან, სილაზე დაგორდა და საცოდავ წკავწკავს მოჰყვა. მოვიხედე. სასადილოს კარებში ცხვირგარუმბებული მებუფეტე იდგა, ხელში ქვაბი ეჭირა, ქვაბს ოხშივარი ასდიოდა.

– დადუღრე? – ვკითხე.

– არა, ფეხები დავუთბილე! – გაიკრიჭა მებუფეტე.

– ვირიშვილი ხარ შენ! – ვუთხარი მე.

მებუფეტე გაშტერდა, მერე ქვაბი დადგა, მარჯვენა მკლავი დაიკაპიწა და გალურჯებული სახით წამოვიდა ჩემსკენ.

– დამიცადე მანდ!

გოდორი ჩამოვდგი, დავიხარე და გზის პირას დაგორებული დიდი ქვა ავიღე. მებუფეტე მონუსხულივით შედგა. ერთხანს ასე იდგა, მერე, სილურჯემ რომ გადაუარა, თავი სინანულით გადაიქნია და სასადილოში შებრუნდა.

*

ძაღლი ხიდის ქვეშ იწვა, ორივე თათი დადუღრული ცხვირპირზე ჩამოეფარებინა, წყალში გალუმპულს დროდადრო ასლოკინებდა და სიმწრით წკავწკავებდა. ახლოს რომ მივედი, შემომიღრინა. დავაკვირდი. მარჯვენა თათიც დადუღრული ჰქონდა.

„Wie heißt er?“, fragte ich.
„Was weiß ich, sein Herr soll verrecken!“
„Wem gehört er?“
„Weiß ich’s, sein Herr soll ins Gras beißen! Raus, Hund, fort!“ Der Wirt holte mit dem Messer zum Schlage aus.
Der Hund zog den Schwanz ein und hetzte hinaus.
Ich war mit dem Essen fertig, hing mir den Korb über und ging zur Tür. Das Essen war wirklich üppig für mich gewesen – ich konnte kaum atmen.
„Bekomme ich kein Restgeld?“, fragte ich nebenbei.
„Du willst wohl, dass ich Pleite gehe[9]!“, sagte der Wirt.
„Gar nichts?“, probierte ich mein Glück.
„Dein armer Brotgeber.“
Mein Großvater tat dem Wirt leid. Als ich nach draußen ging und die Tür öffnete, schlich sich jener Hund wieder in den Imbissraum. Ich schlug den Weg zum Dorf ein und war kaum zehn Schritte gegangen, als ich ein unbeschreibliches Hundewinseln vernahm. Plötzlich schoss der Hund wie ein Irrer in rasendem Tempo an mir vorbei und warf sich unter der Brücke ins Wasser. Dann kam er aus dem Wasser heraus, wälzte sich im Sand und winselte erneut Mitleid erregend auf. Ich sah mich um. In der Tür der Imbissstube stand der Wirt mit der dickgroßen Nase. In der Hand hielt er einen Kessel, aus dem Dampf aufstieg.
„Hast du ihn verbrüht[10]?“, fragte ich.
„Nein, die Beine hab ich ihm gewärmt!“ Der Wirt lachte hämisch.
„Du bist ein Esel[11]!“, sagte ich.
Der Wirt geriet außer sich. Er stellte den Kessel hin, streifte den rechten Ärmel hoch und kam mit blau angelaufenem Gesicht auf mich zu.
„Na, warte!“
Ich stellte den Korb auf den Boden, sah mich um und hob einen großen Stein vom Wegrand auf. Der Wirt blieb wie versteinert stehen. Zuerst stand er so da, dann, als die Bläue aus seinem Gesicht gewichen war, kehrte er zur Imbissstube zurück.

*

Der Hund lag unter der Brücke, beide Pfoten hatte er im verbrühten Gesicht versteckt. Er leckte ab und zu an den mit Wasser durchnässten Tatzen und kläffte bitter. Als ich näher an ihn herankam, knurrte er mich an. Ich betrachtete ihn. Auch die rechte Pfote war verbrüht.

– მომიშვი! – ვუთხარი. – ეს რა მიქენითო, შემომიტია წკმუტუნით. წინ ჩავუცუცქდი. მოლოდინში გაიტრუნა, დაუშავებელი მარცხენა თვალიდან ცრემლი ღვარად ჩამოსდიოდა. რა ვუყო ახლა ამას. – გავიფიქრე, მერე ხალათი გავიხადე, პერანგი შუაზე გავხიე და წყალში დავალბე. თვალის ახვევა რომ დავუწყე ისევ ატირდა. თათიც რომ შევუხვიე ხელი ამილოკა, ვეღარ მოვითმინე, სილაზე დავჯექი და მეც ტირილი დავიწყე. ძაღლი რის ძაღლია, კაცის ტირილის მიზეზს თუ ვერ მიხვდა. მომიჩოჩდა და თავი კალთაზე დამადო.

მახსოვს, 14 წლის ვიყავი, გერვასი ჯაბუას თინა რომ გათხოვდა ნაზეღლაველ არსენა სიამაშვილზე, მაშინ ვინატრე პირველად – ღმერთო, ახლა მქენი 20 წლის და ამ ანგელოზივით ქალს ამას როგორ გავატან-მეთქი... და ახლა ვინატრე მეორედ: – ღმერთო, ახლა იმ მებუფეტის ხნის მქენი და მერე მომკალი-მეთქი. და არასდროს ისე არ მინატრია ნატვრის ასრულება, როგორც ახლა, ამ პატარა ხიდის ქვეშ.

*

– ვინაა, ბიჭო, ეს? – მკითხა გაკვირვებულმა ბაბუამ, გოდრიდან რომ დაფუფქული ძაღლი ამოვიყვანე და წინ დავუსვი.

– ძაღლია! – ვუთხარი მე.

– რა უგავს ძაღლს? – თქვა ბაბუამ და მიმქრალ ბუხარში შეაფურთხა.

– მებუფეტემ დადუღრა!

– წუწკია ალბათ! – გაამტყუნა ძაღლი ბაბუამ.

– მშიერია! – გავამართლე მე.

– მოხსენი მაგი ჭინჭები! – მითხრა ბაბუამ.

მოვხსენი. ბაბუამ დაშავებულ ადგილებზე დახედა.

– ცუდ დროს კი დაუდუღრავს იმ უგვანოს, მარიამობის თვეა, ამ სიცხეში როდის შეუხორცდება... წადი, ერბო მოიტანე და დაადევი ზედ, ცოტას დაუამებს, თვალზე რა ეშველება, თორემ თათს კი მოირჩენს ლოკვით.

როგორც მითხრა, ისე მოვიქეცი. დილით უკვე ჩვენს ეზოში ძაღლი ყეფდა, მართალია, ჯერ სუსტად და გაუბედავად, მაგრამ მაინც ყეფდა.

*

„Lass mich mal ran!“, sagte ich ihm. Er schien mich winselnd anzuweinen: „Was habt ihr mit mir gemacht?“ Ich kniete mich vor ihn hin. Er schwieg in Erwartung, aus dem unbeschädigten linken Auge flossen Tränen. „Was soll jetzt aus ihm werden?“, dachte ich. Dann zog ich die Jacke aus, zerriss das Hemd in der Mitte und befeuchtete es im Wasser. Als ich begann, ihm das Auge zu verbinden, weinte er abermals. Und als ich die Pfote einwickelte, leckte er mir die Hand. Ich hielt es nicht mehr aus; ich setzte mich in den feinen Sand und begann ebenfalls zu weinen. Was für ein Hund wäre denn ein Hund, wenn er den Grund für das Weinen eines Menschen nicht begreifen könnte! Er kroch an mich heran und legte den Kopf in meinen Rockschoß.

Ich erinnere mich, ich war vierzehn Jahr alt, als Gerwasi Dshabuas Tina den Arsena Siamaschwili aus Nabeghlawi geheiratet hatte. Damals wünschte ich mir zum ersten Mal von Gott: „Oh, Gott, lass mich jetzt zwanzig Jahre alt sein. Wie kann ich denn dieses engelsgleiche Mädchen dem da überlassen?“ ... Und jetzt wünschte ich mir zum zweiten Mal: „Oh, Gott, mach mich jetzt so alt wie jenen Wirt, und dann kannst du mich umbringen.“ Niemals wieder habe ich die Erfüllung eines Verlangens so gewünscht wie jetzt, unter dieser kleinen Brücke.

*

„Wer ist denn das, Junge?“, fragte mich der überraschte Großvater, als ich einen verbrühten Hund aus dem Korb herausnahm und vor ihn hinsetzte.

„Das ist ein Hund!“, sagte ich ihm.

„Wie sieht denn der aus!“, sagte Großvater und spuckte in den erloschenen Kamin.

„Der Wirt hat ihn verbrüht!“

„Sicher ist er verfressen!“, beschuldigte Großvater den Hund.

„Er ist hungrig!“, rechtfertigte ich ihn.

„Nimm ihm die Lappen da ab!“, sagte Großvater zu mir.

Ich wickelte sie ab. Großvater betrachtete die verletzten Stellen.

„Gerade jetzt musste der Lump ihn verbrühen! Es ist August, wann soll denn das in dieser Hitze verheilen ... Geh, hole Butterschmalz und mach’s drauf, es beruhigt ein bisschen. Aber was wird mit dem Auge? Die Pfote heilt er selbst durch Lecken.“

Wie er es mir gesagt hatte, so tat ich. Am nächsten Morgen bellte auf unserem Hof schon ein Hund, zwar schwächlich und zaghaft, aber er bellte eben.

*

რა არ ვუძახეთ მე და ბაბუამ ძაღლს: ხან ჯეკა, ხან ბროლია, ხან ჯულბარსა, ხან რა და ხან რა, არც ერთზე ხმას არ გვცემდა. ძაღლის ნამდვილ სახელს რომ ვერ მივაგენით, უბრალოდ „ძაღლო“ შევარქვით. ერთი თვის თავზე დადუღრული თათიც და თვალიც მოურჩა. დანადუღრავ ადგილზე ახალი, თოვლივით თეთრი ბანალი ამოუვიდა. ეს ბანალი ისე მოუხდა, სოფლის ბარე ორი ძაღლი ვერ გაეჯიბრებოდა სილამაზეში.

სხვა მხრივ, როგორც ძაღლი, სხვა ძაღლებისგან მაინცდამაინც დიდი ნიჭიერებით არ გამოირჩეოდა, ეს კი იყო, ბავშვებს და ქალებს არ ერჩოდა, ჩვენს ერთადერთ, კვერცხისმდებელ, კისერყინტორა ქათამსაც სცნობდა, ათას სხვა ქათამში გამოარჩევდა, თუმცა ძაღლმა ესეც თუ არ ქნა, მაშინ რაღა ძაღლია, კაცთაგან კი ბაბუასა და ჩემს გარდა დედამიწაზე მისთვის სხვა კაცი არ არსებობდა. ეს კაცთმოძულეობა ალბათ მებუფეტემ რომ დადუღრა იმ დღიდან დაჩემდა.

რამდენჯერ უთქვამთ მეზობლებს საყვედურით:

– სპირიდონ, ძალიან გვინდა მოსვლა, მაგრამ ამოგვიკვეთა ფეხი შენს ოჯახში ამ უჯიშომ. მაგისი შიშით სკვინჩა ვერ შემომჯდარა შენი ღობის სარზე, ან დააბი, ან გადააშენე აქედან.

ბაბუა ისე დაუმეგობრდა ძაღლს, უმალ მე გამაგდებდა შინიდან, ვიდრე მას. შეშის მოსატანად თუ წამყვებოდა ხანდახან, ან წისქვილში, ისიც ღამით, თორემ სხვა დროს იწვა ბაბუას ფეხებში გაწვართული და მის განკარგულებას ელოდა. თვალები თაფლისფერი ჰქონდა, სევდიანი და ჭკვიანი, მოძრაობა ზანტი, მაგრამ საკმარისი იყო ხიდან ვაშლი ან მსხალი ჩამოვარდნილიყო, შურდულივით მოწყდებოდა ადგილს, ღორმა არ მიმასწროსო, მივარდებოდა ხის ძირში, აიღებდა ნაყოფს და ბაბუას მიურბენინებდა. ბაბუა თავის მხრივ ქეჩოში წაავლებდა ხელს, ნაზად მოქაჩავდა მადლობის ნიშნად, მერე ნაყოფს გათლიდა, გულს თვითონ შეჭამდა და ნათალს ძაღლს დაუყრიდა და ისიც ისეთი სიამოვნებით მიირთმევდა ბაბუას ხელიდან მიწოდებულ ნათალს, თითქოს ამ ხის ძირში ვაშლი და მსხალი თავსაყარი არ ყოფილიყოს. ყურისგდებაც კარგი იცოდა ძაღლმა. მარტო მას შეეძლო ბაბუას ათასჯერ მონაყოლი ამბის წარბშეუხრელად მოსმენა. რაც უფრო გრძელი იყო ამბავი, მით უფრო ყურადღებით ისმენდა ძაღლი. თან ისე შესციცინებდა თვალებში, თითქოს ეხვეწებოდა – თუ კაცი ხარ, მაგ ამბიდან ერთი სიტყვა არ გამომიტოვოო.

Großvater und ich riefen ihn mal Dsheka, mal Brolia, mal Dshulbars, mal so, mal so, aber auf keinen einzigen Namen hörte er. Als wir den richtigen Namen nicht herausbekamen, nannten wir ihn einfach „Hund". Nach einem Monat waren die verbrühte Pfote und auch das Auge geheilt. An den kahlen Stellen kam neues, wie schneeweißes Fell hervor. Das neue Fell stand ihm gut, und Hund war so schön, dass es kein anderer Hund im Dorf mit ihm aufnehmen konnte.

Andererseits zeichnete er sich im Vergleich zu anderen Hunden nicht durch größeres Talent aus; aber das war gut: Kinder und Frauen belästigte er nicht, auch unser einziges, Eier legendes Halsgefiederhuhn[12] kannte er, unterschied es unter tausend anderen Hühnern. Obwohl, wenn ein Hund nicht einmal das kann, was ist er dann schon für ein Hund! Von den Männern existierten für ihn außer Großvater und mir keiner auf dieser Welt. Dieser Männerhass stammte wahrscheinlich noch von jenem Tag, als der Wirt ihn verbrüht hatte.

Wie oft machten ihm die Nachbarn den Vorwurf:

„Spiridon, wir wollen sehr gern zu dir kommen, aber dieser Herbeigelaufene lässt uns nicht den Fuß in deinen Hof setzen. Kein Fink getraut sich aus Angst, sich auf deinen Zaunpfahl zu setzen, oder versuche mal, etwas an den Zaun anzubinden oder von hier hinüberzuwerfen."

Großvater hatte sich so mit dem Hund angefreundet, dass er eher mich aus dem Haus gejagt hätte als ihn. Manchmal, wenn ich Holz holte oder zur Mühle ging, besonders nachts, begleitete er mich; aber die restliche Zeit lag er neben Großvaters Füßen ausgestreckt[13] und wartete auf seinen Befehl. Er hatte honigfarbene, nachdenkliche und kluge Augen und bewegte sich im Allgemeinen träge. Aber es reichte, dass vom Baum ein Apfel oder eine Birne herunterfiel, damit er sich wie eine Schleuder vom Platz losriss, um dem Schwein zuvorzukommen. Er warf sich unter den Baum, nahm die Frucht und lief zum Großvater. Großvater seinerseits kraulte ihm den Nacken[14], was zärtliche Dankbarkeit ausdrückte, und schälte die Frucht. Das Innere aß er selbst, die Schalen gab er dem Hund. Und gerade diese, aus Großvaters Händen gereichten Schalen fraß er mit solchem Genuss, als ob es unter jenem Baum nicht von Äpfeln und Birnen wimmelte. Aber der Hund hörte auch aufmerksam zu. Nur er konnte sich die von Großvater bereits tausendmal erzählten Geschichten ohne mit der Wimper zu zucken anhören. Je länger die Geschichte war, umso aufmerksamer hörte „Hund" zu. Dabei sah er ihm so liebevoll in die Augen, als ob er bitten würde: „Sei so lieb, lass von jener Geschichte nicht ein Wort aus."

ერთხელ ასეთ საუბარზე შევისწარი ორივე:

– ომს შეურცხვა საქციელი, ძაღლო, თორემ შენისთანა ძაღლი მსხალს უნდა ჭამდეს? – ეუბნებოდა ბაბუა და სინანულით იქნევ-და თავს. ძაღლი თავის მხრივ ისე უქიცინებდა თავს, თითქოს უდასტურებდა – აბა, აბაო!

– დაგავიწყდა ხომ, ძაღლო, ხორცის გემო? – ეკითხებოდა ბაბუა.

– კიო! – თავს უქნევდა ძაღლი.

– მაგრამ, ნუ გეშინია, – ამშვიდებდა ბაბუა. – ნუ გეშინია, გა-მოჩნდება, ალბათ, სადაცაა, გოგიტას მამა არსენა და მოგვხედავს კაცურად. რას იტყვი შენ? – ძაღლი არ იცნობდა მამაჩემ არსე-ნას, მაგრამ თავს მაინც უქნევდა ბაბუას. – არადა, გათავდება, ალ-ბათ, ეს ოჯახდასაქცევი ომი... – განაგრძობდა ბაბუა. – ეს სატკივა-რიც გამივლის, ალბათ, აბა, რა ჭირი ეცემა? წამოვდგები, შენ ხარ ჩემი ბატონი, წავალ მოსკოვში, ჩავუვარდები მუხლებში სტა-ლინს და ერთ კილო ჰიტლერის ხორცს როგორ არ გამოიმეტებს ჩემთვის და შენთვის? ჰიტლერის სისხლითა და ხორცით უნდა გავძღეთ და დავთვრეთ იმ დღეს მე და შენ, ძაღლო, მაგრამ როდის დადგება მაგი დრო, როდის?... – ეკითხებოდა ბაბუა და ძაღლიც კითხვით სავსე თვალებით შესცქეროდა თვალზე ცრემლმომდგარ ბაბუას.

ისხდნენ ასე მეგობრები მზემომდგარ აივანზე და ფიქრობდნენ: ერთი, ალბათ, ომის დამთავრებასა და შვილის დაბრუნებაზე, მეორე კი – ხორცზე...

სხვა მხრივ ძაღლი ჩვეულებრივი ძაღლი იყო. ღამღამობით სხვა ძაღლებივით მასაც გარეთ ეძინა. მამლის ყივილს, კატის კნავილსა და ტურის კივილს, ყველა თავის მოძმესავით, ყეფით ეხმიანებოდა, სოფლის ყველა ძაღლთან ერთად ისიც ყმუოდა, როდესაც სოფელში ვინმე ომში დაღუპულს შეიცხადებდნენ, სხვა ძაღლებივით ისიც უღრენდა დათვის ღელიდან ურმის თვალივით ამოგორებულ სავსე მთვარეს. ძუკნაობის დროს ისიც სხვა ძაღლებივით შარახვეტიაობდა და ისევე, როგორც სოფლის ყველა ნაქებარი ძაღლი, ისიც ფეხა-წეული აშარდავდა ბოსტანში ახალ ამობიბინებულ ნიახურს. ასე მისდევდნენ დღეები დღეებს. ვცხოვრობდით მე და ბაბუა ისე, როგორც ადამიანებს შეეფერება ომის დროს, ძაღლი კი ისე, რო-გორც ძაღლს შეეფერება.

*

Einmal wurde ich Zeuge eines solchen Gesprächs der beiden:

„Der Krieg sei verflucht, mein Hund, denn hat man je gehört, dass ein Hund wie du Birnen essen muss?“, sagte Großvater zu ihm und schüttelte verbittert den Kopf. Der Hund seinerseits nickte mit dem Kopf, als ob er das bestätigte: „Na, du sagst es!“

„Du hast wahrscheinlich den Geschmack von Fleisch vergessen, Hund?“, fragte Großvater.

„Ja!“, der Hund nickte ihm zu.

„Aber, hab keine Angst“, beruhigte ihn Großvater, „hab keine Angst, wahrscheinlich taucht bald Gogitas Vater Arsena irgendwo auf, und der wird uns richtig versorgen. Was sagst du?“ „Hund“ kannte meinen Vater Arsena nicht, aber er nickte trotzdem dem Großvater zu. „Dieser Krieg muss doch mal aufhören, dieser verdammte Krieg ...“, fuhr Großvater fort. „Auch dieses Leid geht sicher vorüber, natürlich, anders kann es ja nicht sein! Ich werde aufstehen, wie auch immer, nach Moskau fahren, mich vor Stalin vor die Knie fallen lassen, und er wird mir und dir doch sicher ein Kilo Hitler-Fleisch opfern? Mit Hitlerblut und Fleisch müssen wir uns doch, ich und du, mein „Hund“, an jenem Tag sättigen und berauschen. Aber wann bricht diese Zeit an, wann? ...“, fragte Großvater, und auch der Hund blickte dem Großvater voller Fragen in die tränenden Augen.

So saßen die Freunde auf dem sonnigen Balkon und überlegten; der eine dachte wahrscheinlich ans Kriegsende, an die Rückkehr des Sohnes, der andere jedoch an Fleisch ...

Wiederum war „Hund“ ein gewöhnlicher Hund. Jede Nacht schlief auch er wie andere Hunde draußen. Auf alles, auf das Schreien des Hahnes, das Miauen der Katze und den Schrei des Schakals lärmte er wie ein Zeuge mit Bellen. Er heulte zusammen mit den anderen Hunden des Dorfes, wenn im Dorf ein im Krieg Gefallener beklagt[15] wurde. Wie andere Hunde knurrte auch er von der Bärentränke aus mit radgroßen Augen den aufgehenden Vollmond an. Während der Paarungszeit schlich er sich wie andere Hunde wie ein Tagedieb herum, und ebenso wie alle vielgerühmten Hunde des Dorfes suchte er im Gemüsegarten Händel mit dem frisch wogenden Sellerie. So vergingen die Tage. Großvater und ich lebten, wie es Menschen während des Krieges geziemt, und „Hund“ wiederum so, wie es einem Hunde zukommt.

*

1943 წლის 22 აგვისტოს, ღამით, სოფელი ძაღლების გნიასმა შესძრა. ძუკნაობა იყო და ამ ამბისთვის მაინცდამაინც დიდი ყურადღება არავის მიუქცევია.

დილით ასლანა თავბერიძემ ჭანიშვილების საცივთან დაგლეჯილი ძაღლი იპოვა. არც ეს გაგვკვირვებია, რადგან ძაღლების ძუკნაობა უამისოდ არ ჩაივლის, ამიტომ ის დაგლეჯილი ძაღლი სადაც ვიპოვეთ, იქ დავმარხეთ და შინ წავედით.

შუადღეზე სოფელში უცხო კაცმა ჩამოიარა. ძაღლს ეძებდა. ასლანთან მიასწავლეს. იმ საუბარს მეც დავესწარი:

– კირილე ვარ, მამალაძე, ხევიდან! – გაეცნო უცხო.

– რაზე შეწუხებულხართ, ბატონო? – ჰკითხა ასლანამ.

– ძაღლს ვეძებ ჩემსას, ასე მითხრეს, დაგლეჯილი ძაღლი გიპოვიათ ვითომ თქვენ და დაგიმარხავთ.

– კი, მე და ამ ბაღანამ დავმარხეთ, არ უნდა დაგვემარხა?

– რას ბრძანებთ, მადლობელი ვარ ქირისუფლობისათვის, მაგრამ ის ადგილი უნდა მაჩვენოთ.

წავყევით და ვაჩვენეთ. საფლავი ამოთხარა. ძაღლი ამოათრია და დააკვირდა.

– კი ჩემია! – თქვა ბოლოს დაბეჯითებით.

– გადასვენებას ხომ არ უპირებთ, ბატონო? – გაუღიმა ასლანამ.

– გადასვენებას კი არა, დანა კბილს არ მიხსნის, ბავშვი დამიჭამა გუშინ ამ ძაღლიშვილმა, ასე მითხრეს პასტერის სადგურში: იმ ძაღლის თავი მოგვიტანე, ანალიზს ავუღებთ ტვინშიო, თუ არა და, ცოფის ნემსების გაკეთება მოგიწევთო. ჩემ თავს არ ვჩივი, ასლან ბატონო, მუცელში ორმოცი ნემსის გაკეთებას გაუძლებს ჩემი ბაიასავით გაყვითლებული და უდღეური ბაღანა? – ამოიოხრა კირილე მამალაძემ და ტომრიდან ნაჯახი ამოიღო. ასლანას აღარ დაველოდე, შემოვბრუნდი და შინ წავედი.

ბაბუას მოვუყევი ყველაფერი.

– არაა მაგი კარგი ამბავი. – თქვა ბაბუამ ფიქრის შემდეგ და მის ფეხებთან უდარდელად გაშოტილ ძაღლს თვალი შეავლო.

საღამოს ბადრია მეთუთუნე მოადგა ჭიშკარს და თოფი სთხოვა ბაბუას.

– რად გინდა თოფი, ბადრია? – ჰკითხა ბაბუამ.

– ძაღლი უნდა მოვკლა, სპირიდონ!

– რას ერჩი?

In der Nacht des 2. August 1943 waren Hunde aufeinander losgegangen. Es war Paarungszeit, und deshalb schenkte dem niemand besonders große Aufmerksamkeit.

Am Morgen fand Aslana Tawberidse an Tschanischwilis Brunnen einen zerrissenen Hund. Auch das verwunderte uns nicht, weil das in der Läufigkeit üblich war. Deshalb gruben wir jenen Hund an jener Fundstelle ein und gingen heim.

Mittags lief im Dorf ein fremder Mann umher, der einen Hund suchte. Er wurde zu Aslana geschickt. Ich war Zeuge jenes Gesprächs:

„Ich bin Kirile Mamaladse aus Chewi“, stellte sich der Fremde vor.

„Was führt Sie her?“, fragte Aslan.

„Ich suche meinen Hund. Man hat mir gesagt, dass Sie einen zerrissenen Hund gefunden und begraben haben.“

„Ja, dieser Junge und ich haben ihn begraben. Sollten wir das nicht tun?“

„Aber nein, ich danke für Ihr Beileid, aber Sie müssen mir jene Stelle zeigen.“

Wir führten ihn dorthin und zeigten sie. Er öffnete das Grab, buddelte den Hund aus und schaute ihn aufmerksam an.

„Ja, das ist meiner!“, sagte er dann letzten Endes überzeugt.

„Sie wollen ihn doch nicht etwa überführen lassen?“, lächelte Aslana ihn an.

„Überführen? Ich bin schon so voller Wut[16]. Gestern hat dieser Hundesohn mein Kind angenagt. Auf der Pasteur[17]-Station[18] wurde mir gesagt: ‚Bring uns den Kopf jenen Hundes, und wir analysieren sein Gehirn, wenn nicht, dann müssen Sie sich mehreren Spritzen gegen Tollwut beugen.‘ Über mich klage ich ja nicht, Herr Aslana, aber hält mein Baby[19], mein quittegelbes, zu früh geborenes Kindchen vierzig Spritzen in den Bauch aus?“, seufzte Kirile Mamaladse und nahm ein Beil aus dem Sack. Ich wartete nicht mehr auf Aslana, kehrte um und ging nach Hause.

Großvater erzählte ich alles.

„Das ist keine gute Nachricht“, sagte Großvater nach einigem Nachdenken und blickte auf den zu seinen Füßen unbekümmert ausgestreckten Hund.

Am Abend kam Badria, der Tabakzüchter, zur Pforte und bat Großvater um das Gewehr.

„Wozu brauchst du das Gewehr, Badria?“ fragte ihn Großvater.

„Ich muss den Hund töten, Spiridon!“

„Was willst du denn von ihm?“

– წუხელ რომ ხევიდან გადმოვარდნილმა ძაღლმა მთელი სოფლის ძაღლები დაცოფა, შენ არ გაგიგია? იქ არ იყავი, ბიჭო, შენ, იმ კაცმა რომ თქვა, ბაღანე დამიჭამაო? – მომიბრუნდა მე ბადრია.

– იმ კაცს არ უთქვამს, ცოფიანი იყო ძაღლიო! – ამოვღეჭე მე.

– როდის იყო, ბიჭო, ჭკუათმყოფელი ძაღლი პატრონს კბენდა, ისიც ბაღანას? – მკითხა ბადრიამ.

ვერაფერი ვერ ვუპასუხე.

– მაგ საქმისთვის თოფს ვერ გათხოვებ, ბადრია! – გააწბილა ბაბუამ.

– აბა, რითი მოვკლა!

– სარით!

– სარით რა, მხეცი კი არ ვარ! – ეწყინა ბადრიას.

– მაინც ვერ გათხოვებ! – თქვა ბაბუამ. ბადრია მიხვდა, წყალს რომ ნაყავდა და წავიდა.

– ამეღამ ძაღლი ახორში დაამწყვდიე! – მითხრა ბაბუამ და ძაღლს თავზე ხელი გადაუსვა.

*

პირველი თოფი ასლანა თავბერიძის ეზოში გავარდა და ძაღლის კივილმა ცა გახია.

– რა რიცხვია დღეს, ბაბუ? – მკითხა ბაბუამ.

– ოცდასამი აგვისტო! – ვუპასუხე მე.

– დაიწყო ბართლომეს ღამე! – თქვა ბაბუამ და თავი ჩაქინდრა.

პირველ თოფს მეორე მოჰყვა, მეორეს – მესამე, მესამეს – მეოთხე... თოფის ხმა გრიალით გადადიოდა ეზოდან ეზოში, ყმუილი, წკავწკავი, ყიჟინა, ბავშვების ტირილი, საქონლის ბღავილი – ყველაფერი ერთმანეთში აირია, გავარდა ბადრიას ეზოში, მერე ჩვენი ყურის მეზობლის მაკარიას ეზოშიც გავარდა და ძაღლის კივილმა და წკმუტუნმა დაანგრია ქვეყანა.

– ფილთა აქვს მაგ უღმერთოს, და რა გაუძლებს ამ ძაღლის საცოდაობას სანამ მაგი მაგას ხელმეორედ დატენის. – თქვა ბაბუამ და აკანკალებული ხელები ყურებზე აიფარა. ერთი საათი გრძელდებოდა ძაღლების ეს აუწერელი ჟლეტა. ერთი საათი გუგუნებდა ცა და დედამიწა ჩვენს გარშემო. ერთი საათი ანგრევდა და აწყდებოდა გადარეული ჩვენი ძაღლი ღრენითა და კბილების

„Gestern hat doch ein hergelaufener Hund aus Chewi alle Hunde des Dorfes mit Tollwut angesteckt, hast du das nicht gehört? Warst du, Junge, nicht dort, als jener Mann sagte, dass der sein Kind gebissen habe?“, wandte sich Badria nach mir um.

„Jener Mann hat nicht gesagt, dass der Hund tollwütig war!“, erwiderte ich unwillig.

„Wann gab es denn das, Junge, dass ein normaler Hund seinen Herrn beißt, auch noch dessen Kind?“, fragte mich Badria.

Ich konnte ihm nichts antworteten.

Großvater schlug ihm die Bitte ab: „Dafür leihe ich das Gewehr nicht, Badria.“

„Womit soll ich ihn denn dann umbringen!“

„Mit einem Pfahl[20]!“

„Was, mit einem Pfahl, ich bin doch kein wildes Tier!“, Badria war beleidigt.

„Ich kann es dir trotzdem nicht borgen!“, sagte der Großvater. Badria verstand, dass es keinen Zweck hatte[21], und ging.

„Schließe den Hund in dieser Nacht[22] in den Stall[23] ein!“, sagte Großvater und streichelte „Hund“ über den Kopf.

*

Der erste Schuss wurde auf dem Hof von Aslana Tawberidse abgefeuert, und ein himmelzerreißender Hundeschrei ertönte.

„Was für ein Tag ist heute, Junge[24]?“, frage mich Großvater.

„Der dreiundzwanzigste August!“, antwortete ich ihm.

„Die Bartholomäusnacht hat begonnen!“, sagte Großvater und ließ den Kopf hängen.

Dem ersten Schuss folgte ein zweiter, dem zweiten ein dritter, dem dritten ein vierter ... Die Gewehrstimme ging mit Lärm von einem Hof zum anderen. Heulen, Bellen, Winseln, Krach, Kinderweinen, das Blöken des Viehs – alles ging ineinander über. Abgefeuert wurde auf Badrias Hof, auf Alistrachos Hof, dann hörten wir es auch auf dem Hof des Nachbarn Makaria schießen, und ein Schrei und das Knurren des Hundes zerriss die Luft.

„Eine Schrotflinte hat dieser Gottlose, und wie quält sich dieser Hund, bis Makaria sein Gewehr nochmals lädt“, sagte Großvater und hielt mit zitternden Händen die Ohren zu. Eine Stunde dauerte diese unbeschreibliche Hundevernichtung. Eine Stunde tönte der Himmel und die Erde um uns herum. Eine Stunde scharrte und kratzte unser fast wahnsinniger Hund mit

ღრჭენით გარედან სარგაყრილ ახორის კარს. მერე ნელ-ნელა მიწყნარდა ხმაური, სადღაც უკანასკნელი თოფი გავარდა.

– ეჰე-ჰეჰე... – დაიყიჟინა მთელ სოფელზე ომახიანად ვიღაცამ.

– გათავდა! შენ მოგეცა ამათი ცოდვა კაცის გაჩენისათვის, ღმერთო! – თქვა ხელაპყრობილმა ბაბუამ და სოფელი ჩაკვდა.

*

მამალმაც იყივლა, ძროხამაც იბღავლა, სკოლის ზარმაც დარეკა, მზეც ამოიწვერა კონცხოულაზე, თხამაც დაიპეტელა, თიკანმაც დაიკიკინა, კატამაც დაიკნავლა. ქათამმაც დაიკაკანა, მაგრამ დილა დილას არ ჰგავდა, რაღაც აკლდა სოფელს, რაღაც თითქოს შეუმჩნეველი, მაგრამ უზარმაზარი, მშობლიური, თბილი, ახლობელი, და როდესაც მხარზე წალდგადაგდებულმა ასლანამ ჩაიარა ორღობეში და უკან ძაღლი არ მისდევდა, მივხვდი, რომ ეს რაღაც უზარმაზარი, სოფლის განუყოფელი ნაწილი, მისი სისხლი და ხორცი, ძაღლი იყო, ჩვეულებრივი ძუნკალი ძაღლი. უძაღლოდ გათენდა 1943 წლის მარიამობის თვე ჩემს სოფელში.

იმ დილით ჩვენი ძაღლი ახორიდან არ გამოსულა, არც დაუყეფია და არც საჭმელი უჭამია. სკოლიდან დაბრუნებულს, ბაბუას ფეხებში დამხვდა გაშოტილი და თვალდახუჭული, მკვდარივით ეგდო, მუცელი ოდნავ უფეთქავდა და მხოლოდ იმაზე თუ შეატყობდი, რომ ცოცხალი იყო.

– რას შვება? – ვკითხე ბაბუას.

– წუხანდელ ღამეს ინელებს. – თქვა ბაბუამ, – ნუ გეშინია, ძაღლია და დაავიწყდება! – დააყოლა ბოლოს და მერე ალერსით თავზე ხელი მოუთათუნა. ძაღლი არ განძრეულა.

შებინდებისას ჭიშკარს ისევ ბადრია მეთუთუნე მოადგა. ნასვამს ჰგავდა.

– საღამო მშვიდობისა, სპირიდონ! – მიესალმა ბაბუას.

– გაგიმარჯოს, ბადრია! – უპასუხა ბაბუამ და რატომღაც ეზოში არ ჩამოიპატიჟა.

– სპირიდონ! – ცოტა ყოყმანის შემდეგ დაიწყო ბადრიამ – ხალხი ჩივის, სპირიდონის ეზოში წუხელ თოფი არ გავარდნილაო...

– რატომ უნდა გავარდნილიყო, ბადრია, თოფი, ჩემს ეზოში წუხელ კალანდა იყო, ომი დამთავრდა თუ ჩემი ბიჭი არსენა დაბრუნდა? – ჰკითხა ბაბუამ.

Knurren und Zähneknirschen an die von außen verschlossenen Stalltüren. Dann wurde es langsam ruhiger. Irgendwo ging noch ein letztes Gewehr los.

„Eh-eh-ehe ...“, grölte jemand mit kräftiger Stimme durchs ganze Dorf.

„Es ist zu Ende! Noch eine Sünde seit der Erschaffung des Menschen, oh Gott!“, sagte der Großvater mit erhobener Hand, und das Dorf erstarb.

*

Obwohl morgens der Hahn krähte, auch die Kuh muhte und die Schulglocke ertönte, auch die Sonne über dem Konzchoula-Berg hervorkroch, auch die Ziege blökte und das Zicklein meckerte, die Katze miaute und das Huhn gackerte, ähnelte der Morgen nicht einem gewöhnlichen Morgen. Etwas fehlte im Dorf, irgend etwas Unauffälliges, aber ungeheuer Großes, Heimatliches, Warmes, Nahes, und als Aslana mit einer Hippe auf der Schulter am Gartenzaun vorbeilief und ihm kein Hund folgte, verstand ich, dass dieses Irgendetwas, ungeheuer Großes ein unabtrennbarer Teil des Dorfes, sein Blut und Fleisch, der Hund war, der gewöhnliche, der nicht reinrassige Hund war. Der 24. des Marienmonats August 1943 brach in unserem Dorf ohne Hunde an.

An jenem Morgen ging unser Hund nicht vor den Stall, weder bellte er, noch fraß er etwas. Als ich aus der Schule zurückkam, lag er mit geschlossenen Augen wie ein Toter zu Großvaters Füßen ausgestreckt. Der Bauch bewegte sich unruhig, und nur daran merkte man, dass er noch lebte.

„Was macht er?“, fragte ich Großvater.

„Er verdaut die vorige Nacht“, sagte Großvater. „Hab keine Angst, er ist ein Hund und wird es vergessen!“, sagte er schließlich und tätschelte dann liebevoll mit der Hand den Kopf. „Hund“ rührte sich nicht.

In der Abenddämmerung erschien wieder Badria, der Tabakzüchter, an der Pforte. Er sah angetrunken aus.

„Guten Abend, Spiridon!“, grüßte er Großvater.

„Guten Abend, Badria!“ antwortete Großvater und lud ihn aus irgendeinem Grunde nicht auf den Hof ein.

„Spiridon!“, begann Badria nach kurzer Unschlüssigkeit. „Die Leute beklagen sich, dass auf Spiridons Hof gestern Abend kein Gewehrschuss abgefeuert wurde ...“

„Warum sollte man denn schießen, Badria, war gestern bei mir auf dem Hof etwa Neujahr[25]? Ist der Krieg zu Ende, oder ist mein Sohn Arsena zurückgekehrt?“, fragte Großvater.

– ნუ გადაუდგები, სპირიდონ, სოფელს ძაღლის გულისთვის. მოკალი მაგი ძაღლი. ჩვენ რა, შენზე ნაკლებ უჯიშო ძაღლები გვყავდა, თუ შენ ჩვენზე გულჩვილი გამოდექი?!

– არ ვიზამ მე, ბადრია, ისე, რომ მოვკვდე და ჩემს ეზოში ძაღლმა არ დაიყმუვლოს. – უთხრა ბაბუამ.

– სპირიდონ, მაგ რომ გაცოფდეს და ბაღნები დამიკბინოდ, ნავთს მივცემ შენს ოდას და შენც შიგ გამოგფუფქავ! – თქვა ბადრიამ და ბარბაცით წავიდა.

უკვე ბნელოდა, მაგრამ მე დავინახე, როგორც გაფითრდა ბაბუა.

– ბადრია! – დაუძახა უცებ, ბადრია შემოტრიალდა. – ბადრია ლაწირაკო, ჭკუით იყავი, ნუ ჩამადენინებ ცოდვას და ნუ გამათბობინებ შენი ისლით გადახურული სახლის ნაკვერჩხალზე ამ გაციებულ ძვლებს...

არ ვიცი, იმ წუთში სიბნელეში გაშეშებული ბადრია რას ფიქრობდა, მე კი ბაბუას სიტყვის ფასი რომ ვიცოდი, ბადრიას ადგილზე იმ ღამით არ დამეძინებოდა.

შუაღამისას ჩვენი ეზოს ბოლოში ორჯერ გავარდა ზედიზედ თოფი. ბოლო გასროლას ძაღლის ღრენაშერეული კივილი მოჰყვა. გულგახეთქილი წამოვვარდი, თოფს ხელი ვტაცე და გასროლის ადგილას მივირბინე. ვიღაც ბარდებში გაშლიგინდა და თავქვე დაეშვა. ჩვენი ძაღლი ღობის ძირში იწვა და ჩუმად წკმუტუნებდა. ხელში ატატებული შევიყვანე ოდაში. ბაბუას ჭრაქი აენთო და ბუხართან იჯდა თხისტყავზე ფეხმორთხმული. ნატყვიარი გაუსინჯა ძაღლს. საფანტს უკანა ფეხში გაეარა. ჯერ სპირტით მობანა ჭრილობა, შემდეგ თუთუნი დააყარა და მაგრად შეუკრა.

– არაფერია, ძვალს არ გაკარებია! – თქვა ბაბუამ. მერე ისე შეხედა ძაღლს, თითქოს რაღაცა უნდა ჰკითხოსო. ძაღლმაც ისე შეხედა ბაბუას, თითქოს რაღაცა უნდა უთხრასო. ასე უცქეროდნენ ერთმანეთს დიდხანს.

– ვინ იყო? – მკითხა უცებ ბაბუამ.

– არ ვიცი! – ვუპასუხე მე.

– ამან კი იცის, მაგრამ არ გინდა ათქმევინო?! – თქვა ბაბუამ და ძაღლს თვალებზე ცრემლი მოწმინდა.

*

დილით ბაბუამ თავი აივანზე გამაყვანინა. ძაღლი ადგა, კოჭლობით გამოყვა და ფეხებთან დაუწვა.

„Stell dich wegen eines Hundes nicht gegen das Dorf, Spiridon. Töte diesen Hund! Haben wir etwa weniger rassige Hunde als du gehabt, oder stellst du dich als weichherziger als uns hin?!“

„Ich werde es doch nicht so machen, Badria, dass ich sterbe und in meinem Hof kein Hund heulen wird“, antwortete Großvater.

„Spiridon, wenn man ihn mit der Tollwut angesteckt hat, und er meine Kinder beißt, dann gieße ich Petroleum auf dein Haus, und auch du verbrennst[26] mittendrin!“, sagte Badria und ging schwankend davon.

Es war schon dunkel geworden, aber ich sah, wie Großvater erblasst war.

„Badria!“, rief er plötzlich. Badria wandte sich um. „Badria, du Bösewicht, sei auf der Hut! Zwinge mich nicht, eine Sünde zu begehen, und lass diese kalten Knochen nicht an deiner brennenden Holzhütte wärmen! ...“

Was weiß ich, was der erstarrte Badria in jener Minute in der Dunkelheit dachte, ich jedoch kannte den Wert von Großvaters Wort. An Badrias Stelle hätte ich in dieser Nacht nicht schlafen können.

Um Mitternacht schoss am Ende unseres Hofes zweimal hintereinander ein Gewehr. Nach dem letzten Schuss ertönte ein winselndes und knurrendes Bellen. Zu Tode erschrocken sprang ich auf, ergriff das Gewehr und lief zum Ort des Abschusses. Jemand knackte[27] in den Büschen und sprang dann den Abhang hinunter. Unser Hund lag am Zaun auf der Erde und winselte leise. Ich trug ihn auf den Händen ins Wohnhaus. Großvater hatte eine Fackel angezündet und saß mit gekreuzten Beinen auf einem Ziegenfell am Kamin. Er untersuchte die Wunde des Hundes. Das Schrot hatte das hintere Bein gestreift. Zunächst säuberte er die Wunde mit Spiritus, dann streute er Tabak drauf und umwickelte sie kräftig.

„Es ist nicht so schlimm, der Knochen ist heil!“, sagte Großvater. Dann sah er den Hund so an, als ob er ihn etwas zu fragen hätte. Der Hund sah Großvater ebenfalls so an, als ob er ihm etwas sagen wolle. Lange Zeit starrten sie sich gegenseitig an.

„Wer war es?“, fragte mich plötzlich Großvater.

„Weiß ich nicht!“, antwortete ich ihm.

„Er weiß es, aber wie soll man es von ihm erfahren?!“, Großvater wischte die Tränen aus den Augen des Hundes.

*

Am Morgen ließ sich Großvater auf den Balkon führen. „Hund“ stand auf, lahmte hinterher und legte sich zu seinen Füßen.

გადასახედზე იდგა ჩვენი ოდა, და ბაბუა ახლა ისე უყურებდა სოფელს, გეგონებოდათ თავის სოფელში კი არა, სხვის სოფელში იყო სტუმრად მოსული და პირველად ხედავდა აქაურობას. ბოლოს მომიბრუნდა და ჩამწყდარი ხმით მითხრა:

– მართალია, ბაბუა, არ შეიძლება კაცი ძაღლის გულისთვის სოფელს გადაუდგეს... ადექი ახლა, აიღე თოფი, ჩააბი ბაწარი და... ოღონდ მე ნუ გამაგონებ და დამანახებ. სოფლის გაღმა გადაიყვანე...

– რა გავაკეთო მერე, რომ გადავიყვანო?! – ვკითხე მე და ვიგრძენი, როგორ ამიკანკალდა ნიკაპი და როგორ გამექცა ქვედა ტუჩი სადღაც.

– რაც მთელმა სოფელმა გააკეთა, ის უნდა გააკეთო შენც, ბაბუა. – მითხრა და თვალი ამარიდა.

ავდექი, თოფი მხარზე გადავიკიდე, ძაღლს ბაწარი ყელზე ჩავაბი და მოვქაჩე. არ გამომყვა.

– წამოდი, ძაღლო! – ვუთხარი და ისევ მოვქაჩე. ძაღლმა ფეხი აითრია და განწირული თვალებით გახედა ბაბუას.

– წაყევი, ძაღლო, წაყევი! – უთხრა ბაბუამ და ცრემლით სავსე თვალებზე ხელი აიფარა, ძაღლი წამომყვა.

სოფელი გადავჭერით. მთავარი შარიდან გავედით და მდინარისკენ მიმავალი ბილიკით ფიქალიანი ჩაშლილი ფერდი ჩავიარეთ. ძაღლი კოჭლობით მომდევდა და მთელი ამ ხნის მანძილზე ერთხელაც არ ამოუხედია ჩემსკენ. მდინარის პირას ჩავედით. ძაღლს ყელზე ბაწარი შევხსენი და დიდ ქვაზე ჩამოვჯექი. ცოტა ხანს ვიჯექი ასე. გული საშინლად მიცემდა. გული, როგორც იქნა, დაწყნარდა. თოფი გადმოვიღე მხრიდან. მაშინ აწია თავი ძაღლმა და პირდაპირ შემხედა. თვალი ვერ გავუსწორე. თოფი გადავხსენი, ორივე გილზი ამოვიღე სავაზნეებიდან და წყალში გადავყარე. თითქოს უზარმაზარი ტვირთი გადამეგდოს, ისე გავიმართე მხრებში და თავისუფლად ამოვისუნთქე. ძაღლი გაუბედავად მომიახლოვდა და ხელი ამილოკა. უცებ მოწყდა ადგილიდან, წყალში გადავარდა. იდგაფუნა, იწუწავა, აადუღა ნაპირი, მერე ისევ ამოვარდა, იხტუნავა და ბოლოს ილაჯგაწყვეტილი გაგორდა სილაზე. მე დავინახე, როგორ გამოჟონა თეთრ დოლბანდზე გახსნილი ჭრილობიდან სისხლმა ძაღლს და როგორ წამოუვიდა ჭკვიანი თვალებიდან ცრემლი, მაგრამ, თუ გნებავთ, ახლაც დავიციფებ ხატზე, რომ იმ წუთში ძაღლი იცინოდა.

– წადი ახლა შენ, ძაღლო, სოფელ-სოფელ არ იარო, ასე აყევი კალაშისპირს. ავი ხარ შენ და გზაში არავის გადაეყარო, არ დაუღრინო,

Unser Haus stand auf einer Anhöhe, Großvater sah nun das Dorf so aufmerksam an, als sei er nicht in seinem Dorf, sondern in ein fremdes Dorf zu Gast gekommen und betrachte zum ersten Mal die Umgebung. Schließlich kehrte er zurück und sagte leise zu mir:

„Es ist richtig, Junge, ein Mensch darf nicht wegen eines Hundes das Dorf beleidigen ... Steh auf, nimm das Gewehr, bind ihm den Strick[28] um und ... Nur dass ich es nicht höre und sehe. Führ ihn zur anderen Seite des Dorfes ..."

„Was soll ich denn dann machen, wenn ich ihn weggeführt habe?!", fragte ich ihn und fühlte, wie mir die Knie zitterten und sich irgendwo die Unterlippe verkrampfte.

„Was das ganze Dorf gemacht hat, das musst auch du tun, Junge", sagte er und schaute an mir vorbei.

Ich stand auf, hängte das Gewehr über die Schulter, band den Strick um den Hals des Hundes und zog ihn weg. Er folgte mir nicht.

„Komm, Hund, komm!", sagte ich zu ihm und zog wieder. Der Hund erhob sich widerstrebend und sah mit verzweifelten Augen zu Großvater hin.

„Geh mit, Hund, geh mit!", Großvater bedeckte die mit Tränen gefüllten Augen mit der Hand. Der Hund ging mit.

Wir liefen durch das Dorf, überquerten den Hauptweg und gingen einen vom Pfad unterbrochenen Schieferabhang zum Fluss hinunter. Der Hund hinkte hinter mir her und sah während der ganzen Zeit nicht einmal zu mir auf. Wir kamen zum Ufer des Flusses. Ich nahm den Strick vom Hals des Hundes und setzte mich auf einen großen Stein. Kurze Zeit saß ich so. Das Herz schlug schrecklich laut. Schließlich beruhigte es sich. Ich nahm das Gewehr von der Schulter. Da hob „Hund" den Kopf und sah mich direkt an. Ich hielt dem Blick nicht stand. Ich öffnete das Gewehr, nahm die beiden Patronenhülsen aus dem Magazin heraus und warf sie ins Wasser. Fast als ob ich eine riesengroße Last abgeworfen hätte, so richtete ich mich erleichtert auf und atmete frei. Der Hund näherte sich mir zögernd und leckte mir die Hand. Plötzlich sprang er vom Platz auf und warf sich ins Wasser. Er spritzte, kraulte, besprengte das Ufer, dann sprang er wieder aus dem Wasser heraus, hopste, und letzten Endes purzelte er kraftlos auf den Sand[29]. Ich sah, wie durch die weiße Mullbinde aus der offenen Wunde Blut sickerte und wie aus den klugen Augen Tränen flossen, aber, so ihr wollt, schwöre ich auch jetzt auf das Heiligenbild: Der Hund lachte in dieser Minute.

„Jetzt aber geh, Hund, lass dich in den Dörfern nicht sehen ... Geh so am Rande von Kalaschi[30] vorbei nach oben. Du bist böse und darfst unterwegs

წაუწექი ყველას, ვინც შეგხვდება, ახლა ასეა საჭირო, თორემ ცოფიანი ეგონები ვიღაცას და მოგკლავენ. წადი, ძაღლო, ხომ ხედავ, ჩვენს სოფელში აღარ დაგედგომება, წადი და არ დაბრუნდე. ხომ გესმოდა რა თქვა ბაბუამ? – არ შეიძლება ძაღლის გულისთვის კაცი სოფელს გადაუდგესო. ეტყობა, მართლა არ შეიძლება. მაგრამ მე მაინც გადავდივარ ბაბუას სიტყვას და ნუ დაბრუნდები სოფელში, ნუ მიზამ მაგას, იქნებ მართლა ცოფიანი ხარ და ნუ ჩადგები სოფლის ცოდვაში. წადი ახლა, შენი ჭირიმე, წადი... – ამას კი არ ვეუბნებოდი, ვფიქრობდი. ძნელია იმის თქმა ხვდებოდა თუ არა ძაღლი, რას ვფიქრობდი მე, მაგრამ რომ ავდექი და სოფლისკენ წამოვედი, არ გამომყოლია.

– რა ქენი? – მკითხა ბაბუამ დაბრუნებულს, ხმა რომ არ გავეცი. თოფი მოვიხსენი მხრებიდან და მივაწოდე. ბაბუამ თოფი ჩამომართვა, გადახსნა და სინათლეზე გახედა ლულას.

– ასე თუ ქენი, ბაბუა, შენ გაგიჭირდება ცხოვრება. – მითხრა და თოფი დამიბრუნა.

*

ერთი კვირისთავზე, ღამით, ექვთიმე სირაძის თხას ტურამ შიგ ბოსელში გამოღადრა ყელი, იმის მესამე დღეს ვიღაცის საქათმიდან მელამ ორი დედალი წაათრია, ათი დღის შემდეგ ასლანა თავბერიძეს ცოლიკაურით სავსე ათფუთიანი ჭური ცარიელი დახვდა. ერთ მშვენიერ დღეს, ხაკუნა ბერძენიშვილის ძროხამ ჩვენს ეზოში ოთხი ნამყენი გადაჭამა, ერთი თვისთავზე სოფლიდან უკვალოდ გაქრა ნინა ძნელაძის მეწველი ძროხა და სიპიტო მათითაშვილის მოზვერი. ერთ ღამეს კირილე თითმერიას ნალიიდან კაკალ-კაკალ გაზიდეს რვა ფუთი სიმინდი, ბოლოს აკივლდა ხალხი, დაიწყო გადაკრული სიტყვები, ეჭვიანობა, წყევლა, სარების ძრობა ღობიდან და დედმამის სულის ტრიალი. აირია და შეწუხდა სოფელი.

*

15 ოქტომბერს ისეთი წვიმა მოვიდა, გუბაზოულმა რაც ჩვენი სოფლის გაყოლებაზე წისქვილები იყო, დახვეტა და სუფსაში ჩაიტანა.

16 ოქტომბერს ბაბუამ საფქვავი სასწაულით გადარჩენილ გორაბერეჟოულის წისქვილზე გამატანა. შუაღამეზე ჩამოთავდა ჩემი

niemandem folgen und niemanden anknurren, weiche allen aus, die dir begegnen, jetzt ist es so notwendig, sonst denkt jemand, du seiest tollwütig, und man wird dich töten. Geh und kehre nicht zurück. Du hast doch gehört, was Großvater gesagt hat? Der Mensch darf wegen eines Hundes das Dorf nicht beleidigen. Offensichtlich darf man das wirklich nicht. Aber ich höre trotzdem nicht auf Großvaters Worte. Kehre nicht ins Dorf zurück, tu mir das nicht an, vielleicht bist du ja wirklich tollwütig. Und mach dem Dorf keine Schande. Geh jetzt, mein Lieber, geh! ...", das sagte ich nicht, aber ich dachte es. Es ist schwer einzuschätzen, ob der Hund verstand, was ich dachte, jedenfalls, als ich aufstand und ins Dorf zurückging, folgte er mir nicht nach.

„Was hast du gemacht?", fragte mich Großvater, als ich zurückkam. Ich schwieg, nahm das Gewehr von der Schulter und reichte es ihm. Großvater nahm das Gewehr, öffnete es und sah im Licht durch den Gewehrlauf.

„Wenn du es im Leben so machst, Junge, dann wirst du es mal schwer haben ...", sagte er und gab mir das Gewehr zurück.

*

Eine Woche später, in der Nacht, biss ein Schakal der Ziege von Ekwtime Siradse direkt im Stall die Kehle durch, drei Tage später schleppte ein Fuchs aus irgendjemandes Hühnerstall zwei Hennen weg, zehn Tage später fand Aslana Tawberidse das mit weißen Weintraubensaft gefüllte, zehn Pud fassende, tönerne Weingefäß leer vor. Eines schönen Tages fraß die Kuh von Chakuna Berdsenischwili in unserem Hof vier gepfropfte Pflanzen auf. Nach einem Monat verschwanden aus dem Dorf spurlos die Melkkuh von Nina Dsneladse und der junge Stier von Sipito Matitaschwili. Eines Nachts wurden von Kirile Titmerias Speicher[31] acht Pud Maiskörner davongetragen, schließlich schrien die Menschen, es fielen anspielende Worte, es begannen Neid und Verfluchungen, es wurden Pfähle aus dem Zaun herausgerissen und die Eltern verdammt. Das Dorf geriet durcheinander und war aufgewühlt.

*

Am 15. Oktober fiel ein solcher Regen, sodass der Gubasouli[32] die Mühlen, die sich zu beiden Seiten unseres Dorfes befanden, zusammen die Supsa hinunterspülte.

Am 16. Oktober gab mir Großvater zu der wie durch ein Wunder erhalten gebliebenen Gorabereshuolier Mühle Korn mit. Um Mitternacht war mein

სიმინდი. ტომარა ზურგზე მოვიგდე და ის იყო უნდა წამოვსულიყავი, რომ წისქვილის კარი ხეველმა კირილე მამალაძემ შემოაღო და საფქვავი სასწორზე შეაგდო.

– გამარჯობა, თეოფანე!

მიესალმა მეწსიქვილეს. მე ვერ მიცნო.

– როგორაა თქვენი შვილი, ბატონო? – ვკითხე მე.

– რომელი?

– ცოფიანმა ძაღლმა რომ დაკბინა!

– არ გამოდგა ის ძაღლი ცოფიანი, – თქვა კირილემ და სასწორის გამართვა დაიწყო.

– რას ამბობთ, კირილე ბატონო?!

– რა ვთქვი, ბიჭო, დაუჯერებელი. არ გამოდგა ის ძაღლი ცოფიანი! – თქვა კირილემ და თავისი საქმე განაგრძო.

– ღმერთმა შეგარცხვინა, კირილე მამალაძე, – ვთქვი მე და მუხლმოდრეკით დავჯექი ტომარაზე.

– ვისია, თეოფანე, ეს უზრდელი მამაძაღლი? – ჰკითხა გაკრივებულმა კირილემ მეწისქვილეს.

– ვისი ხარ, ბიჭო, შენ? – მკითხა მეწისქვილემ.

– არავისი არა ვარ მე! – ვთქვი და წისქვილიდან გამოვედი.

17 ოქტომბერს მთელი დღე და ღამე ვფიქრობდი, მეთქვა თუ არა ბაბუასათვის წისქვილში მომხდარი ამბავი. და მხოლოდ გათენებისას გადავწყვიტე არ მეთქვა.

18 ოქტომბერს ბაბუამ ლოგინიდან ადგომაზე უარი თქვა.

20 ოქტომბერს სკოლაში არ გამიშვა.

25 ოქტომბერს მარჯვენა ხელი და ფეხი გაუსივდა.

27 ოქტომბერს დამიძახა და სალაროს გასაღები ჩამაბარა.

28 ოქტომბერს დაბალი სკამი მიმატანინა, წინ დამისვა, ისე რომ პირდაპირ ეცქირა ჩემთვის:

– ყველაფერს აქვს ქვეყნიერებაზე დასაწყისი და დასასრული, ბაბუა, – დაიწყო მან. – მე დღეს თუ ხვალ გავთავდები. უბედურებაა, როდესაც კაცი შეუცნობელში მიდის, ამიტომ არ მეშინია, რომ გითხრა, ტყუილი იქნება, მეშინია... მაგრამ შენ არ უნდა შეშინდე, ბაბუა... თუ არაფერში მივდივარ, საშიში არაფერია, რადგან არაფერში არაფერი არ არსებობს. თუ მართლა უნდა გარდავიცვალო და მეტი არაფერი, მაშინ მით უმეტეს არ უნდა გეშინოდეს, ისევ ამ ქვეყნად დავრჩები და სხვა სახით მოვალ, ან ხედ, ან ბალახად. ან ჩიტად, ან ძაღლად... იცოდე, თუ მოვალ, ისევ შენთან მოვალ, მარტო არ დაგტოვებ. და თუ რამეში სითბო, სიხარული და სიყვარული

Mais gemahlen. Ich warf den Sack auf den Rücken und wollte gerade fortgehen, als Kirile Mamaladse aus Chewi die Tür der Mühle öffnete und Korn auf die Waage stellte.

„Guten Tag, Teopane!“, grüßte er den Müller. Mich erkannte er nicht.

„Wie geht es Ihrem Kind, Herr Kirile?“, fragte ich.

„Welchem?“

„Das der tollwütige Hund gebissen hat.“

„Dieser Hund war nicht tollwütig“, sagte Kirile und begann die Waage vorzubereiten.

„Was sagen Sie da, Herr Kirile?!“

„Was ist daran so unverständlich, Junge, dieser Hund war, wie sich herausstellte, nicht tollwütig“, sagte Kirile und setzte seine Arbeit fort.

„Du solltest dich vor Gott schämen, Kirile Mamaladse“, sagte ich, wie erschlagen sank ich auf den Sack nieder.

„Teopane, zu wem gehört dieser Hundesohn?“, fragte der verwunderte Kirile den Müller.

„Zu wem gehörst du, Junge?“, fragte mich der Müller.

„Ich gehöre niemandem!“, sagte ich und ging aus der Mühle heraus.

Am 17. Oktober dachte ich Tag und Nacht darüber nach, ob ich Großvater die in der Mühle vorgefallene Geschichte erzählen sollte oder nicht. Und erst in der Morgendämmerung entschied ich, nichts zu sagen.

Am 18. Oktober lehnte es Großvater ab, aus dem Bett aufzustehen.

Am 20. Oktober ließ er mich nicht zur Schule gehen.

Am 25. Oktober schwollen ihm die rechte Hand und das Bein an.

Am 27. Oktober rief er mich zu sich und übergab mir die Schlüssel der Kassette.

Am 28. Oktober hieß er mich einen kleinen Stuhl herbeibringen und vor sich hinsetzen, um mich so direkt anblicken zu können.

„Alles auf der Welt hat einen Anfang und ein Ende, Junge“, begann er. „Heute oder morgen wird es mit mir aus sein. Es ist ein Unglück, wenn ein Mensch ins Ungewisse geht. Und wenn ich dir sagen würde, ich habe keine Angst, so wäre das eine Lüge. Ich habe Angst ... Aber du sollst keine Angst haben, Lieber ... Wenn ich ins Nichts gehe, muss man nichts fürchten, denn im Nichts existiert ja nichts. Wenn ich wirklich sterben muss und nichts mehr, dann musst du dich umso mehr vor nichts fürchten, dann bleibe ich weiter auf dieser Welt und komme in anderer Gestalt wieder, als Baum oder als Gras. Oder als Vogel. Oder als Hund ... Wisse, wenn ich komme, dann komme ich wieder zu dir, ich lasse dich nicht allein. Und wenn du

იგრძენი, ქვაც რომ იყოს, იცოდე, ის ქვა ბაბუაშენია... ამიტომ მარტოობის არ შეგეშინდეს, არ იფიქრო მარტო ვარო. ეს ოდა არ მიმიტოვო, ბაბუა, და ღადარი არ გამიციო. ცეცხლი, ერთი ნატეხი ჭადი და ერთი ჭიქა ღვინო დაახვედრე მამაშენს. დანარჩენს თვითონ მიხედავს, რომ ჩამოვა. ეს ერთი კვირაა, ვინც ამ ქვეყნიდან წასულია, ყველას ვხედავ სიზმარში. მამაშენი არ გამოჩენილა. ცოცხალია ესე იგი. შეუნახე სახლი და სახელი, ნუ გაახარებ მტერს, უეჭველად დაბრუნდება, წელს თუ არა გაისად. ომსაც აქვს დასასრული. კაცი იწყებს ომს და კაცმა უნდა დაამთავროს იგი. ომი კაცს ვერ გაათავებს. წადი ახლა და ძალიან ბევრი შეშა მოიტანე.

იმ ღამით თვალზე რული არ გამკარებია. ბაბუა ხმას არ იღებდა. ბუხარში მოგიზგიზე ალს თვალს არ აცილებდა და ტუჩის კუთხით, ოდნავ შესამჩნევად უღიმოდა რაღაცას.

29 ოქტომბერს წყალი მოაწვა გულზე, სუნთქვა გაუჭირდა და საწოლზე წამოჯდომა მთხოვა.

წამოვაჯინე და გარშემო ბალიშები შემოვუწყე.

– მოდის, მოდის, დალოცვილი, მაგრამ ძალიან მძიმედ მოდის. – თავისთვის ჩაილაპარაკა.

30 ოქტომბერს ისევ დამიძახა და ისევ გამაფრთხილა.

– მოემზადე, ბაბუა, მოემზადე და არ შეშინდე. ხვალ სიმსივნე გულზე გადმოვა. ყველაფერს თავისი წესი აქვს და იმ წესს მეზობლები ამიგებენ. ნუ შეშინდები. ერთზე კი მწყდება გული, ქალი არ დარჩა ჩვენს ოჯახში, რომ შემიცხადოს.

1 ნოემბერს, შუაღამისას, ბაბუა საწოლიდან წამოდგა და შუა ოთახში დადგა.

– ბიჭო, გოგიტა, დავინახე! – თქვა მან უზომოდ შეწუხებულმა და გაკვირვებულმა.

– რა დაინახე, ბაბუა? – ვკითხე მე და ვიდრე წამოვდგებოდი, იგი მაგიდაზე დაემხო, მერე ნელ-ნელა დაცურდა და იატაკზე გულაღმა გადავარდა.

– ბაბუა! – მივვარდი მე, მაგრამ იგი უკვე აღარ იყო.

ბრძენი კაცი იყო ბაბუჩემი და ისე მოხდა, როგორც მას უნდოდა.

მე არ შემშინებია. ჩავიცვი, ოდის ყველა კარი, ყველა ფანჯარა გავაღე და აივანზე გავედი.

bei irgendetwas Wärme, Freude und Liebe spürst, auch wenn es ein Stein wäre, dann wisse, jener Stein ist dein Großvater ... Deshalb habe keine Angst vor dem Alleinsein, denke nicht: ‚Ich bin allein'. Dieses Haus verlasse nie, Junge, und lass die Glut nicht erkalten. Erwarte deinen Vater mit Feuer, einem Stück Maisbrot und einem Glas Wein. Alles Übrige macht er selbst, wenn er kommt. Seit dieser Woche sehe ich im Traum alle, die aus diesem Leben geschieden sind. Dein Vater ist mir nicht erschienen. Also lebt er. Behüte ihm das Haus und den Namen, gib dem Feind keinen Anlass zur Freude, zweifellos kehrt Vater zurück. Wenn nicht in diesem Jahr, so kommt er im nächsten. Auch der Krieg hat ein Ende. Der Mensch beginnt einen Krieg, der Mensch muss ihn auch beenden. Der Krieg kann den Menschen nicht aussterben lassen. Geh jetzt und bring sehr viel Holz herbei."

In jener Nacht fand ich keinen Schlaf. Großvater sagte nichts. Er wandte den Blick nicht vom im Kamin knisternden Feuer ab und lächelte mit dem Mundwinkel kaum bemerkbar irgendetwas zu.

Am 29. Oktober stand es um sein Herz schlecht. Ihm fiel das Atmen schwer, und er bat mich, ihn im Bett aufzusetzen.

Ich setzte ihn hin und richtete um ihn herum Kissen.

„Er kommt, kommt, der Gesegnete, aber sehr langsam kommt er", sprach er vor sich hin.

Am 30. Oktober rief er mich und bat wieder:

„Bereite dich vor, Junge, bereite dich vor und hab keine Angst. Morgen wird die Schwellung auf das Herz übergreifen. Alles hat seine Ordnung, und die Nachbarn kennen jene Sitten. Ängstige dich nicht. Nur eines macht mir das Herz schwer, keine Frau ist in unserer Familie übrig geblieben, die mich beweinen könnte."

Am 1. November, um Mitternacht, stand Großvater vom Bett auf und stellte sich in die Mitte des Zimmers.

„Junge, Gogita, ich habe es gesehen!", sagte er unheimlich traurig und verwundert.

„Was hast du gesehen, Großvater?", fragte ich, und ehe ich aufgestanden war, stürzte er auf den Tisch und fiel rücklings auf den Fußboden.

„Großvater!" Ich eilte hin, aber er lebte schon nicht mehr ...

Mein Großvater war ein weiser Mann und alles geschah so, wie er es wollte.

Ich hatte keine Angst. Ich zog mich an, öffnete alle Türen und Fenster des Hauses und trat auf den Balkon.

2 ნოემბერი თენდებოდა გარეთ. ცა სარკესავით ცივი და პრიალა იყო, გაფერმკრთალებული, სასწორსამართალი პიდაპირ ჩვენი ეზოს თავზე ეკიდა, ეზოში ჩავედი, დაცვარულ ბალახზე შევდექი ფეხშიშველი. გრილმა ჟრუანტელმა დამირბინა ტანში. ყანაში აუჭრელი ჩალის ღერები შრიალებდნენ. რატომღაც გავიფიქრე, ალბათ, ყველაფერი იციან და ახლა ჩემზე ჩურჩულებენ-მეთქი. მსხლის ძირში რომ გავიარე, დავიხარე და ჩამოვარდნილი მსხალი ავიღე მიწიდან, პერანგის სახელოზე შევიწმინდე და ჩავკბიჩე, ჩავკბიჩე და მხოლოდ ახლა ვიგრძენი, როგორ მქონდა პირი გამშრალი. ეზოს ჭიშკარი ბოლომდე გავაღე, შუკაში გავედი და მეზობლის ჭიშკარს მივადექი.

– მარგალიტა! – დავიძახე. რომ არავინ მიპასუხა, ხმას ავუწიე. ყველაფერს მშვიდად და დინჯად ვაკეთებდი. მეორე დაძახებაზე კარი ჭრიალით გაიღო და აივანზე მარგალიტა გამოვიდა.

– რომელი ხარ? – იკითხა ნამძინარევი ხმით.

– მე ვარ, გოგიტა!

– რა იყო, გოგიტა, ამ შუაღამისას რამ შეგაწუხა?

– ჩამოდი ერთი ეზოში, საქმე მაქვს შენთან.

– მთვრალი ხარ, გოგიტა?

– ბაბუა მოკვდა, მარგალიტა, და შემიცხადე, თუ ქალი ხარ!

– გაგიჟდი, გოგიტა?!

– ნუ გამაწბილებ, მარგალიტა, თუ და ხარ, შემიცხადე ბაბუა! – მარგალიტა ჩამოვიდა ეზოში და ისევე, როგორც იყო, ფეხშიშველა, გამომყვა. ჩემს ეზოში რომ ჩავედით, წინ გავუშვი. კიბეზე რომ შედგა, უკან მოიხედა შემკრთალმა.

– ნუ გეშინია! – ვუთხარი მე მშვიდად და ჩემი აივნის პირდაპირ მოლზე დავჯექი. მარგალიტა აივანზე ავიდა, ბირკვილიან მოაჯირს მოადგა, თმა გაიშალა და სოფელს გახედა.

*

ბაბუას გასვენების დღე, 1943 წლის 4 ნოემბერი, კვირა იყო.

ხალხმა ნაშუადღევს იწყო მოსვლა. მეზობლის ქალები, რომლებიც ჭირისუფლობას სწევდნენ, ბაბუას ნაცვლად მე დამტიროდნენ.

– უბედურო გოგიტაა, რა გე-შვე-ლე-ბა ნენაააა!

მე ვიდექი კართან, მკლავზე შავარშიაშემოხვეული და მშვიდად ვართმევდი ხელს მოსამძიმრეებს, არც ერთი წვეთი ცრემლი, არც ერთი ამოოხრება.

Der 2. November brach draußen an. Der Himmel war kalt und glänzend wie ein Spiegel, die Waage der Gerechtigkeit hing blass gefärbt direkt über unserem Hof. Ich ging auf den Hof hinunter und stellte mich barfuß auf das taubenetzte Gras. Ein kühler Schauder lief mir über den Körper. Auf dem Acker raschelten die ungeschnittenen Strohstengel. Irgendwie kam mir der Gedanke, wahrscheinlich wissen sie alles und flüstern nun über mich. Als ich unter dem Birnenbaum vorbeiging, bückte ich mich und hob von der Erde eine heruntergefallene Birne auf. Ich säuberte sie am Kragen des Hemdes und biss hinein, biss hinein und fühlte erst jetzt, wie trocken mein Mund war. Ich öffnete das Hoftor ganz, ging auf den Weg hinaus und stellte mich an das Tor der Nachbarn.

„Margalita!", rief ich, und als mir niemand antwortete, verstärkte ich die Stimme. Ich tat alles ruhig und gelassen. Auf meinen zweiten Ruf öffnete sich mit Knarren eine Tür und Margalita trat auf den Balkon heraus.

„Wer ist da?", fragte sie mit verschlafener Stimme.

„Ich bin es, Gogita!"

„Was ist los, Gogita, was beunruhigt dich inmitten der Nacht?"

„Komm doch mal runter auf den Hof, ich habe ein Anliegen an dich."

„Bist du betrunken, Gogita!"

„Großvater ist gestorben, Margalita, beweine ihn, wenn du eine Frau bist!"

„Bist du verrückt geworden, Gogita?"

„Enttäusche mich nicht, Margalita, sei wie eine Schwester, beweine meinen Großvater!" Margalita kam auf den Hof herunter, und so wie sie war, barfuß, folgte sie mir. Als wir auf meinem Hof ankamen, ließ ich sie vorgehen. Als sie auf der Treppe stand, sah sie sich erschrocken um.

„Hab keine Angst!", sagte ich ihr ruhig und setzte mich auf das frische Gras direkt gegenüber meiner Veranda. Margalita ging zur Veranda hoch, stellte sich ans umrankte[33] Geländer, öffnete ihr Haar und sah zum Dorf.

*

Großvaters Beisetzungstag, der 4. November 1943, war ein Sonntag.

Die Leute stellten sich kurz nach Mittag ein. Die Nachbarsfrauen, die sich um den Toten kümmerten, beweinten anstelle von Großvater mich.

„Unglücklicher Gogita, was wird nun aus dir, Kind!"

Ich stand mit einer schwarzen Armbinde an der Tür und reichte den Beileidsbekundenden still die Hand, weder ein Tränentropfen, noch ein Stöhnen.

– იტირე, გოგიტა, თორემ გაგისკდება გული, ბიჭო! – მთხოვა მარგალიტამ.

მე თავი დავუქნიე, კი, ვიტირებ-მეთქი... ხალხი მოდიოდა მოყვრობის, მირონის, გვარებისა და უბნების მიხედვით დაწყობილი. ყველა ჰგუფს წინ ბურბუშელას გვირგვინიანი ორი ბავშვი და ერთი თმაგაშლილი დედაკაცი მოუძღოდა. შუკა, ეზო და აივანი მოტირალი ხალხით აივსო. ყაყანებდნენ, კამათობდნენ, მსჯელობდნენ. აქა-იქ თავშეკავებული სიცილიც ისმოდა. უცებ ეზო შეტორტმანდა, ჯერ ჩოჩქოლი ატყდა, მერე სამარისებული სიჩუმე ჩამოვარდა და ხალხი ორად გაიყო. ფართოდ გაღებულ ჭიშკარში ხოზიკით გაწეპილი, წითელ ალიზა ტალახში ამოსვრილი, გაბანჯგვლული, დაქანცული, ყურებჩამოყრილი და თავჩაქინდრული ძაღლი შემოვიდა. გვერდზე გაუხედავად გაიარა ორად გაყოფილი ხალხი, აივანზე ამოვიდა, დიდი ოთახი, რომელშიც ბაბუა ესვენა, გადაჭრა, ბაბუას საწოლ ოთახში შევიდა და ცარიელ საწოლს დახედა, მერე ზალაში გამოვიდა. ტახტზე დასვენებულ კუბოს მიადგა. უკანა ფეხებზე შედგა, წინა თათები ტახტს დააბჯინა, კისერი წაიგრძელა და ბაბუას დახედა. ლამაზი, სპეტაკი, მშვიდი და სათნო იწვა ბაბუა თავის სასახლეში. ძაღლმა ერთ ხანს უყურა ბაბუას, მერე მოტრიალდა, წამოვიდა და ჩემს ფეხებში დაწვა გატრუნული.

– დიდება შენდა, უფალო! – აღმოხდა ვიღაცას ჩემს უკან, მე თავი ველარ შევიკავე, სახეზე ხელები ავიფარე და ხმამაღლა ავტირდი.

დაახლოებით ხუთ საათზე კიდევ ერთი სასწაული მოხდა. ზალაში ბადრია მეთუთუნე შემოვიდა. ჩემს ფეხებთან გაწოლილი ძაღლი რომ დაინახა, შეკრთა, მაგრამ იხტიბარი არ გაიტეხა და სამძიმრის მოსახდელად ჩემსკენ დაიძრა. მაშინ წამოდგა ძაღლი. მთელ ტანზე ბანალი აეშაგრა, კუდი ბოროტად გაუგრძელდა. ეშვები გააელვა და გაბმულად, შემზარავად დაიღრინა. ბადრიამ უკან დაიხია. ძაღლმა ერთი ნაბიჯი გადადგა მისკენ.

– გაჩერდი, ძაღლო! – თქვა ბადრიამ და ფერი წაუვიდა.

ძაღლი მშვილდივით მოზიდული იდგა.

– მატირე, ძაღლო, ეს პატიოსანი მოხუცი! – უნაიროდ დაიღიმა ბადრიამ, ძაღლმა ღრენას უმატა და კიდევ ერთი ნაბიჯი გადადგა.

– უთხარი, ბიჭო, ამ უჯიშოს რამე! – მომიბრუნდა საქციელწამხდარი ბადრია.

„Weine, Gogita, sonst zerbricht dir das Herz, Junge!", wandte sich Margalita an mich.

Ich nickte, ja, ich werde weinen ... Die Leute kamen geordnet nach angeheirateter Verwandtschaft, Patenschaft, Abstammung und Ortsteil. Vor jeder Gruppe standen zwei Kinder mit Kränzen aus Hobelspänen und eine Frau mit offenem Haar. Der Weg, der Hof und die Veranda füllten sich mit weinenden Menschen. Sie lärmten, diskutierten, urteilten. Hier und da war auch ein zurückhaltendes Lachen zu hören. Plötzlich kam Bewegung auf den Hof. Zuerst begann ein Durcheinander, dann wurde es grabesstill, und die Leute traten auseinander. Der mit Kletten besäte, von ziegelrotem Lehm beschmutzte, zottige, erschöpfte Hund kam mit hängenden Ohren und hängendem Kopf zum weit geöffneten Tor herein. Die an beiden Seiten stehenden Leute beachtete er nicht: Er lief an ihnen vorüber die Treppe zur Veranda hinauf, durchquerte das große Zimmer, in dem Großvater ruhte, lief in Großvaters Schlafzimmer hinein und sah sich das leere Bett an; dann kam er in das große Zimmer zurück. Er ging zum Sarg, stellte sich auf die Hinterbeine, stemmte die Pfoten gegen die Ottomane, auf der der Sarg stand, reckte den Hals und schaute Großvater an. Dieser lag schön, friedlich und sanft in seinem Sarg. „Hund" schaute eine Weile zu Großvater hin, drehte sich dann herum, kam zu mir und legte sich mucksmäuschenstill zu meinen Füßen.

„Gott sei's gedankt!", rief jemand hinter mir aus. Ich konnte mich nicht mehr beherrschen, hielt die Hände vors Gesicht und begann laut zu weinen.

Gegen fünf Uhr passierte noch ein Wunder. In das große Zimmer kam Badria, der Tabakzüchter, herein. Als er den zu meinen Füßen ausgestreckten Hund sah, zuckte er zusammen. Er ließ sich aber nichts anmerken, kam zu mir heran, um sein Beileid zu bekunden. Da stand „Hund" auf. Alle Haare standen ihm zu Berge[34], er streckte den Schwanz böse, zeigte die Zähne und knurrte unaufhörlich, erschreckend. Badria trat zurück. „Hund" ging einen Schritt auf ihn zu.

„Bleib stehen, Hund!", sagte Badria und erblasste.

Wie eine Schleuder gespannt saß „Hund" da.

„Lass mich doch diesen rechtschaffenen Alten beweinen!", lächelte Badria verwirrt. Der Hund knurrte noch mehr und machte noch einen Schritt vorwärts.

„Junge, sag doch diesem Bastard etwas!", wandte sich der erstarrte Badria an mich.

„ამან კი იცის, ვინ ესროლა თოფი, მაგრამ არ გინდა ათქმევინო?!“ – გამიელვა თავში ბაბუას ნათქვამმა. – გადადი ბადრია, ეზოდან! – ვთქვი მე. – მერე გამახსენდა, ბაბუამ ცარიელი თოფი რომ დამიბრუნა და მითხრა – ასე თუ ქენი, ბაბუა, შენ, ცხოვრება გაგიჭირდებაო, მაგრამ აღარ გადავთქვი. – გადადი, ბადრია, ეზოდან! – გავიმეორე და ბადრია გადავიდა ეზოდან.

*

დილით ადრე ხმაურმა გამაღვიძა, აივანზე გავვარდი საცვლების ამარა.

– ბიჭო, გოგიტა, გააჩერე ეს შობელძაღლი, თორემ დაგვჭამა ცოცხლად! – მეძახდა სკამების წასაღებად მოსული მეზობელი.

სოფელს გავხედე. ოდებიდან კვამლი ამოდიოდა თეთრ ბოლქვებად. მამლები ყიოდნენ, ძროხები ბღაოდნენ, თხები პეტელაობდნენ, თიკნები კიკინებდნენ, ქათმები კრიახობდნენ, კონცხოულაზე უშველებელი მზე შემომდგარიყო... უცებ სხეული სითბოთი ამევსო და ყურებში სასიამოვნო ზარმა დარეკა.

ჩემს ეზოში ძაღლი ყეფდა.

„Er jedoch weiß es, wer mit dem Gewehr auf ihn geschossen hat, aber wie soll man es von ihm erfahren!?", kamen mir Großvaters Worte in den Sinn. „Geh weg vom Hof, Badria!", sagte ich.

Dann erinnerte ich mich, wie Großvater mir das leere Gewehr zurückgab, und sagte: „Wenn du es im Leben so machst, Junge, dann wirst du es mal schwer haben." Aber ich bestand auf meinen Worten. „Geh weg vom Hof, Badria!", wiederholte ich. Und Badria ging vom Hof.

*

Früh am Morgen weckte mich Lärm. Ich rannte nur mit Unterwäsche bekleidet hinaus.

„Junge, Gogita, halte dieses Hundekind fest, sonst frisst es uns bei lebendigem Leibe!", rief mich ein Nachbar, der gekommen war, die Stühle zurückzuholen.

Ich betrachtete das Dorf. Wie eh und je stieg Rauch als weiße Rauchschwaden auf. Die Hähne krähten, die Kühe muhten, die Ziegen blökten, die Zicklein meckerten, die Hühner gackerten, die Sonne kroch über dem Konzchoula-Berg hervor ... Plötzlich wurde mein Körper von Wärme erfasst und in den Ohren erklang ein angenehmes Tönen.

In meinem Hof bellte ein Hund.

1973

Anmerkungen

1 Die Erzählung erschien unter beiden Überschriften.
2 ცხოვრების დაგდება = nein sagen, nicht mehr so leben.
3 eigentlich: kaltknochigen.
4 Das Verb heißt ursprünglich: flieht, wegschleicht, entkommt.
5 ბოცა = meist in Westgeorgien gebräuchlich.
6 Pud = Gewichtsmaß in Russland. 1 Pud = 16,36 Kilogramm.
7 selten benutztes Wort in Georgien.
8 eigentlich: zu früh geboren.
9 wörtlich: du willst wohl, dass ich mich für die opfere!
10 westgeorgisches Wort, sonst დამდუღრე.
11 eigentlich: Eselskind, starkes Schimpfwort.
12 Wort aus Westgeorgien: კისერ-ყინჭორა = Huhn mit langem, regenschirmartigem Hals.
13 Wort aus Westgeorgien: გაწვართული, siehe Verbwurzel -წვრთ- ausstrecken.
14 Wort aus Westgeorgien.
15 Wort aus Westgeorgien.
16 Wendung: wortwörtlich „Das Messer lässt meinen Mund nicht einmal öffnen“.
17 Louis Pasteur (1822–1895) – französischer Chemiker und Mikrobiologe, der entscheidende Beiträge zur Vorbeugung gegen Krankheiten durch Impfungen geleistet hat.
18 In Georgien wurden die sanitär-prophylaktische Einrichtungen, in denen Impfungen gegen Tollwut durchgeführt wurden, Pasteur-Stationen genannt.
19 ბაია (und nachfolgend) = ბაღანა (Westgeorgien)= Baby, Kind.
20 Wort aus Westgeorgien: Stock, Rute.
21 Ausdruck, wortwörtlich: das Wasser im Mörser stampfen.
22 ამეღამ (Westgeorgien) = ამაღამ in dieser Nacht.
23 eigentlich Krippe, Futtertrog.
24 Georgische Besonderheit: Ein Großvater kann liebevoll zu seinem Enkel „Großvater“ sagen, eine Mutti zu ihrem Kind: Mutti …
25 westgeorgischer Ausdruck.
26 westgeorgischer Ausdruck: verbrühen.
27 westgeorgischer Ausdruck.
28 westgeorgischer Ausdruck.
29 westgeorgisches Wort.
30 Name des Dorfes.
31 westgeorgisches Wort.
32 Gubasouli und nachfolgend Supsa = Flüsse in Westgeorgien.
33 westgeorgisches Wort.
34 westgeorgischer Ausdruck.

Rewas Inanischwili

Im Stadtteil der Armen
Mann und Frau
Wano

რავაზ ინანიშვილი

ღარიბთა უბანში
კაცი და ქალ
ვანო

რავაზ ინანიშვილი

ღარიბთა უბანში

როდესაც დაიღლება, ესე იგი, საათის ისრებზე გამობმული მისი ნერვები დაიჭიმება დაწყდომამდე, როდესაც კედლებს სწორი, მშვიდი ხაზები დამუხტულებივით მრისხანედ იწყებენ ძაგძაგს, როდესაც შუბლქვეშ კრისტალური ხმაურით აირევიან თითქოსდა მიღმა სამყაროს ქარების მიერ შემოყრილი აზრები და ხმები, მოხდება უხილავი რეაქცია, დადგება გოგირდის სუნი და აბობოქრებული კვამლი ამოსანგრევად მოაწვება თხემის ძვლებს, შხამით სავსე ამპულასავით ფრთხილად დებს კალამს, იკუნტება, მხრებში ჩაძვრენილ თავზე უხეშად წამოიწევს პიჯაკს, ემხობა მაგიდაზე და, პიჯაკის სითბოში და სიშავეში ჩაკარგული, ყურს უგდებს თავისი სხეულიდან ძირს წასულ წვიმას. ამ წვიმის წვეთებს ვერ იჭერს იატაკი, ვერც დედამიწის ქერქი. ისინი მიდიან ძირს, ძირს, კოსმოსურ სიღრმეებში. თვითონ კი ნელა-ნელა იცლება ღრუბელივით. გადაივლიან ელვანიც, გადაიწმინდება კვამლიც, ამოჩნდებიან ტვინის მორჩები, გადაიფანტება გოგირდის სუნიც და მაშინ ფრთხილად გამოვა მზე. იგი აშუქებს ძველი სასაფლაოს ბორცვზე ზეამავალ ჯვრებს, ბალახების წვრილ ზოლს, შავ კვიპაროსებს, აქეთ კი, თითქოს იმათ ჩრდილში, გაყუჩებულა ამფითეატრივით თანდათან ამაღლებული ქალაქის ღარიბთა უბანი. პატარა სახლები თითქოს შემკრთალან, შეშინებულნი მიჰკვრიან ერთმანეთს, იყურებიან მორცხვად, ცნობისმოყვარე თვალებით, ნაშიმშილევი ხეები სუსტი ტოტებით ებღაუჭებიან შაბიამნისფერ ჰაერს. სხედან ადამიანები, თავდახრილნი, წყნარნი, უჩინარ სიოდ გადამავალ საუბრით გადაბმულნი, მუხლებზე უწყვიათ (როგორც ვაჭრებს) მთელი თავიანთი ავლადიდება – დიდი, დაშაშრული ხელები, და მათ მაღლა პეპლებივით დაფარფატებენ საკუთარი უმწეობით შეწუხებული კეთილი ანგელოსები.

კვამლივით აკლაკნილ, წვრილად მოკირწყლულ სველ აღმართზე, ლეღვის ხის ახალგაღვიძებული ტოტების ქვეშ, ბიჭი და გოგონა ჩერდებიან. გოგონა ზეაზნექილ-თითებიან ხელს წინ გამოსწევს და ბიჭს მიჯნას უსვამს:

Rewas Inanischwili

Im Stadtteil der Armen

Wenn er[1] müde ist, das heißt, wenn seine auf Uhrzeiger gespannten Nerven bis zum Äußersten gedehnt sind, wenn die geraden, ruhigen Striche an den Wänden wie geladen zornig zu zittern beginnen, wenn sich unter der Stirn mit kristallenem Dröhnen von den Winden jenseits der Welt hereingetriebene Gedanken und Stimmen zu vermischen scheinen, passiert eine unsichtbare Reaktion; es entspringt der Geruch von Schwefel und ein stürmischer Rauch drückt unsichtbar auf die Knochen des Scheitels. Er legt die Feder wie eine mit Gift angefüllte Ampulle vorsichtig hin, krümmt sich, zieht sich an den Seiten des tief liegenden Kopfes grob die Jacke über, legt sich auf den Tisch ...[2] und lauscht, in der Wärme und Schwärze der Jacke verschwunden, dem aus seinem Körper nach unten herauslaufenden Regen zu. Der Fußboden kann diese Regentropfen nicht aufnehmen, auch nicht die Erdkruste. Sie fließen hinunter, hinunter in die kosmischen Tiefen. Er selbst entleert sich sehr langsam wie eine Wolke. Die Blitze werden vorüberziehen, auch der Rauch wird sich säubern, es werden sich frische Fasern des Gehirns bemerkbar machen, auch der Schwefelduft wird sich zerstreuen, und dann wird vorsichtig, ganz vorsichtig die Sonne hervorkommen. Sie beleuchtet die auf dem Hügel des alten Friedhofs emporgewachsenen Kreuze, den schmalen Grasstreifen und die schwarzen Zypressen; hier jedoch, fast in deren Schatten, verstummt nach und nach der Stadtteil der Armen der hoch gelegenen Stadt wie ein Amphitheater. Die kleinen Häuser sind fast verängstigt, kleben erschrocken aneinander, blicken schüchtern mit neugierigen Augen; die verhungerten Bäume mit den schwachen Zweigen klammern sich an die kupfervitrioähnliche Luft. Menschen mit gesenkten Köpfen sitzen da, ruhig in ein in einen unsichtbaren Windhauch übergehendes Gespräch gefesselt; auf den Knien liegen (wie bei Händlern) ihr ganzes Hab und Gut – große, rissige Hände, und sacht wie Schmetterlinge fliegen über ihnen von der eigenen Ohnmacht besorgte gute Engel.

Wie Rauch auf einem gekrümmten, spärlich gepflasterten, nassen Aufstieg bleiben unter den frisch gesprossenen Zweigen eines Feigenbaumes ein

მეტს ნუღა წამოხვალ.

გოგონას თავისი უბნის სახელებივით მორცხვი, მორიდებული თვალები აქვს, თმაზე ცეცხლით ატკრეცილი ნედლი ხის ქერქის სუნი ასდის. ბიჭი სველ მესერს მიეყრდნობა და ალერსით შეჰყურებს დაბლიდან, გეზად.

ბიჭი: ბრაზიანია დედაშენი?

გოგონა: ძალიან.

ბიჭი: მამაშენი?

გოგონა: ძალიან.

ბიჭი: შენი ძმა?

გოგონა: ოო!

ბიჭი მაინც ალერსით შეჰყურებს. გოგონა მოუსვენრობს, მალ-მალე იხედება აქეთ-იქით.

ბიჭი: მე ისეთი ვარ, ყველას ვეყვარები.

გოგონა: კი!

ბიჭი: არა გჯერავს?

გოგონა არაფერს არ ამბობს. ისევ ბიჭი იწყებს:

ბიჭი: მესამე კლასში რომ ვიყავი, ორი ლამაზი ვარდი წავუღე მასწავლებელს. ძალიან მოეწონა და მითხრა, თქვენ გიდგათ ასეთი ვარდებიო? არა, მასწავლებელო, გზაზა ვიპოვე-მეთქი. იმ დღიდან მასწავლებელს ძალიან შევუყვარდი.

გოგონას გაეცინა.

ბიჭი: მეექვსე კლასში, შრომის გაკვეთილზე ერთმა ბიჭმა ქლიბი აისროლა და მე დამეცა. თავი გამიტყდა. მასწავლებელმა ხელში ამიყვანა და ისე გამაქცია ექიმთან. იმასაც ძალიან შევუყვარდი.

გოგონას ისევ ეცინება.

მერე ლაპარაკობენ ღარიბთა უბანზე. ყოველი სამოსახლო კლდეებში ყოფილა გამონგრეული. გოგონას მამა თურმე ახლაც განაგრძობს მონგრევას.

ბიჭი: იმ კლდეს მე გამოვანგრევ.

გოგონა: წერაქვი გჭერია?

ბიჭი: არა.

გოგონა: ხელები სულ დაგიბებრდება.

ბიჭი: მანქანას გავაკეთებ.

გოგონა: რასა?

Junge und ein Mädchen stehen. Das Mädchen zieht mit erhobenen Fingern die Hand nach vorn und gibt dem Jungen zu verstehen:

„Komm ab hier bitte nicht mehr mit."

Das Mädchen hat wie die Häuser ihres Stadtteils schüchterne, zurückhaltende Augen, vom Haar steigt der Geruch von der Rinde eines im Feuer verloderten, frischen Baumes auf. Der Junge lehnt sich an einen nassen Zaunpfahl und schaut sie liebevoll und schräg geneigt von unten an.

Junge: „Wird deine Mutter schnell böse?"

Mädchen: „Schnell."

Junge: „Und dein Vater?"

Mädchen: „Auch."

Junge: „Und dein Bruder?"

Mädchen: „Oh, oh."

Der Junge blickt sie dennoch liebevoll an. Das Mädchen ist unruhig, schaut sich häufig um.

Junge: „Ich bin doch einer, den kann man nur mögen."

Mädchen: „Ja."

Junge: „Glaubst du's nicht?"

Das Mädchen sagt nichts. Wieder beginnt der Junge:

„Als ich in der dritten Klasse war, habe ich meiner Lehrerin[3] zwei schöne Rosen mitgebracht. Das hat ihr sehr gefallen, und sie hat mich gefragt: Habt ihr solche Rosen zu Hause? Nein, antwortete ich, die habe ich unterwegs gefunden. Von jenem Tag an mochte mich diese Lehrerin außerordentlich."

Das Mädchen lacht.

Junge: „In der sechsten Klasse warf ein Junge im Werkunterricht eine Feile hoch, und sie ist auf mich gefallen und hat meinen Kopf getroffen; der Lehrer hat mich auf den Arm genommen und eilends zum Arzt gebracht. Auch er hat mich sehr gemocht."

Das Mädchen lächelt wieder.

Dann sprechen sie über den Stadtteil der Armen. Jeder Baugrund in den Felsen sei abgetragen. Der Vater des Mädchens würde auch jetzt den Abbau fortsetzen.

Junge: „Jenen Fels werde ich abbauen."

Mädchen: „Hast du je eine Spitzhacke gehalten?"

Junge: „Nein."

Mädchen: „Die Hände werden voller Wasserblasen sein."

Junge: „Ich werde eine Maschine konstruieren."

Mädchen: „Was?"

ბიჭი: მანქანას. რა, არა გჯერა?

გოგონა თავს იკავებს, მაგრამ მაინც იცინის, იცინის. თან აქეთ-იქით იხედება. გამოდის მესერის უკანიდან წელში მოხრილი დედაბერი, პირდაპირ სველ ქუჩაზე დგამს ორ პატარა სკამს, ახალ-გაშალაშინებული ფიცრენით გაკეთებულ ორ პატარა ტაბურეტს, ზემოდან ფრთხილად გადაჰკრავს შავი წინსაფრის კალთას და ძალიან უბრალოდ ამბობს:

დასხედით, შვილო, დაიღლებით ეგრე.

და მიდის.

ღარიბთა ნაწვიმარ ქუჩაში რჩება ის ორი თეთრი ტაბურეტი, გოგონა (რომელსაც ცეცხლით ატკრეცილი ნედლი ხის ქერქის სუნი ასდის თმაზე) და ბიჭი – თვალებანთებული, თითქოს რაღაც დიდი რამით დაჯილდოებული. მაღლა სიხარულით თახთახებენ, თრთიან უმწეო კეთილი ანგელოსები.

სასაფლაოზე ჯვრები ისევ მზეში არიან გახვეული, მზეში ბრწყინავენ ბორცვის თავზე წვრილად გადაყოლებული ბალახებიც.

...ცოტა ხანში დგება, პიჯაკს გაიძრობს, ზურგისკენ რამდენჯერმე ღონივრად გაიქნევს ხელებს, თავით წრეს მოხაზავს – ჯერ მარცხნიდან მარჯვნივ, მერე მარჯვნიდან მარცხნივ, ღრმად ჩაისუნთქავს და რაღაც საამო ზრახვით უბრუნდება შეწყვეტილ საქმეს.

მარტის ოცში სამოცი წლის გახდება.

კაცი და ქალი

თებერვლის ცივი, ქარიანი წვიმის შემდეგ (ქარი კვლავაც ქრის), საღამო ხანს სველ ბინდში, რბილად გადაგლუებული გორაკის ფერდობს ნელ-ნელა ასდევს ბალანჩამოძენძილი გამხდარი მელა. წავა, ჩრდილივით უხმოდ გაძვრება ჩაშავებულ ძეძვებსა და ურო ბალახის ბღუჯებს შორის, შეჩერდება, აზუზული მოხედავს ქარსა და ჰორიზონტზე დახვავებულ ამღერებულ ღრუბლებს, უწადინოდ დააღებს პირს და ამოიხავლებს:

ბჰაა!

Junge: „Eine Maschine. Was, glaubst du's nicht?"

Das Mädchen reißt sich zusammen, aber dennoch lacht sie und lacht. Gleichzeitig sieht sie sich fortwährend um. Hinter dem Zaunpfahl kommt ein gekrümmtes, altes Mütterchen hervor, stellt zwei kleine Hocker, aus frischem Holz hergestellte zwei kleine Schemel[4], direkt gegenüber auf die nasse Straße. Oben wischt sie vorsichtig mit der schwarzen Schürze darüber und sagt einfach:

„Setzt euch, meine Kinder[5], ihr werdet sonst ermüden."

Und geht weg.

Auf der verregneten Straße verbleiben jene zwei weißen Schemel, das Mädchen (vom Haar steigt der Geruch von Rinde eines im Feuer verloderten, frischen Baumes auf) und der Junge haben leuchtende Augen, als wären sie mit irgendetwas Großem ausgezeichnet worden. Über ihnen flattern und kreisen die hilflosen guten Engel.

Die Kreuze auf dem Friedhof sind immer noch in die Sonne eingewickelt, in der Sonne glänzt auch das auf der Anhöhe spärlich gesprossene Gras.

... Einige Zeit später stellt er sich hin, zieht die Jacke herunter, schlägt einige Male kräftig mit den Armen nach hinten, zeichnet mit dem Kopf einen Kreis – zunächst von links nach rechts, dann von rechts nach links, atmet tief ein und kehrt mit einem wohligen Ansporn zur unterbrochenen Arbeit zurück.

Am 20. März wird er sechzig Jahre alt.

Mann und Frau[6]

Nach einem kalten, windreichen Februarregen (der Wind bläst auch weiterhin), in der nassen Dämmerung des Abends, folgt[7] ein zotteliger[8], magerer Fuchs ganz langsam einem sanft geebneten[9] Hügelabhang hinauf. Er geht dahin, schlängelt sich wie ein Schatten lautlos zwischen dem schwarz gewordenen Paliurus[10] und den Bartgrasbüscheln hindurch, bleibt stehen, schaut mit hochgezogenen Schultern[11] auf die im Wind und am Horizont aufgetürmten, trüben Wolken, er öffnet lustlos den Mund und gibt heisere Laute von sich:

„Bhaa!"

წავა, ქარი წააგვერდელებს, გაძვრება ძეძვებს შორის, ისევ შეჩერდება, ისევ მოიხედავს და მოიხავლებს საბრალობლად:

– ბჰაა!

კაცი და ქალი ერთამენთს მიჰკვრიან და სუნთქვაშეკრულნი უყურებენ.

კაცმა თქვა:

– შია.

– ოჰ, რას ამბობ! – უკმაყოფილოა ქალი, – მარტოა და გუნება სტკივა.

ვანო

საბავშვო ბაღის ვესტიბიულში გრძელ სკამზე იჯდა და თავის ბიჭუნას ელოდა. ხელები საწვიმრის ჯიბეებში ჩაიწყო, სკამის საზურგულს მისწოლოდა და დაპრიალებულ მუხის პარკეტს ჩასჩერებოდა. პარკეტის ერთ ფილას ორი ნუჟრი ჰქონდა. ეს ნუჟრები სათვალეს ჰგავდა, შუაში ბოლომოკაუჭებული ხაზი ჩამოუდიოდა და ის ხაზიც პატარა ნუჟრით თავდებოდა. ეს ქვედა ნუჟრი ზედგამოჭრილი ულვაშები იყო, თანაც მისი მეზობლის ულვაშები. ერთხელ ამ მეზობელმა ასე უთხრა: შენ, ჩემო ვანო, პატიოსანი კი არა, მშიშარა ხარ და იმიტომ ვერ შოულობ ბევრ ფულსო. მაშინ ვანომ იმის საბუთად, რომ მშიშარა არ იყო, სასაცილო რამ თქვა: მე შემიძლია შიშველი ხელით გველი დავიჭირო, მე შემიძლია, რაც არ უნდა ავი ძაღლი იყოს, ხელში ავიყვანო. ამაზე მეზობელმა, გზააბნეულ ბავშვს რომ დაუყვავებენ, თითქმის ისე დაუყვავა: ეგეთი სიმამაცე, ჩემო ვანო, დღეს საკმარისი აღარ არის, ახლა ადამიანის არ უნდა გეშინოდეს, თორემ გველი და ძაღლი... გველი და ძაღლი რა სახსენებელია ადამიანთანო. მეზობელი უხეიროდ აკოკოლებული კაცი იყო, ვანოს რომ დაეკრა, ხუხულასავით დაშლიდა. ერთი სული ჰქონდა, მიეფურთხებინა მაინც, აქ, ამ პარკეტზე გამოხატულ ულვაშებზე მაინც, ამგრამ ესეც არ შეიძლებოდა და ნერვიულად ატოკებდა თითებს.

Er geht dahin, der Wind begleitet ihn, er schlängelt sich durch den Paliurus, bleibt wieder stehen, schaut sich wieder um und gibt bedauernswert den heiseren Laut von sich:

„Bhaa!"

Ein Mann und eine Frau stehen eng beieinander und schauen mit angehaltenem Atem hin.

Der Mann sagt:

„Er hat Hunger."

„Oh, was du nicht sagst!", die Frau ist unzufrieden, „er ist allein und schlechter Laune."

Wano

Er[12] saß in der Vorhalle des Kindergartens auf einer langen Bank und wartete auf seinen kleinen Jungen. Die Arme waren in die Taschen des Regenmantels gesteckt. Er lehnte an der Rückenlehne der Bank und blickte zum blitzeblanken Eichenparkett hinunter. Eine Lamelle des Parketts besaß zwei Höcker. Die Höcker sahen wie eine Brille aus, in der Mitte war ein am Ende gebogener[13] Strich, und jener Strich endete wiederum mit einem kleinen Höcker. Dieser untere Höcker war der passende Schnauzbart, sogar der Schnauzbart seines Nachbarn. Einmal hatte dieser Nachbar ihm gesagt: „Du, mein Wano, bist kein ehrbarer, sondern ein ängstlicher Mensch, deshalb treibst du nicht viel Geld auf." Daraufhin hat Wano, um nicht als Angsthase dazustehen, etwas Lustiges gesagt: „Ich kann mit der bloßen Hand eine Schlange fangen, ich kann einen beliebigen Hund, und sei er noch so bösartig, auf den Arm nehmen." Daraufhin tröstete der Nachbar ihn, so wie man ein verirrtes Kind tröstet, mit den folgenden Worten: „Solch ein Mut, mein Wano, reicht heute nicht mehr aus, heute darf man sich nicht vor dem Menschen fürchten, denn Schlangen und Hunde ... Schlangen und Hunde – was sind die schon im Vergleich zum Menschen!" Der Nachbar war ein unschön strukturierter[14] Mensch, wenn Wano auf ihn draufgehauen hätte, wäre dieser wie ein Kartenhäuschen zusammengefallen. Ihn drängte es, wenigstens auszuspucken, hier, wenigstens auf diesen auf dem Parkett aufgemalten Schnurrbart zu spucken, aber auch das gehörte sich nicht und so bewegte er nervös die Finger hin und her.

უცებ მეორე სართულიდან სკუპ-სკუპით ჩამოვიდა მსუქანი, პეპელასავით მორთული და მხრებშეზიდული პატარა გოგონა, ჯერ შორიდან უყურებდა ვანოს, მერე ბალერინას პატარა ნაბიჯებით მოირბინა, წინ გაუჩერდა და კეკლუცად ჰკითხა:
ვინ გნებავთ?
მიხო, – მიუგო ვანომ.
ვინ მიხო?
ჩემი ბიჭი.
რა გვარია?
ბუჭყიაშვილი.
ბუჭყიაშვილი? – გაეცინა გოგონას. – ეგ როგორი გვარია?
არ მოგწონს?
არა.
თვითონ რა გვარი ხარ?
გა-გუ-ა.
გაგუა სჯობს ბუჭყიაშვილს?
კი. მსახიობი გაგუა ჩემი ბიძიაა. ელენე გაგუა ჩემი მამიდაა, აბესალომ გაგუაც ჩემი ბიძიაა. ჩემი დედიკო მუსიკის მასწავლებელია, ჩემი ბებია – ცირკის უფროსი, – ჩემი მამიდა – ტელევიზორების უფროსი, აბესალომ გაგუა – უნივერმაღის უფროსი. ჩვენ სულ უფროსი ნათესავები გვყავს. ჩვენ ყველაფერი ბევრი გვაქვს.
რა ყველაფერი გაქვთ ბევრი?
ავეჯი, ტანსაცმელი, ჭურჭელი...
რად გინდათ ბევრი ავეჯი და ბევრი ჭურჭელი?
ი! აბა, სტუმარი რომ მოგვივა?
მერე რა, მოვიდეს რა!
აბა, თქვენ როგორ ცხოვრობთ?
ისე, უბრალოდ. ერთი დიდი ფარდაგი გვაქვს, გავშლით ძირს და ვკოტრიალობთ ყველანი... – მეც, მიხოც, მამუკაც, ჩვენი დედიკოც და, თუ სტუმარი მოგვივა, ისიც. ჩვენ ხის ჯამები გვაქვს, ხის კოვზები – კაკ-კუკ! კაკ-კუკ!
ავეჯი სულ არა გაქვთ?
ნწ, სულ არა გვაქვს. ავეჯი რომ გვქონდეს, როგორღა ვითამაშებდით?!
რას ვეღარ ითამაშებდით?
ფრენბურთს, ოთურმას, დაჭერობანას.

Plötzlich kam von der zweiten Etage ein dickes, wie ein Schmetterling geschmücktes, an den Seiten behängtes kleines Mädchen heruntergehüpft, schaute zunächst von weitem auf Wano, dann rannte sie mit kleinen Ballerina-Schritten zu ihm hin, blieb vor ihm stehen und fragte kokett:

„Sie wünschen?“

„Micho“, warf Wano hin.

„Wer Micho?“

„Mein Junge“

„Wie heißt er noch?“

„Butschqiaschwili.“

„Butschqiaschwili?“, lachte das Mädchen, „was ist denn das für ein Name.“

„Gefällt er dir nicht?“

„Nein.“

„Was für einen Namen hast du selbst?“

„Ga-gu-a.“

„Ist Gagua besser als Butschqiaschwili?“

„Ja, der Schauspieler Gagua ist mein Onkel. Elene Gagua ist meine Tante, Auch Abesalom Gagua ist mein Onkel. Meine Mama ist Musiklehrerin, meine Oma – Zirkusdirektorin, meine Tante – ist Leiterin beim Fernsehen, Abesalom Gagua – leitet ein Kaufhaus, alle bei uns sind Vorgesetzte. Wir haben von allem viel.“

„Wovon habt ihr viel?“

„Möbel, Kleidung, Geschirr ...“

„Wozu braucht ihr viele Möbel und viel Geschirr?“

„Ha! Nun, und wenn ein Gast kommt?“

„Dann soll er doch kommen!“

„Aber wie leben Sie denn?“

„So, ganz einfach. Einen großen Teppich haben wir, den legen wir auf den Boden und darauf tollen wir alle herum – sowohl ich als auch Micho, und Mamuka, unsere Mama und, wenn ein Gast zu uns kommt, auch der. Wir haben Holzschüsseln, Holzlöffel – es ist ein Geklopfe – klopf-klopf! Klopf-klopf!“

„Habt ihr gar keine Möbel?“

„I-wo, haben wir gar nicht. Wenn wir Möbel hätten, wie sollten wir dann spielen?!“

„Was könntet ihr nicht mehr spielen?“

„Volleyball, Bockspringen, Fangen.“

გოგონამ ფუნჩულა ხელით ქვედა ტუჩის სრესა დაიწყო, ვანო კი განაგრძობდა:

ჩვენ ტანსაცმელიც ისე გვაქვს, სადაც გინდა ჩაჯექი. აი, ნახე!

ვანო იატაკზე ჩაჯდა, გოგონას გაუცინა და ისევ სკამს დაუბრუნდა.

ხომ კარგია?

დიახ. – დაუქნია გოგონამ თავი და ოდნავი შეყოვნების შემდეგ მორიდებით იკითხა:

არც მანქანა გყავთ?

მანქანა რად გვინდა, ჩვენ სულ ფეხით დავდივართ. დავმწკრივდებით და მივდივართ მინდორ-მინდორ, ტყე-ტყე, მთა-მთა. მანქანაში რომ ზიხარ, რა უნდა დაინახო? ბალახებში ჩამალულ თვალებდაკუსულ კალიას დაინახავ? ვარდისფერცხვირიან პატარა თაგუნიების ჭიდაობას დაინახავ? პირდაღებულ, კისერგაღანღალებულ მწყრის ბარტყებს დაინახავ? ბალახის ყურში ჩაძინებულ წვიმის წვეთს დაინახავ?

ჩქარა რომ მდიხარ?

ჩვენ არსად არ გვეჩქარება, ჩვენ ასეთი ხალხი ვართ, არსად არ გვეჩქარება.

გოგონა მთლად გაშტერდა, ცოტაც და მოიგლეჯდა ქვედა ტუჩს, ვანომ პაწია ხელში ხელი მოჰკიდა და ჩამოაღებინა:

რა გინდა, რატომ აწვალებ მაგ ტუჩს? რამე დაგიშავა?

ამ დროს მიხო გამოვარდა და შორიდანვე დაიძახა:

წავიდეთ, მამაჩემო?

წავიდეთ.

ვანო წამოდგა. გოგონა ახლა უკვე ქვემოდან შესცქეროდა, თვალები სევდით ჰქონდა სავსე.

წამიყვანთ თქენთან?

კი, როგორ არ წაგიყვანთ, – მიუგო ვანომ, – ახლა მაღლა ადი, ხვალ კი უსათუოდ წაგიყვანთ.

* * *

Das Mädchen begann mit der molligen Hand an der Unterlippe zu quetschen, Wano jedoch setzte fort:

„Auch Kleidung haben wir solche, mit der du dich überall setzen kannst. Guck mal!"

Wano setzte sich auf den Fußboden, lachte das Mädchen an und kehrte sofort auf den Stuhl zurück.

„Das ist doch gut?"

„Ja", das Mädchen nickte mit dem Kopf und fragte nach einer etwas kurzen Verzögerung zurückhaltend:

„Habt ihr auch kein Auto?"

„Wozu brauchen wir ein Auto, wir gehen immer zu Fuß. Wir stellen uns in einer Reihe auf und gehen feldeinwärts, durch die Wälder und über Berge. Was kannst du schon sehen, wenn du im Auto sitzt? Siehst du dann die im Gras versteckte Grille mit den aufgerissenen Augen? Siehst du etwa das Kräftemessen der rosanäsigen, kleinen Mäuschen? Siehst du dann die Wachteljungen mit offenem Mund und wackeligem Hals? Siehst du den in einem Grashalmzipfel eingeschlafenen Regentropfen?"

„Und wenn du schnell gehst?"

„Wir eilen nirgendwohin, wir sind solche Menschen, wir eilen nirgendwohin."

Das Mädchen war völlig baff, es brauchte nur noch wenig und sie hätte die Unterlippe abgerissen. Wano fasste die winzige Hand an und zog sie nach unten.

„Was ist los, warum quälst du deine Lippe? Was hat sie dir getan?"

Zu dieser Zeit kam Micho angesprungen und rief gleich von weitem:

„Gehen wir, Vatilein?"

„Gehen wir."

Wano stand auf. Das Mädchen blickte nun schon von unten auf ihn, die Augen waren voller Trauer.

„Nehmt ihr mich zu euch mit?"

„Ja, wieso nicht", erwiderte Wano, „geh jetzt nach oben und morgen nehmen wir dich unbedingt mit."

* * *

გოგონა დიდხანს გასცქეროდა გვერდიგვერდ მიმავალ მამა-შვილს. მამას მოკლე, გახუნებული, ბოლოშემოჭმუჭნული საწვიმარი ეცვა. მაღალი იყო, დიდი, განიერი ბეჭებით უძრავად მიჰქონდა ლამაზი თავი. შვილი თეძომდეც კი ვერ სწვდებოდა. მიდიოდნენ და მილაპარაკობნდენ:

მამა, „ვოლგა“ რომ მოგცენ, „ვოლგა“, ბულდოგი და გერმანული ავტომატი, რომელს აირჩევდი?

ვინ იძლევა?

არა, ისე, რომ იყოს: „ვოლგა“, ბულდოგი და ავტომატი, რომელს აირჩევდი?

რა თქმა უნდა, „ვოლგას“.

იი, შენცა ხარ, რა! მე ავტომატს, დაგიხვდებოდი და მანქანასაც წაგართმევდი და ბულდოგსაც.

შვილმა ხელი გამოსტაცა, ცოტაზე გაირბინა, შემობრუნდა და, თითქოს მართლაც ავტომატი სჭეროდეს, დაუყვირა:

ჰედე ჰოჰ!

ვანომ მორჩილად ასწია ხელები მაღლა.

Das Mädchen blickte lange auf die nebeneinander dahingehenden Vater und Sohn nach. Der Vater hatte einen kurzen, verschossenen, ganz unten zerknitterten Regenmantel an. Er war hoch gewachsen, auf seinen breiten Schulterblättern trug er ruhig einen schönen Kopf. Das Kind reichte ihm kaum bis an die Hüfte. Sie gingen und schwatzten:

„Vati, wenn man dir einen „Wolga“[15] geben[16] würde, einen „Wolga“, eine Bulldogge und eine deutsche Maschinenpistole, was würdest du auswählen?“

„Wer gibt das?“

„Nein, so, nur so zum Beispiel: ‚Wolga‘, Bulldogge und Pistole, was wählst du aus?“

„Natürlich den ‚Wolga‘.“

„Ätsch, du bist aber auch einer! Ich würde die Maschinenpistole nehmen, ich würde dir auflauern und sowohl das Auto als auch die Bulldogge wegnehmen.“

Der Sohn riss die Hand weg, lief einige Schritte vor, drehte sich um und begann zu schreien, so als würde er wirklich eine Pistole in der Hand halten:

„Hände hoch[17]!“

Wano hob gehorsam die Hände.

Anmerkungen

1 Dass es hier „er“ und nicht „sie“ heißt, wird im Laufe der Erzählung nicht eindeutig geklärt. An Stellen (wie Kleidung პიჯაკი – Jacke/Joppe) und Gesten (wie ზურგისკენ რამდენჯერმე ღონივრად გაიქნევს ხელებს – er schlägt einige Male kräftig mit den Armen nach hinten) wird nach Meinung von befragten Georgiern ersichtlich, dass es sich um einen Mann handelt (besonders wenn man die Entstehungszeit der Erzählung in Betracht zieht – vor 1971).
2 Das Komma vor „und“ bedeutet im Georgischen eine Verzögerung.
3 Das Geschlecht ist ungewiss: Lehrer oder Lehrerin? Rosen werden eher einer Lehrerin geschenkt.
4 Taburet = russ. Schemel, Hocker.
5 Im Georgischen kann hier die Einzahl stehen.
6 Die Zeiten „Futur, Präsens, Präteritum“ wurden in dieser Erzählung vereinheitlicht.
7 ასდევს = nachsehen bei Verbwurzel დ, hier Verweis auf დევნ-.
8 ბალანი = Haar, ჩომოძენძილი = zerlumpt, zerzaust.
9 გლუ = eben.
10 Paliurus = Kreuzdorngewächs.
11 აზუზული = აბუზული, bei Vögeln: aufgeplustert, bei Tieren und Menschen: mit hochgezogenen Schultern.
12 Dass „ის“ (er, sie, es) hier „er“ bedeutet, erfahren wir aus der nächsten direkten Rede (Wano).
13 ბოლომოკაუჭებული = ბოლო კაუჭ(ებ)ი.
14 აკოკოლევული, von კოკოლა = Haufen, hier: angehäufter, aufgetürmter Mann.
15 Bekannte sowjetische Automarke.
16 Verb unter Verbwurzel ც- nachsehen, Verweis auf ცემ-, unter anderem „geben“.
17 Im Original „Hände hoch“ deutsch mit georgischen Buchstaben.

Ana Mcheidse

Der Ankerkopf

ანა მხეიძე

ღუზა თავი

ანა მხეიძე

ღუზა თავი

ნუთუ არასდროს დაგმართიათ ასე: გამოიღვიძეთ, მაგრამ თვალდახუჭული წევხართ და ცდილობთ გამოიცნოთ, სად იმყოფებით, ან ოთახის რომელ კუთხეს დაინახავთ პირველად. ნამთვრალევზე მეგობართან ხომ არ დარჩით, ან იქნებ რომელიმე სასტუმროს რბილ ლოგინში ნებივრობთ. დამერწმუნეთ, ვიდრე თვალს არ გაახელთ, ვერაფრით მიხვდებით, სადა ხართ.

მე კი ამას მაშინაც ვერ მივხვდი, როცა მეზობელ საწოლზე მძინარეს შევხედე. კაცს ცალი ფეხი საწოლიდან გადმოეკიდა და დრო და დრო იქნევდა მისეული ბუზების მოსაგერიებლად.

გისოსებიანი ფანჯრიდან ხის გაშიშვლებული კენწეროები და მოღრუბლული ცა მოჩანდა. გისოსებიანი ფანჯარა ბანკს აქვს და ციხეს. ცხადია, ბანკში არავინ დამაძინებდა, ესეიგი ციხეში ვარ. დიახ, ციხეში ვარ. მაგრამ, მგონი, კამერა შემიცვალეს.

გუშინ დაკითხვაზე ვიყავი.

ოთახი მოვათვალიერე. ჩემს მხარეს სამი საწოლი იდგა, მეორე მხარეს – ოთხი. ყველას ეძინა, გარდა ერთისა. ფეხმორთხმული იჯდა და ჭერს მიშტერებოდა.

– დილა მშვიდობისა! – ხმადაბლა ვუთხარი.

მძიმედ გადმოიტანა ჩემზე მზერა, კანტიკუნტად დარჩენილი კბილები გამოაჩინა და გაიცინა.

– ჰე!

მერე კიდევ:

– ჰე!

მერე ისე აროხროხდა, საწოლმა ჭრაჭუნი დაიწყო. გაოცებული ვუყურებდი, ვერ მივხვდი, რა ვთქვი ასეთი სასაცილო. კარში თეთრხალათიანმა ქალმა შემოყო თავი.

– ხმა ჩაიწყვიტე, შე ყროყინა. ცოტა ხანს მაინც დამასვენა ამ დამთხვეულებისგან, – და ისევ მიიმალა.

Ana Mcheidse

Der Ankerkopf

Ist euch das etwa wirklich nie so passiert: Ihr seid aufgewacht, aber liegt mit geschlossenen Augen da und versucht zu erraten, wo ihr euch befindet oder welche Ecke des Zimmers ihr zuerst sehen werdet? Ihr seid etwa nach einem Umtrunk[1] bei einem Freund geblieben, oder vielleicht aalt ihr euch in einem weichen Bett irgendeines Hotels. Glaubt mir, solange ihr die Augen nicht öffnet, werdet ihr keinesfalls verstehen, wo ihr euch befindet.

Ich jedoch verstand das sogar dann nicht, als ich den auf dem Nebenbett Schlafenden anschaute. Der Mann hatte ein Bein über den Bettrand hinausgehängt und wedelte ab und zu mit ihm, um die sich scheinbar auf ihn stürzenden Fliegen zu vertreiben.

Durch ein vergittertes Fenster waren nackte Baumspitzen und ein bewölkter Himmel zu sehen. Ein vergittertes Fenster besitzt entweder eine Bank oder ein Gefängnis. Klar, in einer Bank hätte mich keiner schlafen lassen, also bin ich in einem Gefängnis. Ach ja, ich bin im Gefängnis. Aber mir scheint, man hat mich in eine andere Zelle verlegt.

Gestern war ich bei einer Vernehmung.

Ich schaute mich im Zimmer um. Auf meiner Seite standen drei Betten, auf der anderen Seite vier. Alle schliefen, außer einem. Er saß im Schneidersitz da und starrte an die Decke.

„Guten Morgen!", sagte ich leise.

Er bewegte seinen Blick schwerfällig in meine Richtung, zeigte seine vereinzelt verbliebenen Zähne und lachte.

„He!"

Dann wieder:

„He!"

Dann begann er so laut zu lachen[2], dass das Bett zu quietschen begann. Ich schaute ihn verwundert an und verstand nicht, was ich so Lustiges gesagt hatte. Eine Frau im weißen Kittel steckte den Kopf durch die Tür.

„Sei still, du schreist ja wie ein Esel. Gib mir wenigstens ein wenig Ruhe vor diesen Verrückten", und sie verschwand wieder.

ცოტა ხნის შემდეგ შემოვიდა შპრიცით ხელში. ბუზღუნით მივიდა 'ყროყინასთან˜. ისიც დამორჩილდა.

– ქალბატონო!

მოიხედა.

– მაპატიეთ. რაღაც მინდა გკითხოთ, – კიდევ მივიხედე გარშემო, – იცით რა... სადა ვარ?

თუმცა ისედაც ვიცოდი, სად ვიყავი.

– საავადმყოფოში, ყმაწვილო, საავადმყოფოში, – ექთანმა გზაზე დაგდებულ ფეხსაცმელს ფეხი წაკრა და გავიდა.

მეხსიერება დავძაბე. ნამდვილად არაფერი მახსოვდა. დაკითხვის მერე აღარაფერი მახსოვდა. გამოდის, ჭკუაზე შევშლილვარ.

დღემდე ძალიან მამაცი მეგონა ჩემი თავი, თუმცა რა, აქ ყოფნა მირჩევნია ციხეში ჯდომას. სისულელე მომივიდა, ექთანს რომ დაველაპარაკე, ბოლომდე უნდა მოვიგიჟიანო თავი.

მაგრამ, ვაითუ... არა, არა მგონია ეს კიდევ განმეორდეს. მშვენივრად ვგრძნობ თავს. არა მგონია.

ახლა მთავარია, ჭკვიანურად მოვიქცე. თუ აქედან გავაღწიე, იმ საქმეს აღარც გავეკარები, ყველაფერს მივაფურთხებ, სულ გადავიხვეწები ამ ქალაქიდან.

ავადმყოფებმა გაიღვიძეს. ვაკვირდებოდი თითოეულ მათგანს და მათ ქცევებს ვიმახსოვრებდი. ორი დღე საწოლიდან არ ავმდგარვარ, არც ხმა ამომიღია. მესამე დილას, უეცრად ისეთი მადა აღმეძრა, რომ თუკი ვინმეს არ შიოდა, სულ მე შევუჭამე საუზმე.

ზედმეტი მომივიდა, მასაქმებინა. ყურები დამეხშო და მთელი თავი დამიმძიმდა. ისე დამიმძიმდა, თითქოს თავის ნაცვლად ღუზა მესობოდა კისერში. დერეფანში ჩამოკიდებულ სარკესთან მივედი, უნდა შემემოწმებინა, მხრებზე თავი მედგა თუ ღუზა.

თავი კი მედგა, მაგრამ ჩემი კი არ იყო. მე ერთი ღერი თეთრი თმა არ მქონდა, ის კი ბებერს ჰგავდა.

მივესალმე. იმანაც მიპასუხა.

– კარგია სიბერე? – შევეკითხე.

– კარგია.

– რითი?

– სიბრძნით.

– ეგ არის შენი სიბრძნე, რომ სიბერე სჯობს ახალგაზრდობასო?

Nach einer Weile kehrte sie mit einer Spritze in der Hand zurück. Murrend ging sie zum „Schrei-Esel“. Er unterwarf sich ihr auch.

„Frau“.

Sie schaute her.

„Entschuldigen Sie, ich möchte Sie etwas fragen“, ich schaute mich nochmals um. „Wissen Sie ... wo bin ich?“

Obwohl ich es auch so schon wusste, wo ich war.

„Im Krankenhaus, Jungchen, im Krankenhaus“, die Schwester stieß an einen herumliegenden Schuh und ging hinaus.

Ich strengte mein Gedächtnis an, erinnerte mich in der Tat an gar nichts. Was nach der Vernehmung war, daran erinnerte ich mich überhaupt nicht. Also muss ich verrückt geworden sein.

Bis heute hielt ich mich sehr tapfer, obwohl was soll's, mir ist es lieber, hier zu sein, als im Gefängnis zu sitzen. Es war dumm meinerseits, dass ich die Schwester angesprochen habe. Ich muss weiterhin verrückt spielen.

Aber, wenn ... nein, ich glaube nicht, dass sich das noch einmal wiederholen wird. Ich fühle mich wunderbar. Ich glaube es nicht.

Jetzt ist die Hauptsache, klug zu handeln. Falls ich es von hier rausschaffe, werde ich jenes Zeug[3] nie wieder anrühren. Ich spucke auf alles und werde ganz aus dieser Stadt flüchten.

Die Kranken wachten auf. Jeden Einzelnen von ihnen schaute ich aufmerksam an und prägte mir sein Benehmen ein. Zwei Tage verließ ich nicht das Bett, sprach auch kein Wort. Am dritten Morgen hatte ich plötzlich einen solchen Appetit, dass ich von allen das Frühstück aufaß, die keinen Hunger hatten.

Das war zu viel, ich übergab mich. Ich verspürte einen Ohrendruck, und mein ganzer Kopf wurde schwer. Er wurde so schwer, als würde sich statt eines Kopfes ein Anker in meinen Hals reinschieben[4]. Ich ging zu dem im Korridor hängenden Spiegel. Ich musste prüfen, ob auf den Schultern ein Kopf stand oder ein Anker.

Da war zwar ein Kopf da, aber nicht meiner. Ich hatte noch kein einzelnes weißes Haar, und das dort sah aus wie ein alter Mann.

Ich grüßte ihn. Auch er antwortete.

„Ist es gut, alt zu sein?“, fragte ich.

„Es ist gut.“

„Wodurch?“

„Durch Weisheit.“

„Ist das deine Weisheit, dass das Alter besser ist als Jugend?“

– ხო, ეგ არის. შენ კი დამცინი. მე ხომ შენ ვარ. ასე რომ, საკუთარ თავს დასცინი.

თავხედურად მიყურებდა. სიბრაზისგან ხმას ძლივს ვიღებდი:

– მეორედ... აღარ დაგინახო, თორემ... წადი, წადი. მოგკლავ!

სახეში ვთხლიშე. ხელი მეტკინა.

ისევ ლოგინში ვიწექი. ხელი შეხვეული მქონდა. შიშს უკანმოუხედავად გაუგდია იმედი და საიმედოდ მოკალათებულა ჩემში. ღმერთო, ნუთუ ამოდენა ქვეყანაში ერთი ადამიანი არ მოიძებნება ისეთი, იმედი რომ დამიბრუნოს! ჩამომიჯდეს ლოგინზე, ხელი ხელზე მომკიდოს და დარწმუნებით მითხრას, ნუ გეშინია, ყველაფერი რიგზე იქნებაო. მეც დავიჯერებ, აუცილებლად დავიჯერებ ოღონდ ვინმე მოვიდეს და ასე მითხრას.

მეგობრები არ მოვლენ. ასეთ შემთხვევაში არც მე მივიდოდი მათ სანახავად. ნათესავებს კი მე თვითონ არ მივიღებ. ბიძების ქედმაღლობა და მამიდების პრანჭვა-გრეხვა გულს მირევს.

დედა. დედა რომ მოსულიყო ახლა ჩემთან, ფეხის თითებს დავუკოცნიდი, როგორც მაშინ, კუბოში რომ იწვა. მაშინ ხალხი გულაჩუყებული იწმენდდა ცრემლებს, მე კი ვიცოდი, რომ ზურგსუკან დამცინოდნენ. ოდნავაც არ მაღელვებდა მათი აზრი, მე ხომ სათაყვანებელი ადამიანი დავკარგე. სწორედ ის, ვისი ერთი „შვილოც" ამ ქვეყნისკენ მომაბრუნებდა. მასთან ერთად მსოფლიო ამომიდგებოდა მხარში.

მისი გულისთვის, უფრო სწორად, მისი მიზეზით ვარ დღეს აქ. ერთი პატარა, სრულიად უმნიშვნელო შემთხვევა რომ არა, იქნებ ჩემი ბედი სულ სხვანაირად დატრიალებულიყო.

დედაჩემი ბოშა იყო. ომიდან დაბრუნებულმა მამა გზაში გაიცნო და ჩამოიყვანა.

ჩვეულებრივი ოჯახი გვქონდა, უზრუნველყოფილი და სტუმართმოყვარე. მე ორივე მშობელი მიყვარდა, მაგრამ მამას მეტ პატივს ვცემდი. სამხედროფორმიანი მამა ყოველ ბავშვს მისცემს სიამაყის საფუძველს. დედა კი ყველას ერთნაირი ჰყავს: ბაზარში მორბენალი, სამზარეულოში მოფუსფუსე, ან სარეცხით გაოფლილი.

ერთხელ, თხუთმეტიოდე წლის რომ ვიყავი, მამაჩემის მეგობარი მოვიდა ჩვენთან. ახალი მანქანა გამოეყვანა და მამა სასეირნოდ დაპატიჟა. ჩვენც გავყევით, რომ ქუჩაში მდგარი მანქანა დაგვეთვალიერებინა. მანქანაში იმ კაცის ცოლი და კიდევ ვიღაც უცნობი კაცი იჯდა. ქალი გადმოვიდა, დედა გადაკოცნა, მანქანის ფერის გამო უკმაყოფილება გამოთქვა, მეც მომეფერა.

„Ja, das ist es. Du aber lachst über mich. Ich bin doch du. Also lachst du dich selbst aus."

Er schaute mich dreist an. Vor Wut konnte ich kaum sprechen.

„Mach, dass ich dich nicht noch einmal sehe, sonst ... hau ab, hau ab, sonst werde ich dich umbringen!"

Ich ballerte ihm mit der Hand ins Gesicht. Mir tat die Hand weh.

Wieder lag ich im Bett. Ich hatte eine Hand umwickelt. Zusehends vertrieb die Angst die Hoffnung und nistete sich Erfolg versprechend in mir ein. Oh Gott, gibt es denn in diesem großen Land keinen einzigen Menschen, der mir meine Hoffnung wiedergibt! Der sich ans Bett setzt, mit seiner Hand meine Hand berührt und mir überzeugt sagt: Du musst keine Angst haben, alles wird gut. Und ich werde es glauben, werde es unbedingt glauben. Hauptsache, es kommt jemand und spricht so zu mir.

Die Freunde werden nicht kommen. In einem solchen Falle hätte ich sie auch nicht besucht. Die Verwandten jedoch werde ich selbst nicht empfangen. Der Hochmut der Onkel und die Affektiertheit und das Zieren der Tanten bringen mich zum Aufstoßen.

Mutter. Wenn Mutter jetzt zu mir käme, würde ich ihr die Zehen küssen, wie damals, als sie im Sarg lag. Damals wischten die Menschen ergriffen die Tränen weg, ich jedoch wusste, dass sie mich hinter dem Rücken auslachten. Mich kümmerte ihre Meinung nicht ein bisschen, hatte ich doch einen besonderen Menschen verloren. Gerade sie, und von ihr die zwei Worte[5] „mein Kind" würden mich in diese Welt zurückführen. Mit ihr zusammen hätte mir die ganze Welt zur Seite gestanden.

Ihretwegen, besser gesagt, sie ist der Grund, warum ich heute hier bin. Wenn nicht der kleine ganz unbedeutende Zufall eingetreten wäre, wäre mein Schicksal vielleicht ganz anders verlaufen.

Meine Mutter war Zigeunerin. Der aus dem Krieg zurückgekehrte Vater hatte sie unterwegs kennengelernt und mitgebracht.

Wir waren eine gewöhnliche Familie, mit gutem Einkommen und gastfreundlich. Ich liebte meine beiden Eltern, aber achtete den Vater mehr. Ein Vater mit Militäruniform gibt jedem Kind allen Grund, stolz zu sein. Eine Mutter jedoch ist bei jedem gleich: Sie rennt durch den Markt, werkelt in der Küche herum oder schwitzt bei der Wäsche.

Einmal, als ich kaum fünfzehn Jahre alt war, kam ein Freund meines Vaters zu uns. Er hatte gerade ein Auto gekauft[6] und lud meinen Vater zu einer Spazierfahrt ein. Auch wir begleiteten ihn hinaus, um das auf der Straße stehende Auto zu besichtigen. Im Auto saßen die Frau jenes Mannes

მანქანის გარშემო ვუვლიდი და როცა წავიდნენ, შურიანი მზერა გავაყოლე. რაღაცის თქმა მინდოდა, მაგრამ გავჩუმდი.

დედას ტუჩები მაგრად მოეკუმა და ცხვირის ნესტოები დაბერვოდა. თვალებში ისეთი წყენა ედგა, დღესაც რომ არ მავიწყდება.

– დედა, შენ რატომ არ წახვედი?

გაღიმება სცადა:

– სასეირნოდ სადა მცალია, ბიჭო. უთო ჩართული დავტოვე.

პირდაპირ სააბაზანოში შევიდა და კარი ჩაკეტა. ხმა არ მესმოდა, მაგრამ ვიცოდი, რომ ტიროდა.

ორი თვის წინ კი იმ კაცის შვილს გამოსაშვები საღამოსთვის შეკერილი კაბა დაეწვა. ახალი საკაბე იყიდეს და დედას სთხოვეს, გვიშველეო. დედამ ღამე გაათენა და იმაზე უკეთესი შეკერა; ვიდრე წინანდელი იყო. მთელი ოჯახი მადლობად და ლოცვად დაიღვარა, ახალ მანქანაში მისი ჩასმა კი არ იკადრეს.

პირველად ჩავუფიქრდი დედაჩემის ცხოვრებას და ბევრი მსგავსი მაგალითი გავიხსენე. საქმეში მოხმარება იყო, თუ ავადმყოფის მოვლა, პირველად „ალაჩკას“ მოიკითხავდნენ, ლხინში კი რატომღაც ავიწყდებოდათ. მისი დაბალი წარმოშობა ჩრდილს აყენებდა წარჩინებულ საზოგადოებას.

იმ წუთიდან მთელი ამ კოკობზიკების ძვირფას სიცოცხლეს დედაჩემის ერთ გაცინება მერჩია.

დედა დაწითლებულ თვალებს მიმალავდა.

– დედა, დედა, შენ თუ იცი, როგორ მიყვარხარ?

– ბოშური სიმღერები მოგწონს? გინდა ვიმღერო? – კითხვითვე მიპასუხა, – იქნებ აღარც ვიცი, ახალგაზრდობაში კი ვმღეროდი.

გიტარა აიღო და სკამზე ჩამოჯდა.

– უკანასკნელად რომ ვიმღერე, შენ მაშინ არცა მყავდი. ცუდი დრო იყო, ძალიან გვიჭირდა. არავინ გვეხმარებოდა, ყველას თავისი ოჯახი ჰყავდა. ძალიან მინდოდა, მამაშენს ესწავლა. ყველაფერს ვაკეთებდი, რაც შემეძლო, ვკერავდი, ვქსოვდი, მაგრამ არ გვყოფნიდა მაინც. ბოლოს ძველმანებიდან ჩემი ბოშური კაბა ამოვიღე, ჩავიცვი და ეზო-ეზო დავიწყე სიმღერა. შენ წარმოიდგინე, კარგი შემოსავალი მქონდა, ცოტა წელში გავიმართეთ. გარეუბნებში დავდიოდი, ნაცნობებს ვერიდებოდი, მაგრამ მაინც მნახეს და მამაშენთან დამასმინეს. მცემა. ხო, რას მიყურებ, მცემა და ეგ იყო. მას შემდეგ არ მიმღერია. თითები აღარ მემორჩილება, ატყობ?

und noch ein unbekannter Mann. Die Frau stieg aus, küsste meine Mutter. Sie sagte, dass sie unzufrieden mit der Farbe sei, auch mich streichelte sie.

Ich umkreiste das Auto, und als sie weg waren, begleitete ich sie mit neidischem Blick. Ich wollte irgendetwas sagen, aber schwieg.

Die Mutter presste die Lippen stark zusammen, die Nasenflügel waren gebläht. In den Augen war eine solche Kränkung zu sehen, die ich bis heute nicht vergessen kann.

„Mutti, warum bist nicht mitgefahren?"

Sie versuchte zu lächeln.

„Ich habe doch keine Zeit, spazieren zu fahren, Junge. Ich habe das Bügeleisen eingeschaltet zurückgelassen."

Sie ging direkt ins Badezimmer und schloss die Tür zu. Ich hörte keine Stimme, aber ich wusste, dass sie weinte.

Vor zwei Monaten freilich war das extra genähte Abiturfeierkleid des Kindes des Mannes verbrannt. Sie kauften einen neuen Stoff für das Kleid und baten die Mutter: „Hilf uns." Mutter arbeitete die ganze Nacht durch und nähte ein besseres Kleid als zuvor. Die ganze Familie zerschmolz im Dankeschön und Gebet, aber dennoch fanden sie sie nicht für würdig, sie im neuen Auto sitzen zu lassen.

Zum ersten Mal dachte ich über das Leben meiner Mutter nach und erinnerte mich an viele ähnliche Beispiele. Sei es um Hilfe bei der Arbeit oder bei der Pflege eines Kranken, zuerst fragte man bei „Alatschka[7]" nach, aber wenn Festlichkeiten anstanden, vergaß man sie merkwürdigerweise. Ihre niedrige Herkunft beschattete die edle Gesellschaft.

Von jener Minute an zog ich das Lächeln meiner Mutter dem teuren Leben aller dieser Angeber[8] vor.

Mutter versteckte ihre geröteten Augen vor mir.

„Mutti, weißt du, wie sehr ich dich mag?"

„Gefallen dir die Zigeunerlieder? Möchtest du, dass ich singe?", antwortete sie mir ebenso mit einer Frage. „Vielleicht kenne ich sie gar nicht mehr. In der Jugend habe ich sie aber gesungen."

Sie nahm die Gitarre zur Hand und setzte sich auf den Stuhl.

„Du warst noch nicht geboren, als ich zum letzten Mal gesungen habe. Es war eine schlechte Zeit, es fehlte uns an allem. Niemand hat uns geholfen, jeder hatte seine eigene Familie. Ich wollte sehr, dass dein Vater studiert. Ich tat alles, was ich konnte. Ich nähte, strickte, aber es reichte trotzdem nicht für uns aus. Schließlich habe ich aus meinen alten Sachen mein Zigeuner-

ბოშური სიტყვაც არ ვიცოდი, მაგრამ დედას სიმღერა კარგად გავიგე. დიდი სიყვარულის საფასურს რითი იხდიან, ის გავიგე. როგორც ფოტოქაღალდზე, ისე გამომჟღავნდა ჩემს გონებაში შავი და თეთრი.

როცა მამა დაბრუნდა, პირველად ვუპასუხე უკმეხად.

ჩვენი მეგობრობაც ამით დამთავრდა.

კიბო პატარა სიმსივნით იწყება და ნელ-ნელა, ცოცხლად ჭამს ადამიანს. მე თავმოყვარეობის კიბო გამიჩნდა. ოდნავ უსამართლობას და წყენას არავის ვარჩენდი. ამ დროს კი მეჩვენებოდა, რომ მხოლოდ ეს ორი ცნება მხვდებოდა გზაზე. ავყევი დინებას აღმა.

თუ არ გავერთე, თავი ისევ ღუზად მექცევა. ყურები უკვე გამეყინა. ვის გინდა ესაუბრო ამ სამოთხეში.

დაძინებისა კი მეშინია. დაძინებისა კი არა, სიზმრების მეშინია.

ქალაქს ლავასავით სქელი ღრუბლები აწვება. ღრუბლები მოწამლულია და ჩვენ ყველანი თაგვებივით უნდა ამოვიხოცოთ. ღრიალით ვაწყდებით ერთმანეთს, გავრბივართ, სოროებში ვძვრებით. ღრუბელი კი დაბლა მოიწევს და ვისაც ეხება, უსულოდ აგდებს ძირს. მე გავრბივარ. პატარა გოგო მიყვირის, დამიცადეო, მე კი არ ვჩერდები. მივრბივარ სამ, ხუთ, საათს და ბოლოს ამწვანებულ ტყეში ვხვდები. კუდებზე დაკიდებული მაიმუნები წაბლს მესვრიან, ავაზები, ნიანგები, ათასნაირი ქვეწარმავლები გულგრილად მიყურებენ. უღონოდ ვეცემი მიწაზე. ხუთი კაცი მიახლოვდება, თან იცინიან – გადარჩენილაო. ცუდად ხომ არა ხარო, მეკითხებიან. ჰო, ძალიან ცუდად ვარ-მეთქი. ახლავე მოგარჩენთო და თავს მისინჯავენ, თითებით მიწევენ თმას. გაქცევა მინდა, ვიბრძვი, მაგრამ ხელს არ მიშვებენ. მომკალით, როგორც გინდათ, ისე მომკალით, ოღონდ ჩემს თავს ნუ ეხებით. თავი არ დამიზიანოთ. სიკვდილი მირჩევნია.

ჩემი ყვირილისგან მეღვიძება. საბნის ქვეშ ვიკუნტები.

ჩემს ყვირილს სხვა არავინ შეუწუხებია. საბნის ქვეშვე ველოდები გათენებას.

kleid herausgekramt, es angezogen und begann in den Höfen zu singen. Stell dir vor, ich hatte ein gutes Einkommen. Wir konnten etwas die Rücken aufrichten. Ich bin durch die Vororte gezogen, vermied es, Bekannte zu treffen, aber dennoch hat mich jemand gesehen und bei deinem Vater verpetzt. Ja, was starrst du mich an. Er hat mich geschlagen, und das war's. Und danach habe ich nicht mehr gesungen. Die Finger gehorchen mir nicht mehr. Merkst du's."

Ich kannte kein Wort der Zigeuner, aber das Lied der Mutter verstand ich gut. Ich erfuhr, womit der Preis für große Liebe bezahlt wird. Wie auf einem Fotopapier entwickelte sich in meinem Verstand Schwarzes und Weißes.

Als der Vater zurückkehrte, antwortete ich ihm zum ersten Mal frech.

Unsere Freundschaft endete damit auch.

Krebs fängt mit einem kleinen Tumor an, dann frisst er langsam den Menschen bei lebendigem Leib. Bei mir entstand ein Krebs des Ehrgefühls. Ich verzieh niemandem die kleinste Ungerechtigkeit und Beleidigung. In dieser Zeit schien mir, dass mir auf dem Weg nur diese zwei Begriffe begegneten. Ich ging stromaufwärts.

Wenn ich mich nicht beschäftige, wird mein Kopf wieder wie ein Anker sein. Die Ohren sind mir bereits eingefroren. Mit wem kannst du dich in diesem Paradies unterhalten.

Ich habe sogar Angst einzuschlafen. Nicht vor dem Einschlafen, sondern vor den Träumen.

Die Stadt wird durch die dicken Wolken, schwer wie Lava, gedrückt. Die Wolken sind vergiftet, und wir alle müssen wie Mäuse umkommen. Mit Geschrei stoßen wir aneinander, rennen, verstecken wir uns in Mäuselöchern. Die Wolken jedoch senken sich weiter herunter, und werfen diejenigen, die sie berühren, mausetot um. Ich jedoch renne weg. Ein kleines Mädchen ruft mir zu: „Warte". Ich indes bleibe nicht stehen. Ich renne drei, fünf, Stunden, und schließlich erreiche ich einen ergrünten Wald. An Schwänzen hängende Affen bewerfen mich mit Kastanien, Panther, Krokodile und tausenderlei Kriechtiere schauen mich gleichgültig an. Entkräftet falle ich auf die Erde. Fünf Menschen nähern sich mir, dabei lachen sie. „Er hat überlebt", sagen sie und fragen mich: „Geht es dir schlecht?" „Ja, mir geht es sehr schlecht", sage ich. „Wir werden dich gleich gesund machen", meinen sie und untersuchen meinen Kopf. Mit den Fingern durchfurchen sie meine Haare. Ich möchte fliehen, ich kämpfe, aber sie lassen meine Hand nicht los. „Tötet mich, wie ihr wollt, tötet mich einfach so, nur

დერეფანში სარკე აღარ ჰკიდია. ბოლთას ვცემ და ვლოცულობ, რომ არ დაღამდეს.

ქერა ფუმფულა თმებს ვხედავ, რომელშიც თავჩარგულს ბევრჯერ მძინებია. ნუთუ გავახსენდი, ნუთუ დავჭირდი რამეში. მე მეძებს, ჩემს გვარს კითხულობს ალბათ, მე კი დამბლადაცემულივით ვდგევარ და ტყუილუბრალოდ ვაწვალებ. სირბილით გავეკიდე.

– თამრიკო, მე აქა ვარ! თამრიკო!

თამრიკოს ნაცრისფერი თვალები ჰქონდა, ველური კატასავით მოელვარე, ამ გოგომ კი ხავერდოვანი, ბავშვური თვალები შემომაგება.

– თამრიკო მოვა. დღეს თუ არა, ხვალ აუცილებლად მოვა.

– თვითონ დაგაბარათ?

– არა. მე მას არ ვიცნობ, მაგრამ ვიცი, რომ მოვა. სხვანაირად არ შეიძლება.

თქვა და წავიდა. ცოტა ხნის შემდეგ დაბრუნდა, დამინახა და ჩემს მაგიდას მოუჯდა.

– დიდი ხანია, რაც აქა ხართ?

– არ მახსოვს. რა რიცხვია დღეს?

– ოცდაექვსი.

_ გამოდის... ხომ არ გეშლება? ცხრამეტი დღე გამოდის.

ხმა არ გამცა. თითით მაგიდას ხაზავდა.

– თამრიკო იყო თქვენთან?

– არა.

– ალბათ ერიდება. უნდა გაიგოთ. თუ გინდათ, მე ვნახავ და გადავცემ თქვენგან რამეს.

– არა.

წამოდგა.

– თუ გადაიფიქრებთ, მე ამ დღეებში აქა ვარ. პრაქტიკაზე დავდივარ.

თამრიკო ოდნავ მაინც რომ ჰგვანებოდა ამას, რაღა მიჭირდა. ყველაფერი უყვარდა, ადამიანის გარდა. უბრალო ასანთის კოლოფში უამრავ საოცრებას იპოვიდა, საათობით შეეძლო ვარსკვლავების ყურება, ჩემს სიტყვებს კი ისე ისმენდა, თითქოს ერთსა და იმავე წიგნს მეხუთედ კითხულობსო. სახლიდან არ მაგდებდა, არც საწოლი ევიწროებოდა ჩემს გვერდით, მაგრამ რამდენიმე ხანში მოვბეზრდებოდი, დაკრავდა ფეხს და ერთი თვეც რომ მეცადა, აღარ გამოჩნდებოდა. ჩხუბსა და ყვირილზე სიცილით

fasst meinen Kopf nicht an. Beschädigt nicht meinen Kopf. Eher möchte ich sterben."

Durch meinen Schrei wache ich auf. Ich rolle mich unter der Decke zusammen.

Mein Schrei störte niemanden. Unter der Decke warte ich noch auf die Morgendämmerung.

Im Korridor hängt kein Spiegel mehr. Ich laufe auf und ab und bete, dass es nicht Nacht wird.

Ich sehe blonde kuschelige Haare, in denen ich früher oft den Kopf einwühlend schlief. Erinnert sie sich etwa an mich, braucht sie mich etwa für irgendetwas? Sucht sie mich, fragt sie möglicherweise nach meinem Nachnamen. Ich jedoch stehe wie gelähmt und quäle sie umsonst. Ich renne ihr nach.

„Tamriko, ich bin hier! Tamriko!"

Tamriko hatte graue Augen, die wie eine Wildkatze blitzten. Das Mädchen jedoch erwiderte mir mit samtenen kindischen Augen.

„Tamriko kommt, wenn nicht heute, morgen kommt sie unbedingt."

„Hat sie Ihnen das selbst mitgeteilt?"

„Nein, ich kenne sie nicht, aber ich weiß, dass sie kommt. Anders kann es nicht sein", sagte sie und ging weg. Nach einer kurzen Weile kehrte sie zurück, sah mich und setzte sich an meinen Tisch.

„Sind Sie schon lange hier?"

„Ich erinnere mich nicht, was für ein Datum ist heute?"

„Der 26."

„Das heißt ... irrst du dich nicht? Es sind dann also neunzehn Tage."

Sie antwortete nicht. Zeichnete mit einem Finger auf dem Tisch herum.

„War Tamriko bei Ihnen?"

„Nein."

Wahrscheinlich geniert sie sich. Sie müssen Verständnis haben. Wenn Sie möchten, dann werde ich sie aufsuchen und ihr von Ihnen etwas übermitteln."

„Nein."

Sie stand auf.

„Wenn Sie es sich anders überlegen, ich bin in diesen Tagen hier, im Praktikum."

„Wenn Tamriko wenigstens etwa so ausgesehen hätte wie sie, dann wäre das schön. Sie liebte alles außer die Menschen. Sie konnte in einer einfachen Streichholzschachtel unzählige Wunder finden, sie konnte stundenlang

მპასუხობდა, რა ჭკვიანი ქალი ვარ, ცოლად რომ არ წამოგყევიო. მოფერებაც ვცადე, ხვეწნა-მუდარაც და მუქარაც. ერთხელ ჩემი მოთხრობებიც კი წავაკითხე, მეგონა, ამით მაინც მივიქცევდი მის ყურადღებას.

ნელა და დაკვირვებით კითხულობდა, მერე რვეული დაკეცა, დიდხანს დაჟინებით მიყურებდა. უცებ ადგა და წავიდა. ათ წუთში მირეკავს:

– საყვარელო, რომ შემეძლოს, მხოლოდ შენ შეგიყვარებდი. მაგრამ არ შემიძლია. აღარ შემიძლია. დამივიწყე, თუ შესძლებ.

დამივიწყეო.

აბა, რა უნდა მახსოვდეს.

არც მიცდია შენი დავიწყება. კიდევ მქონდა რაღაცის იმედი. პატარა იყო, მაგრამ მაინც იმედი იყო. იმედი კი, იცი, რა არის?

სიკვდილის წინ დედამ მითხრა:

– შვილო, როგორ გაგაწვალეთ! ათასჯერ გადავწყვიტე, თავს მოვიკლავ და ყველანი დავისვენებთ-მეთქი, მაგრამ რაღაცის იმედი კიდევ მაქვს. იქნებ, მეშველოს რამე.

ქალს ნახევარი სახე გამოჭმული ჰქონდა, ხახა უჩანდა, ის კი გადარჩენაზე ფიქრობდა.

აი, ასეთი სასაცილო რამეა იმედი.

ღამ-ღამობით იმედს ვკარგავ.

პალატაში გოგონა შემოდის და ორ ფილა შოკოლადს დებს სკამზე.

– არ დამიჯერებთ, მაგრამ თამრიკო მოვძებნე. ისტორიიდან თქვენი მისამართი ამოვიკითხე. თქვენიანებმა მომასწავლეს. ავად არის. არა, ისეთი არაფერია, გაცივდა მხოლოდ. როგორც კი მოვკეთდები, მოვალო, ასე თქვა. და კიდევ... ექიმს ვკითხე თქვენს შესახებ. ყველაფერი მასზეა დამოკიდებულიო. თვითონაც რომ ხელს გვიწყობდეს, აქამდე სახლში გავუშვებდითო. მერე, რომ იცოდეთ, რა კარგია ახლა გარეთ! დათბა უკვე.

ნეტავი მას, გოგონა, ვისაც შენი სიყვარული ერგება, თორემ ჩემი სახლი რომ გამოკეტილია და თამრიკო რა შვილიცაა, მე კარგად ვიცი.

Sterne betrachten, meinen Worten jedoch hörte sie so zu, als ob sie ein und dasselbe Buch zum fünften Mal lesen würde. Sie warf mich nicht aus dem Haus, auch das Bett schien ihr nicht eng neben mir, aber nach einer gewissen Zeit hatte sie mich über, sie verschwand, und wenn ich sogar einen Monat gewartet hätte, sie wäre nicht wieder erschienen. Auf Streit und Geschrei antwortete sie lächelnd, was für eine kluge Frau bin ich doch, dass ich mich nicht heiraten ließ. Ich versuchte es auch zärtlich, flehend und auch drohend. Einmal las ich ihr sogar meine Erzählung vor. Ich dachte, wenigstens damit kann ich ihre Aufmerksamkeit auf mich lenken. Sie las langsam und gründlich, dann schlug sie das Heft zu und starrte mich lange eindringlich an. Plötzlich stand sie auf und ging weg. Nach zehn Minuten rief sie mich an:

„Mein Lieber! Wenn ich könnte, würde ich mich nur in dich verlieben, aber ich kann es nicht. Ich kann es nicht mehr. Vergiss mich, wenn du es kannst."

Vergiss mich, sagte sie.

Nun, an was soll ich mich erinnern.

Ich versuchte sogar nicht, dich zu vergessen. Ich hoffte noch auf irgendetwas. Es war eine kleine, aber dennoch eine Hoffnung. Hoffnung jedoch, weißt du was das ist?"

Vor dem Tod sagte mir meine Mutter:

„Mein Kind, wie haben wir dich gequält. Tausendmal habe ich beschlossen, mich zu töten, und alle werden wir Ruhe finden, aber habe noch irgendwelche Hoffnung. Vielleicht wird das meine Rettung sein."

Die Hälfte des Gesichts der Frau war schon zerfressen worden, der Rachen war zu sehen, sie jedoch dachte an Rettung.

Ja, so eine lächerliche Sache ist die Hoffnung.

Immer in der Nacht verliere ich die Hoffnung.

Das Mädchen kam ins Krankenzimmer und legte zwei Tafeln Schokolade auf den Stuhl.

„Sie werden es nicht glauben, aber ich habe Tamriko gefunden. Ich habe aus der Krankenakte Eure Adresse erfahren. Ihre Angehörigen haben mir weiter geholfen. Sie ist krank. Nein, nichts Schlimmes, sie ist nur erkältet. „Sobald es mir wieder gut geht, komme ich", sagte sie. Und noch ... ich habe den Arzt über sie ausgefragt. ‚Alles hängt von ihm ab', hat er gesagt, ‚wenn er uns selbst unterstützen würde, hätten wir ihn schon nach Hause entlassen.' Wenn Sie wüssten, wie schön es jetzt draußen ist! Es ist schon warm geworden."

სკოლის დამთავრების შემდეგ სამი წელი არ მენახა. მაღაზიაში შემხვდა, როცა მაღვიძარა საათს ვყიდულობდი. ვიდექი და უცებ ვიგრძენი, რომ მარცხენა მხარეს დათბა. ჰო, უცნაურია, მაგრამ შემდგომშიც, სადაც არ უნდა მდგარიყო თამრიკო, იმ მხარეს ყოველთვის ცხელოდა.

გადამეხვია, ბარაქიანი სხეული გამიხახუნა და უცოდველი სახით მთხოვა, გამომიარე.

განგებ ვაჭიანურებდი პაემნის დღეს, მისი კუდაბზიკობის მოსასპობად საუკეთესო გეგმას ვარჩევდი. მან კი, ოჰ, ოჰ, სწორედ ასეთი წარმომედგინეო, იკვნესა ორიოდ კვირას, მერე დაჰკრა ფეხი და სამოგზაუროდ წავიდა ვიღაც კაცთან ერთად.

მეგონა, მოვკლავდი. ვიყვირე, მუშტები ვატრიალე, ის კი იცინოდა, ხომ ხედავ, რა ჭკვიანი ვარ, ცოლად რომ არ მოგყვებიო. ჩემი მოთხრობებიც წავაკითხე, იქნებ ამით მაინც მივიქციო მისი ყურადღება-მეთქი. სულელი ხარო, მითხრა. თუ წერა გეხერხება, ამ აბდაუბდის ნაცვლად ისეთი რამე დაწერე, რაშიც ფულს გადაგიხდიანო. მარტივად და გასაგებად ამიხსნა.

გოგონას დაუძახეს. მეც ვდგები და ვაცილებ.

ყველაფერი შეუცვლია, თმები კი ისეთივე აქვს. მატყუებს, გოგონა ვარო.

რა დროს ტყუილებია, თამრიკო, როცა, სუნთქვასავით მჭირდები, როცა შენ ხარ ჩემი ერთადერთი წამალი. ნუ წახვალ, თამრიკო, ახლა მაინც შემიცოდე, კარი არ დახურო, დამეკარგები. თამრიკო! თამრიკო! თამრიკო!

ვეჯაჯგურები კარს, ვტეხავ და გავრბივარ. თამრიკო შიშველი დგას. მეც შიშველი ვარ.

– წავიდეთ, – მეუბნება.

მაღალ მთაზე ავდივართ. მეორე მხარეს, მთის ძირში მდინარე მოედინება.

– ვიბანაოთ, – ამბობს თამრიკო. მე კი მეშინია.

მდინარისკენ მწკრივად მიდის ასევე შიშველი ხალხი. წყნარად უახლოვდებიან ნაპირს და რიგ-რიგობით ხტებიან წყალში. წყალი კი დუღს და ხინკალივით ატივტივებს ადამიანებს. მოხარშული ხორცის სუნი მცემს.

Derjenige kann sich glücklich schätzen, dem deine Liebe zuteil wird, Mädchen, ansonsten weiß ich sehr gut, dass mein Haus zugeschlossen ist, und was für ein Früchtchen Tamriko ist.

Nach der Absolvierung der Schule sah ich sie drei Jahre nicht. Ich traf sie im Geschäft, als ich einen Wecker kaufte. Ich stand da und plötzlich spürte ich, dass es auf der linken Seite wärmer wurde. Ja, es ist merkwürdig. Auch später, egal, wo Tamriko stand, auf dieser Seite war es immer heiß.

Sie umarmte mich, sie rieb ihren üppigen Körper an mir und bat mich mit unschuldigem Gesicht „Komm bei mir vorbei."

Ich zögerte bewusst den Tag des Rendezvous hinaus. Ich wählte den besten Plan um ihre Hochnäsigkeit[9] zunichte zu machen. Sie jedoch: Genau so einen wie dich habe ich mir vorgestellt. Etwa zwei Wochen stöhnte sie, dann war sie fort[10] und reiste mit irgendeinem Mann weg.

Ich dachte, ich töte sie. Ich schrie, fuchtelte mit den Fäusten, sie jedoch lachte. Du siehst doch, wie klug ich bin, dass ich dich mich nicht heiraten lasse. Ich ließ sie auch meine Erzählungen lesen, vielleicht könnte ich damit wenigstens ihre Aufmerksamkeit auf mich richten. „Du bist dumm", sagte sie, „wenn du schreiben kannst, dann schreibe anstelle dieses Unsinns wenigsten etwas, wofür man dir Geld gibt", erklärte sie mir einfach und verständlich.

Sie riefen das Mädchen. Auch ich stehe auf und begleite sie.

Sie veränderte alles. Die Haare jedoch sind so wie früher. Sie belügt mich: „Ich bin ein Mädchen".

„Es ist keine Zeit für Lügen, Tamriko, wenn ich dich wie ein Atem brauche, wenn du meine einzige Arznei bist. Geh nicht weg, Tamriko, wenigstens jetzt erbarme dich meiner, mach die Tür nicht zu, ich verliere dich, Tamriko! Tamriko! Tamriko!"

Ich rüttele[11] an der Tür, zerschlage sie und renne hinaus. Tamriko steht nackt da. Auch ich bin nackt.

„Gehen wir", sagt sie.

Wir gehen auf einen hohen Berg hinauf. Auf der anderen Seite fließt unten am Berg ein Fluss.

„Baden wir", sagt Tamriko. Ich jedoch habe Angst.

Zum Fluss laufen reihenweise ebenso nackte Leute. Ruhig nähern sie sich dem Ufer und springen nacheinander ins Wasser. Das Wasser aber kocht und lässt die Menschen wie Chinkali[12] obenauf schwimmen. Ich rieche den Geruch von gekochtem Fleisch.

ოფლიან შუბლზე გრილი ხელი გადამისვეს. გოგონა ჩემს საწოლზე ზის.

– დაწყნარდით? კარგი მინდოდა და უარესი გამომივიდა. მაპატიეთ.

– გოგონა, შენს გარდა აქ მე ყველასთვის მხოლოდ ავადმყოფი ვარ და შენც ნუ დამტოვებ. ისედაც დაგაგვიანდა მოსვლა.

– თუ ასე ილაპარაკებთ, აღარ მოვალ.

– დაგაგვიანდა, გოგონა. ერთი თხოვნაც შემისრულე, როცა ჩემთან მოხვალ, თმები შეიკარი.

გოგონას ღიმილი წყალში არეკლილ სხივს ჰგავს.

ჩემი მეზობელი მსხალს ჭამს. მეორე მსხალი მე წავართვი. გამებუტა. რა ვქნა, ფეხმძიმედ ვარ და მსხალი მომინდა. დამცინიან, კაცის ორსულობა სად გაგიგიაო. აი, ხვალ ჩემს ნაშიერს რომ ნახავენ, ველარ გაიცინებენ. ხვალ, ან დიდი-დიდი ზეგ დილით პირს გავაღებ თუ არა, ვირთხისოდენა ობობა გადმომივარდება. მერე ნახონ სეირი. მე თუ არა, ვის ეცოდინება ჩემი შვილის ამბავი. პირველად ამას დაეტაკება, აგერ რომ ზის და მიბღვერს. საცეცებს ოსტატურად გაუყრის ყელში და თვალისდახამხამებაში გამოწოვს სისხლს. მთელ პალატას შემოივლის, მერე მეორეში გადავა, მესამეში, ქუჩაში დაერევა ხალხს. თანდათან გაიბერება, გაიზრდება. მე უკან მივყვები და ვნახავ, როგორ დააშრობს მილიონობით და მილიარდობით სხეულს. ყელგამოღადრულ კოტეს, თამაზს, თამრიკოს მიწას მივაბარებ. ადამიანებს რომ მორჩება, ცხოველებზე და ფრინველებზე გადავა. ბოლოს ეს გაუმაძღარი მშობელ მამასაც მიაყოლებს, მეც, მომდგება, ვიცი. ხვალ ვნახავ თქვენს სიცილს. ახლა კი სუფთა ჰაერი მჭირდება, სიმძიმეს ვგრძნობ ტანში.

ვიღაცამ გაიარა. ქერა თმა კეფაზე სარჭით დაემაგრებინა. გოგონა! გოგონასაც ხომ მოკლავს ის საზიზღარი ობობა! გატენილი მუცლით დააწვება ამ ნაზ სხეულს და ბინძურ თათებს თეთრ ყელში შეუყრის. ქერა თმები წითლად შეეღებება გოგონას და ვეღარავის შეიყვარებს, ერთ კოცნასაც კი ვერ შეესწრება. მე უნდა ვუყურო ამ საშინელებას და შველასაც ვერ შევძლებ. ობობა დაბადებიდანვე უძლეველი იქნება.

Jemand streichelt mir mit kühler Hand über die schwitzende Stirn. Das Mädchen sitzt auf meinem Bett.

„Beruhigen Sie sich, ich wollte Gutes, und es ist schlimmer geworden. Entschuldigen Sie."

„Mädchen, außer für dich bin ich hier für alle nur ein Kranker. Verlass du mich nicht auch noch. Sowieso bist du spät dran."

„Wenn Sie so sprechen, werde ich nicht mehr kommen."

„Du hast dich verspätet, Mädchen, erfülle mir doch noch eine Bitte. Wenn du zu mir kommst, knote das Haar zusammen."

Das Lächeln des Mädchens ähnelt einem im Wasser reflektierten Sonnenstrahl.

Mein Nachbar isst eine Birne, die zweite Birne nahm ich ihm weg. Er schmollte. Was soll ich tun, ich bin schwanger und hatte Appetit auf eine Birne. Man lacht über mich. Wer hat je gehört, dass ein Mann schwanger werden kann. Wenn sie morgen meinen Sprössling sehen, dann werden sie nicht mehr lachen. Morgen, oder höchstens übermorgen früh, wird, sobald ich den Mund aufmache, eine rattengroße Spinne aus dem Mund herausfallen. Dann werden sie schon sehen. Wenn nicht ich, wer soll denn sonst die Sache mit meinem Kind wissen. Zuerst wird sie den hier Sitzenden und mich grimmig Anschielenden anfallen. Sie wird mit ihren Fühlern stechen, meisterhaft den Hals durchbohren und ruckzuck das Blut absaugen. Sie wird das ganze Krankenzimmer ablaufen und dann ins zweite hinübergehen, dann ins dritte, sie wird die Menschen auf der Straße anfallen. Langsam wird sie sich aufblasen, anwachsen. Ich folge ihr nach und werde sehen, wie sie Millionen und Milliarden von Körpern austrocknen lässt. Ich werde die Köpfe mit den abgeschnittenen Kehlen der abgeschlachteten Kotes, Tamas' und Tamrikos der Erde übergeben. Wenn sie mit den Menschen fertig sein wird, wird sie bei den Tieren und Vögeln weitermachen. Zuletzt wird diese Unersättliche auch den eigenen Vater verenden lassen, auch mich, auch ich bin an der Reihe, ich weiß es schon. Morgen werde ich euer Lachen sehen. Jetzt jedoch brauche ich frische Luft, ich fühle eine Schwere im Körper.

Jemand lief vorbei. Sie hatte das blonde Haar im Genick mit einer Haarnadel befestigt.

Das Mädchen, sie wird doch auch das Mädchen töten, jene schreckliche Spinne! Mit vollem Bauch wird sie sich auf diesen zarten Körper legen und mit den schmutzigen Tatzen in die weiße Kehle hineinbohren. Das blonde Haar des Mädchens wird sich rot färben, und sie wird sich in niemanden

გოგონა შველას მომთხოვს, შემევედრება და მე გული გამისკდება. ახლავე მისკდება გული, ამას რომ წარმოვიდგენ.

იმდენი ვაჟკაცობა კიდევ შემრჩენია, ასეთი რამე არ დავუშვა. გოგონამ ას წელს უნდა იცოცხლოს, თავისი მსგავსი შვილები გააჩინოს.

ფიქრის დრო აღარ არის, ხვალ უკვე გვიან იქნება. ახლავე მოვძებნი რამეს, ყელზე შემოვიჭერ და შიგვე ჩავგუდავ ამ უწმინდურს...

verlieben. Sie kann nicht einmal einen einzigen Kuss erleben. Ich muss bei dieser Grausamkeit zusehen und kann ihr nicht einmal helfen. Die Spinne wird von Geburt an mächtig sein.

Das Mädchen wird mich um Hilfe bitte, wird mich anflehen. Und mein Herz wird platzen. Sogar jetzt platzt mein Herz, wenn ich mir das vorstelle.

Ich habe immer noch soviel Mut, um so etwas nicht zuzulassen. Das Mädchen soll hundert Jahre leben, ähnliche Kinder gebären wie sie eins ist.

Es ist keine Zeit mehr zum Nachdenken. Morgen wird es bereits spät sein. Sofort werde ich etwas finden. Ich werde es um meinen Hals hängen und gleich drinnen dieses Unheil ersticken ...

Anmerkungen

1 eigentlich: nach dem Rausch.
2 westgeorgischer Ausdruck.
3 eigentlich: ... werde ich mich jener Sache nie wieder annähern.
Die „Sache“ ist nicht genau benannt, es könnte Narkotika oder Alkohol gemeint sein.
4 westgeorgischer Ausdruck.
5 im Georgischen ist es ein Wort „შვილო“.
6 eigentlich: das Auto herausführen, idiomatischer Ausdruck für: Auto kaufen.
7 russischer Vorname, von Alla abgeleitet, Alotschka = Alla-lein.
8 westgeorgischer Ausdruck, sich kokett gebender Mensch.
9 westgeorgischer Ausdruck.
10 idiomatische Wendung: das Bein aufstoßen.
11 westgeorgischer Ausdruck.
12 mit Fleisch gefüllte Teigtaschen.

Konstantine (Kote) Dshandieri

Die Patrone eines anderen Kalibers

კონსტანტინე ჯანდიერი

განსხვავებული კალიბრის ვაზნა

კონსტანტინე ჯანდიერი

განსხვავებული კალიბრის ვაზნა

მ. ლეკიაშვილს

74 წლის პლატონ გარაყანიძის სიკვდილი არავის მიუჩნევია რამდენადმე მნიშვნელოვნად, მით უმეტეს, ტრაგიკულ მოვლენად ეროვნული კულტურისათვის. ცხოვრებაში მას ნიჭიერ, თუმცა არცთუ დალაგებული ჭკუის კაცად თვლიდნენ. მას ჰყავდა რამდენიმე მეგობარი, რომლებთანაც მკაცრად დადგენილ დღეებში შესაშური რეგულარულობითა და ერთგულებით დადიოდა სადილად. ეს პარადოქსია, თუ გავითვალისწინებთ გარაყანიძის იმპულსურ ხასიათს და მოუწესრიგებელ პირად ცხოვრებას.

ამბობენ, რომ ახალგაზრდობაში ჰყოლია ოთხი წლით თავისზე უფროსი საცოლე, რომელიც ქორწინებისთვის დანიშნულ დღეს მიატოვა ყოველგვარი ახსნა-განმარტების და დრამატული სცენების გარეშე. ამის შემდეგ აღარასოდეს უცდია ცოლის შერთვა.

იგი სრულიად მარტო ცხოვრობდა მელიქ-კაზარიანცის სახლის ერთ ოთახში, რომლის ფანჯარაც ზუსტად მოზარდ მაყურებელთა თეატრის შესასვლელს გადმოჰყურებს. ამ ოთახის ზღურბლზე არც ერთ მეგობარს არ გადაუბიჯებია იმ დღემდე, სანამ გარაყანიძე არ გარდაიცვალა. მოულოდნელი სიკვდილის მერე აღმოჩნდა, რომ მას არავითარი ავეჯი არ გააჩნდა, ვიწრო საწოლის, ორი სკამის, ღრმა სავარძლისა და წიგნებით გამოჭედილი სტელაჟების გარდა. საწერ მაგიდად, როგორც ჩანს, ძველისძველ რადიომიმღებს ხმარობდა.

მეზობლების ჩვენებით, მუდამ რაღაცას წერდა. ამას მოწმობდა ის უამრავი ცარიელი მელნის ბოთლი, რომელიც ორ თვეში ერთხელ თითქმის ნახევრამდე ავსებდა საერთო ნაგვის ყუთს. მარგამ ამ „საეჭვო საქმიანობას“ არავინ შეუშფოთებია, რადგან თავის მრავალტომიან ხელნაწერებს იგი პერიოდულად ანადგურებდა (ჩვეულებრივ წვრილ-წვრილ ნაკუწებად ხევდა ხოლმე, შემოდგომობით კი ეზოში ჩაჰქონდა და მეეზოვეს მიერ გაჩაღებულ კოცონში ხმელ ფოთლებთან ერთად წვავდა).

ყველას კარგად მოეხსენება მისი კიდევ ერთი უცნაური ახიარება: ე.წ. „ფარული თეატრი“. გარაყანიძის იდეა საკმაოდ ტრივიალური

Konstantine (Kote) Dshandieri

Die Patrone eines anderen Kalibers

Für M. Lekiaschwili

Der Tod des 74-jährigen Platon Garaqanidse war für niemanden wichtig und erst recht kein tragisches Ereignis für die Nationalkultur.

Man hielt ihn für einen begabten, wiewohl nicht ganz normalen Menschen. Er besaß einige Freunde, zu denen er an streng ausgewählten Tagen mit beineidenswerter Regelmäßigkeit und Ernsthaftigkeit zum Mittagessen ging, was jedoch angesichts Garaqanidses impulsiven Charakters und ungeordneten Privatlebens paradox schien.

Es hieß, dass er in jungen Jahren eine vier Jahre ältere Braut gehabt hätte, die er am vereinbarten Hochzeitstag ohne irgendwelche Erklärungen und dramatische Szenen verließ. Danach machte er nie wieder Anstalten, eine Frau zu heiraten.

Er wohnte ganz allein in einem Zimmer im Melik-Kasarianz-Haus[1], dessen Fenster genau auf den Eingang des Jugendtheaters blickte. Keiner seiner Freunde überschritt bis zu jenem Tag, an dem Garaqanidse starb, die Schwelle zu diesem Zimmer. Nach seinem überraschenden Tod stellte sich heraus, dass er außer einem schmalen Bett, zwei Stühlen, einem tiefen Sessel und übervollen Bücherregalen keine Möbel besaß. Als Schreibtisch hatte er offenbar einen uralten Rundfunkempfänger benutzt.

Nach Aussagen der Nachbarn schrieb er unentwegt. Davon zeugten die vielen leeren Tintenflaschen, die alle zwei Monate fast die Hälfte der gemeinschaftlichen Mülltonne füllten. Aber dieses „verdächtige Treiben" beunruhigte niemanden, weil er seine zahlreichen Manuskripte von Zeit zu Zeit vernichtete. (Gewöhnlich riss er sie in kleine Schnipsel, im Herbst jedoch brachte er sie in den Hof hinunter, um sie zusammen mit verwelktem Laub in dem vom Straßenfeger entzündeten Feuer zu verbrennen.)

Noch eine merkwürdige Eigenheit wurde ihm nachgesagt: das sog. „verdeckte Theater". Garaqanidses Idee wäre ziemlich banal gewesen, hätte es da nicht auch originelle, obwohl natürlich verrückte Details gegeben. Nie sagte er, dieses Leben sei Theater (oder eine Szene). Auch nicht, die Menschen seien Schauspieler. Dies hielt Garaqanidse selbstverständlich für eine Binsenwahrheit. Dagegen ließ er keine Gelegenheit aus, gegenüber seinen

იქნებოდა, რომ არა ორიგინალური, თუმცა, რა თქმა უნდა, გიჟური დეტალები. მას არასოდეს არაფერი უთქვამს იმის მსგავსი, რომ ცხოვრება თეატრია (ან სცენაა). არც იცის, რომ ადამიანები მსახიობები არიან. ეს გარაყანიძეს თავისთავად ცხად ჭეშმარიტებად მიაჩნდა. სამაგიეროდ შემთხვევას არ გაუშვებდა, რომ თანამოსაუბრისათვის სიტყვა არ გადაეკრა „ფარულ თეატრზე". კარგად მახსოვს, ერთხელ, ერთ ძალზე ცნობილ და ლამაზ მსახიობ ქალთან საუბრისას გარაყანიძემ თითქმის თავისთვის ჩაილაპარაკა:" თეატრში ყუველთვის კარგად ვგრძნობ თავს. მიყვარს მაყურებლის როლი". ამ წინადადებისთვის მაშინ არავის მიუქცევია ყურდღება, თუმცა იგი ნიშანდობლივია გარაყანიძის მსოფლმხედველობისათვის. მას შეუძლებლად მიაჩნია ადამიანის „სუფთა სახით" (მისი სიტყვებია) არსებობა, რადგან სხვადასხვა ცხოვრებისეული სიტუაცია საზოგადოების ყოველ წევრს გარკვეულ „თემატურობას" ანიჭებს, იძულებულს ხდის, შეასრულოს ესა თუ ის როლი. არსებობს როლების უსასრულო რაოდენობა, რომელთა თამაშიც კაცს უხდება ერთი ცხოვრების მანძილზე; უსიამოვნო და არასასურველიც, მოხერხებული და სიმყუდროვის მომტანიც. ერთ-ერთი ასეთია მაყურებლის როლი. გარაყანიძის სიტყვებით რომ ვთქვათ, ეს ის როლია, რომლისკენაც გაუცნობიერებლად და თან ამაოდ მიისწრაფვის გივი მარგველაშვილის მეფე დრამიდან „მაყურებელთა დარბაზები". ამ უცნაური პიესის გმირს მიაჩნია, რომ ისტორია უხილავი მაყურებლისათვის დადგმული ფარსია, თავად კი გათამაშებული წარმოდგენის ერთ-ერთი მონაწილე. აქედან მომდინარეობს მისი პროტესტი (ე.წ. „შეშლილობა") და აკვიატებული სიძულვილი მაყურებელთა დარბაზების მიმართ (მეფე ბრძანებს, გაანადგურონ ყველა თეატრალური დანიშნულების შენობა). მაგრამ, გარაყანიძის თქმით, მეფის შეცდომა ის არის, რომ იგი მკვეთრ ზღვარს ავლებს დარბაზსა და სცენარს შორის. გივი მარგველაშვილისადმი მიწერილ წერილში (რომელიც გაუგზავნელი დარჩა) იგი აცხადებს: „თქვენი ნაწარმოების გმირის შეშლილობა არაფერში ვლინდება, გარდა მისი ცალმხრივობისა. მას არ ესმის, რომ მსახიობები მარტო სცენაზე როდი არსებობენ და არც მაყურებლები სხედან მხოლოდ დარბაზებში. თქვენი მეფე ვერ გრძნობს, რომ ის იმდენადვეა მაყურებელი, რამდენადაც მსახიობია. მას მიაჩნია, რომ კაცობრიობის ისტორიაში ერთადერთი დრამა თამაშდება. თუ ეს ასეა, მაშინ მისთვის არსებობს მხოლოდ სიჟეტური დრო, რეალური დრო კი ფიქციაა. თქვენი გმირი ცხოვრობს კლასიკურად მოწესრიგებულ მარადისობაში,

Gesprächspartnern das „verdeckte Theater" anzudeuten ... Ich erinnere mich gut, wie Garaqanidse einmal im Gespräch mit einer sehr bekannten und hübschen Schauspielerin murmelte: „Im Theater fühle ich mich immer gut, ich mag die Rolle des Zuschauers". Auf diesen Satz achtete damals niemand, obwohl er bezeichnend für Garaqanidses Weltsicht war. Er hielt die „reine" (das sind seine Worte) Existenz des Menschen für unmöglich, da die unterschiedlichen Lebenssituationen jedem Mitglied der Gesellschaft eine bestimmte „Thematik" zuweisen und ihn in diese oder jene Rolle drängen. Der Mensch spielt im Leben eine unendliche Menge von Rollen: unangenehme und auch unerwünschte, passende und auch Behaglichkeit bringende. Eine von ihnen ist die Rolle des Zuschauers. Nach den Worten Garaqanidses ist das die Rolle, die ein König aus Giwi Margwelaschwilis[2] Drama „Zuschauerräume"[3] unbewusst und dabei vergebens anstrebt. Der Held dieses merkwürdigen Stückes glaubt, die Geschichte sei eine für ein unsichtbares Publikum inszenierte Farce und er selbst einer der Akteure der gespielten Aufführung.

Daher sein Protest (die sog. „Verrücktheit") und besessener Hass gegenüber Zuschauerräumen (der König gibt Anweisung, ein als Theater bestimmtes Gebäude zu vernichten). Aber laut Garaqanidse ist das ein Fehler des Königs, eine strikte Grenze zwischen Saal und Bühne zu markieren. In einem Brief an Giwi Margwelaschwili (der nicht abgeschickt wurde) erklärt er: „Die Verrücktheit des Helden Ihres Werkes zeigt sich schon allein in seiner Einseitigkeit. Er begreift nicht, dass die Schauspieler nicht nur allein auf der Bühne agieren und auch die Zuschauer nicht nur in Sälen sitzen. Ihr König erfasst nicht, dass er genauso Zuschauer wie Schauspieler ist. Er ist der Meinung, dass in der Geschichte der Menschheit ein einziges Drama gespielt wird. Wenn es so sei, dann existiere für ihn nur die Sujetzeit, und die reale Zeit ist eine Fiktion. Ihr Held lebt in einer perfekt organisierten Ewigkeit, in der es nur zwei gegensätzliche dialektische Konstanten gibt – den Zuschauer und den Schauspieler, wo alles vorformuliert und bestimmt ist. Er versteht nicht, dass auch die Geschichte (genauso wie das Leben eines konkreten Menschen) kein gespieltes einziges Drama auf einer Bühne des allumfassenden Theaters ist, sondern ein Labyrinth miteinander verbundener (oder ineinander schreibender) Theater, in denen gleichzeitig eine unendliche Menge von Stücken aufgeführt werden. Jedes Theater hat drei und nicht vier Wände – die vierte Wand wird von der Rampe ersetzt. Jedes einzelne Theater besitzt zwei Rampen: eine kleine, die die Bühne vom Saal trennt, und eine zweite große Rampe, die das Theater gänzlich vom anderen

სადაც მხოლოდ ორი ურთიერთდაპირისპირებული დიალექტიკური მუდმივა მოქმედებს – მაყურებელი და მსახიობი, სადაც ყველაფერი წინასწარაა ჩამოყალიბებული და განსაზღვრული. მას არ ესმის, რომ ისტორიაც (ისევე, როგორც ერთი მოცემული ადამიანის ცხოვრება) ყოვლისმომცველი თეატრის სცენაზე გათამაშებული ერთადერთი დრამა როდია, არამედ ერთმანეთთან დაკავშირებული (ან ერთმანეთში ჩაწერილი) თეატრების ლაბირინთებია, სადაც პიესების უსასრულო რაოდენობა ერთდროულად მიმდინარეობს. ყოველ თეატრს აქვს სამი და არა ოთხი კედელი – მეოთხე კედელს რამპა ცვლის. თითოეულ თეატრს აქვს ორი რამპა; ერთი მცირე, რომელიც სცენას დარბაზისაგან გამოყოფს, მეორე კი დიდი, რომელიც მთლიან თეატრს გამოჰყოფს სხვა თეატრისგან. პირველი რამპა მატერიალურია, მეორე კი წარმოსახვითი. მოკლედ, გამოდის, რომ ერთი თეატრის მაყურებელი, მეორე თეატრის მსახიობია, მესამე თეატრის მსახიობი კი – მეორე თეატრის მაყურებელი. არსებითად თითოეულ მაყურებელს აქვს ალტერნატივა – გაიხედოს პირდაპირ (მცირე რამპისაკენ) ან გაიხედოს გვერდით (დიდი რამპისაკენ). თუ პირდაპირ გაიხედა, სცენას დაინახავს; თუ გვერდით – სხვა თეატრის მაყურებელთა დარბაზს და ე.ი. თავად აღმოჩნდება სცენაზე. რა თქმა უნდა, ყოველივე ეს ძლიერ დახლართულ, რამდენადმე ქაოსურ სურათს ქმნის, რაც სრულიად განსხვავდება თქვენი მეფის მარტივი, ერთმნიშვნელოვანი სამყაროსაგან. მეფის შეშლილობა ამ აშკარა ფაქტის დაუნახაობაში მდგომარეობს, სხვა მხრივ იგი სრულიად საღ ჭკუაზეა“.

სხვათა შორის, გივი მარგველაშვილისათვის განკუთვნილი წერილი ის ხელწერილია, რომელიც გადაურჩა იმ შეუბრალებელ, მე ვიტყოდი რიტუალურ განადგურებას, რომელსაც ავტორი პერიოდულად (ციკლურად) ატარებდა ხოლმე საკუთარი ნაწერების მიმართ; იგი ერთადერთი იქნებოდა, რომ არა სამ მოზრდილ საქაღალდეში ჩატეული „გამოკვლევა“ სანდრო ახმეტელისა და „დურუჯის“ უკანასკნელი თვეების შესახებ. გამოკვლევა-მეთქი, მაგრამ უმჯობესი იქნებოდა, ამ სკურპულოზურად შედგენილი „საქმისათვის“ გამოძიება მეწოდებინა. აქ, შესაძლოა, ყველაზე სრულად გამოვლინდა გარაყანიძის ახირებული, ლამის მანიაკური გატაცება პარადოქსებითა და ლოგიკური თავსატეხებით.

იმდენად, რამდენადაც ამ „გამოკვლევის“ გამოქვეყნება სრული სახით დაუშვებლად მიმაჩნია (როგორც ხვდებით, იგი რეალურ ისტორიულ პირებს ეხება, მაგრაგ არაფერი აქვს საერთო ფაქტობრივ

trennt. Die erste Rampe ist materiell, die zweite Rampe ideell. So ist also der Zuschauer eines Theaters der Schauspieler eines anderen Theaters, und der Schauspieler des dritten Theaters ist Zuschauer des zweiten Theaters. Im Grunde genommen hat der einzelne Zuschauer des Theaters die Alternative, geradeaus (zur kleinen Rampe) oder zur Seite (zur großen Rampe) zu schauen. Wenn er geradeaus blickt, sieht er die Bühne, an der Seite den Zuschauerraum eines anderen Theaters. Also wird er sich selber auf der Bühne vorfinden. Natürlich ergibt all das ein sehr verwirrendes, ein etwas chaotisches Bild, das sich von der einfachen, eindeutigen Welt Ihres Königs auffällig unterscheidet. Die Verrücktheit des Königs besteht darin, dass er diese offensichtliche Tatsache nicht erkennt, ansonsten ist er völlig normal."

Übrigens ist dieser an Giwi Margwelaschwili adressierte Brief eines jener Manuskripte, die der mitleidlosen, sagen wir, rituellen Vernichtung entgingen, die der Autor von Zeit zu Zeit (zyklisch) mit den eigenen Schriften vollführte; es wäre fast das einzige, wenn man nicht in drei großen Mappen eingezwängt noch „Forschungen über Sandro Achmeteli[4] und über die letzten Monate der ‚Durudshi'[6]" entdeckt hätte. Ich sage „Forschungen", aber es wäre besser, wenn ich dies eine skrupellos zusammengestellte Untersuchung einer „Sache" nennen würde. Vielleicht offenbarte sich hier am deutlichsten Garaqanidses dickköpfige, fast krankhafte Begeisterung für paradoxes und logisches Rätselraten.

Da ich die vollständige Veröffentlichung dieser „Forschungen" für unzulässig halte (wie Sie merken, bietet er reale historische Persönlichkeiten auf, nimmt es aber mit den Fakten nicht allzu genau), versuche ich ihren Inhalt kurz mit meinen Worten wiederzugeben.

სიზუსტესთან), შევეცდები მოკლედ, ჩემი სიტყვებით გადმოვცე მისი შინაარსი.

1935 წლის სექტემბერში, როდესაც რეჟისორ სანდრო ახმეტელისა და მისი თეატრის (რუსთაველის თეატრის მსახიობთა ერთგული ნაწილი) მდგომარეობა უკვე კრიტიკული შეიქმნა, როდესაც აშკარა გახდა „დურუჯის“ არა მარტო დაშლის, არამედ თეატრალური კორპორაციის წევრთა ფიზიკური განადგურების საშიშროება, მოხდა უცნაური, თითქმის დეტექტიური ამბავი: სპექტაკლის მსვლელობის დროს (იდგმებოდა „ლუდვიგ ვალენშტაინი“) რეკვიზიტორმა პოლიკარპე ჟვანიამ შემთხვევით გადახსნა თოფი, რომელიც ნახევარ საათში სცენაზე უნდა გაეტანათ და აღმოჩნდა, რომ იგი გატენილი იყო. მე არ შევუდგები პლატონ გარაყანიძის მიერ ჩამოყალიბებული ესთეტიკური კონცეფციის გადმოცემას, რომელიც, ავტორის აზრით, სავსებით ხსნის, თუ რატომ იყო საჭირო სპექტაკლში ნამდვილი (და არა ბუტაფორიული) თოფი; მხოლოდ შევნიშნავ: თოფში ჩადებული ვაზნა მეხის გავარდნას ურდიდა ისედაც ნერვულად დამუხტულ და უკიდეურესად დაძაბულ თეატრალურ ატმოსფეროში.

გარაყანიძე აცხადებს, რომ თუკი იმ საღამოს სცენაზე ნამდვილი ტრაგედია არ დატრიალდა, ამას მხოლოდ რეკვიზიტორის ჰობის უნდა ვუმადლოდეთ: ჟვანია თავგადადებული მონადირე იყო და უნდა ითქვას, მას ამ ჰობიმ მეტი სახელი მოუტანა, ვიდრე ძირითადმა პროფესიამ. გარაყანიძე დარწმუნებულია, რომ თოფის შემოწმება იყო მუდმივად იარაღთან კონტაქტში მყოფი კაცის ავტომატური მოქმედება. ეჭვი არ არის, ჟვანიამ, სისხლში გამჯდარი მონადირული ჩვევის გამო, უნებურად აღკვეთა წინასწარ განზრახული მკვლელობა. ვისი მოკვლა იყო ჩაფიქრებული ამ საღამოს?

„ლუდვიგ ვალენშტაინი“ არც ისე პოპულარული ავსტრიელის, ალარიჰ ვოლფის ერთადერთი პიესაა (მას არაფერიაქვს საერთო შილერის „ვალენშტაინთან“ სათაურის გარდა). ვოლფი უფრო ცნობილია, როგორც ისტორიული ნოველის ოსტატი და, აგრეთვე, როგორც ავტორი ბრწყინვალე გამოკვლევისა გეორგ ბიუხნერის შესახებ. პიესა არ გამოირჩევა დრამატურგიული სვლების მრავალფეროვნებით. მოქმედება ხდება 1812 წელს, ნაპოლეონისაგან დაპყრობილ მიუნხენში. ბავარიელ არისტოკრატთა ანტიფრანგული შეთქმულების სულისჩამდგმელი და ბელადია ახალგაზრდა ლუდვიგ ვალენშტაინი. შეთქმულთა ჯგუფის და პირადად ვალე-

Im September 1935, als die Lage des Regisseurs Sandro Achmeteli und seiner Theatertruppe (die treuen Schauspieler des Rustaweli-Theaters) kritisch wurde, als sich nicht nur die Gefahr des Auseinanderfallens von „Durudshi" offenbarte, sondern auch die physische Vernichtung der Mitglieder dieses Theaterensembles drohte, geschah etwas Merkwürdiges, ja beinahe eine kriminelle Geschichte: Während der Aufführung (es gab den „Ludwig Wallenstein") öffnete der Requisiteur Polikarpe Shwania zufällig den Laufverschluss des Gewehrs, das eine halben Stunde später auf die Bühne gebracht werden sollte, und entdeckte, dass es geladen war.

Ich werde jetzt nicht Platon Garaqanidses formulierte ästhetische Konzeption darlegen, die nach der Meinung des Autors stichhaltig begründet, warum im Stück ein richtiges (und nicht Requisiten-) Gewehr benutzt werden musste. Ich merke nur an: Die sich im Gewehr befindliche Patrone wirkte in der ohnehin nervengeladenen und äußerst angespannten Theateratmosphäre gleichsam wie ein Donnerschlag.

Dass sich an jenem Abend auf der Bühne keine echte Tragödie ereignete, meint Garaqanidse, war nur dem Hobby des Requisiteurs zu verdanken: Shwania war leidenschaftlicher Jäger, und man muss sagen, dass ihm dieses Hobby einen größeren Namen einbrachte als der Hauptberuf. Nach Garaqanidses Überzeugung war die Überprüfung des Gewehrs eine automatische Handlung des beständig mit einem Gewehr umgehenden Menschen. Zweifellos vereitelte Shwania aufgrund seiner ins Blut übergegangenen Jägergewohnheit unbeabsichtigt einen vorsätzlichen Mordplan. Wer aber sollte an diesem Abend ermordet werden?

„Ludwig Wallenstein" ist ein Stück des wenig bekannten Österreichers Alarich Wolf (außer dem Titel hat es nichts mit Schillers „Wallenstein" gemein). Wolf ist weitaus bekannter als Meister historischer Novellen und auch als Autor einer hervorragenden Arbeit über Georg Büchner. Das Stück zeichnet sich nicht durch eine Vielfalt dramaturgischer Bewegungen aus. Die Handlung spielt im Jahre 1812 in dem von Napoleons Truppen besetzten München. Der junge Ludwig Wallenstein führt energisch die antifranzösische Verschwörung der Bayerischen Aristokraten an. Ihnen und Wallenstein persönlich kommt das Verdienst zu, unter den Bayern das nationale Selbstbewusstsein geweckt und das Land auf den bewaffneten Aufstand vorbereitet zu haben. Schon mehrfach wurde der Tag des Aufstandes bestimmt, wegen ungünstiger Umstände jedoch verschoben. Anscheinend ist unter den Patrioten ein Verräter. Einer der Verschwörer, Hans Aschbach,

ნშტაინის დამსახურებაა, რომ ბავარიელთა შორის გაიღვიძა ეროვნულმა თვითშეგნებამ და ქვეყანა მზადაა შეიარაღებული აჯანყებისათვის. უკვე არაერთხელ დაინიშნა, მაგრამ არახელსაყრელი ვითარების გამო გადაიდო აჯანყების დღე. აშკარაა, რომ პატრიოტთა წრეში მოღალატე ურევია. ერთ-ერთი შეთქმულთაგანი, ჰანს აშბახი, იწყებს ფარულ გამოძიებას და თანდათან რწმუნდება, რომ მოღალატე თვით ვალენშტაინია.

სწორედ ამ დროს მოდის ცნობა რუსეთში ნაპოლეონის მარცხის შესახებ. დგება გადამწყვეტი მომენტი – მეტის მოცდა აღარ შეიძლება. შეთქმულების წევრები შეთანხმდებიან, რომ ხვალ, ზუსტად თორმეტ საათზე, დიდი სამეფო ნადირობისას შეხვდნენ ერთმანეთს სამონადირეო პავილიონში, რათა საბოლოოდ დაადგინონ აჯანყების თარიღი.

აშბახი მოისყიდის ვალენშტაინის სატრფოს, კლარისა დე ბრასის მოახლეს და ქალბატონის სახელით ვალენშტაინთან ატანს სასიყვარულო ბარათს (ბარათი, ცხადია, თვით აშბახმა შეადგინა). პაემანი იმავე პავილიონშია დანიშნული, მაგრამ ნახევარი საათით ადრე.

იწყება მესამე აქტი. სანადიროდ გამოწყობილი ლუდვიგ ვალენშტაინი ელოდება კლარისას გამოჩენას. ქალი იგვიანებს. შორიდან მოისმის სროლის ხმა – მონადირეები უკვე ახლოს არიან პავილიონთან. ვალენშტაინი ღელავს, მას არ სურს, რომ შეთქმულებმა მოუსწრონ კლასისასთან, ეს უკანასკნელი ხომ ყველაზე სისხლიანი ფრანგი გენერლის, ლიუკ დე ბრასის ქალიშვილია. შემოდის მხარზე თოფგადაკიდებული აშბახი. ვალენშტაინი ამაოდ ცდილობს, დაფაროს მღელვარება. აშბახი ამხელს მას. სასოწარკვეთილი „გმირი“ აღიარებს თავის დანაშაულს („წყეულიმც იყოს სიყვარულის მზაკვრული ძალა! მე მან ამყარა პატივი და თვით სახელიც ვალენშტაინთა სამულველ სიტყვად გადააქცია“). იგი მზადაა, საკუთარი სისხლით გამოისყიდოს ღალატი და აქვე, აშბახის თვალწინ მოიკლას თავი. მაგრამ აშბახი ართმევს ამ უფლებასაც, რადგან იცის, რომ ვალენშტაინის სახელთან დაკავშირებულია ეროვნული განთავისუფლების იმედი, რომელმაც ასეთი გაჭირვებით გაიღვიძა მოჩვენებითი კეთილდღეობით გაზულუქებულ, ნიჰილიზმით მოცულ გერმანელ ერში. ვალენშტაინის თვითმკვლელობა მისივე ღალატის დასტური იქნება და ხალხს დაუნერგავს რწმენას, რომელსაც ასეთი რუდუნებით ნერგავდნენ და აღვივებდნენ შეთქმულები. არა. აშბახი შეეცდება, ფრანგების წინააღმდეგ მიმარ-

untersucht das heimlich und überzeugt sich nach und nach, dass Wallenstein selbst der Verräter ist.

Gerade zu diesem Zeitpunkt trifft die Nachricht über die Niederlage Napoleons in Russland ein. Der entscheidende Moment ist angebrochen – man darf nicht weiter warten; die Mitglieder der Verschwörergruppe verabreden sich für den nächsten Tag genau um zwölf Uhr auf der Königlichen Jagd im Jägerpavillon, um das Aufstandsdatum endgültig festzulegen.

Aschbach besticht die Dienerin von Clarissa de Brassie, der Geliebten Wallensteins. In deren Herrin Namen schickt dieser Wallenstein einen Liebesbrief (der Brief ist natürlich von Aschbach geschrieben). Das Rendezvous wird im gleichen Pavillion, nur eine halbe Stunde früher, verabredet.

Der dritte Akt beginnt. In Jagdkleidung wartet Ludwig Wallenstein auf Clarissas Erscheinen. Die Frau verspätet sich. Von weitem sind Schüsse zu hören – die Jäger sind schon in der Nähe des Pavillons. Wallenstein ist nervös; er möchte von den Verschwörern nicht mit Clarissa überrascht werden, da sie die Tochter eines der brutalsten französischen Generäle, L. de Brassie, ist. Mit geschultertem Gewehr tritt Aschbach ein. Vergeblich versucht Wallenstein, seine Aufregung zu verbergen. Aschbach entlarvt ihn. Der verzweifelte „Held“ gesteht seine Schuld („Sei verflucht, arglistige Kraft der Liebe! Sie hat mir alle Ehre weggenommen und selbst den Namen Wallenstein in ein Schimpfwort verwandelt“). Er ist bereit, den Verrat mit seinem Blut zu sühnen und sich gleich hier, vor den Augen Aschbachs, zu töten. Aber Aschbach spricht ihm dieses Recht ab. Er weiß, dass sich mit Wallensteins Namen die Hoffnung auf nationale Befreiung verbindet. Für die mühsam erwachte, im anscheinenden Wohlstand verwöhnte[7] und vom Nihilismus erfasste deutsche Nation würde Wallensteins Selbstmord seinen Verrat bestätigen und den Menschen die Hoffnung rauben, die mit solcher Mühe eingepflanzt worden war und die Verschwörer entfacht hatten. Nein, Aschbach wird versuchen, der Wut des Volkes gegen die Franzosen das Rachegelüst für den heimtückisch getöteten Führer hinzuzufügen. Er hebt das Gewehr. Die Uhr schlägt zwölf, und Wallenstein nähert sich Aschbach und reckt seine Brust zum Gewehrlauf hin. Ein Schuss ertönt. Wallenstein fällt tot um. Die Verschwörer kommen herein. Aschbach tut so, als wolle er sich verstecken. Man nimmt ihn fest. „Ich habe Wallenstein getötet. Ihr wolltet schon lange wissen, wer der Verräter ist. Ihr sollt wissen: ich bin der Verräter“. Das sind die letzten Worte Aschbachs. Die Verschwörer verurteilen ihn zum Tode. Der „Verräter“ ist entlarvt. Jetzt steht dem Aufstand nichts mehr im Wege.

თულ რისხვას ხალხისას მიუმატოს შურისძიების ჟინი მუხანათურად მოკლული ბელადისათვის. იგი შემართავს თოფს. საათი თორმეტჯერ ჩამოკრავს, ვალენშტაინი უახლოვდება აშზახს და მკერდს თოფის ლულას უშვერს. იმის სროლის ხმა. ვალენშტაინი უსულოდ ეცემა. შემოდიან შეთქმულები. აშზახი ისე იქცევა, თითქოს მიმალვას ცდილობს, მას დააკავებენ. „ვალენშტაინი მე მოვკალი. თქვენ, დიდი ხანია, ეძებთ გამყიდველს, მაშ იცოდეთ – გამყიდველი მე ვარ.“ ეს არის აშზახის ბოლო რეპლიკა. შეთქმულები მას სიკვდილს მიუსჯიან. „მოღალატე“ გამოაშკარავებულია, ახლა აჯანყებას აღარაფერი უდგას წინ.

თოფი, რომელიც ამ საბედისწერო საღამოს გატენილი აღმოჩნდა, გამოცდილ მსახიობს, გრიგოლ გუდაძეს უნდა სჭეროდა ხელში (იგი ჰანს აშზახს თამაშობდა), ტყვია კი, შესაბამისად, ვალენშტაინის როლის შემსრულებლისათვის იყო განკუთვნილი. გარაყანიძეს არ გასჭირვებია იმის დადგენა, რომ ბავარიელთა მოღალატე ბელადს ასახიერებდა მსახიობი იოსებ კლემიაშვილი. ვის უნდა დასჭირვებოდა მისი მოკვლა?

სოსო კლემიაშვილი სულ ახლად მიღებული იყო დასში და, ძნელი წარმოსადგენია, ასეთ მოკლე დროში სამკვდროდ გადაკიდებული მტერი გაეჩინა თეატრის შიგნით. პლატონ გარაყანიძე გარაყანიძე არ იქნებოდა, რომ ამ ავი განზრახვის მიზეზი კლემიაშვილის პირად ცხოვრებაში ეძებნა. მაგრამ ის მაინც პედანტური სკრუპულოზურობით იკვლევს ახალგაზრდა მსახიობის პიროვნებას, იძიებს მის ურთიერთობას სხვადასხვა ადამიანებთან. „რაც დრო გადიოდა, – წერს გარაყანიძე, – მით უფრო ვრწმუნდებოდით, რომ კლემიაშვილი არ იყო დაჯილდოებული რაიმე განსაკუთრებული ღირსებით ან ნაკლით, თუ არ ჩავთვლით ჭადრაკის ნიჭს, რაც განსაკუთრებულ ანალიტიკურ აზროვნებაზე მეტყველებს. მას არც ისეთი დიდი აქტიორული ტალანტი ჰქონდა, რომ ჩაფიქრებული მკვლელობის მოტივად რომელიმე ხელმოცარული მსახიობის შური მივიჩნიოთ. არც თეატრის გარეთ ჰყავდა მტრები. ამას მოწმობს მრავალრიცხოვანი ჩანაწერები და მოგონებები, რომლებსაც წლების განმავლობაში ვაგროვებდი. ჩენთვის თანდათან ცხადი შეიქნა, რომ ავის მზრახველს კლემიაშვილის სიკვდილი მხოლოდ იმდენად აინტერესებდა, რამდენადაც სურდა, გუდაძე გადაექცია კაცის მკვლელად. ამას უთუოდ მოჰყვებოდა გუდაძის ჩამოცილება თეატრიდან, შესაძლოა, დაპატიმრებაც, რომ აღარაფერი ვთქვათ მის მძიმე განცდებზე და სულიერ აშლილობაზე, რაც

Das geladene Gewehr sollte an diesem verhängnisvollen Abend Grigol Gudadse, ein erfahrener Schauspieler, in der Hand halten (er spielte Hans Aschbach). Die Kugel war entsprechend für den Darsteller Wallensteins bestimmt. Garaqanidse stellte ohne große Mühe fest, dass die Rolle des verräterischen Führers der Bayern mit dem Schauspieler Ioseb Klimiaschwili, genannt Soso, besetzt war. Wem nutzte dessen Tod?

Soso Klimiaschwili war erst unlängst zur Theatertruppe gestoßen, und es ist schwer vorstellbar, dass er sich in dieser kurzen Zeit im Theater einen Todfeind geschaffen hätte. Platon Garaqanidse wäre nicht Garaqanidse gewesen, wenn er das Motiv für dieses böse Vorhaben in Klimiaschwilis Privatleben gesucht hätte. Aber dennoch prüfte er pedantisch und skrupellos auch die Persönlichkeit des jungen Schauspielers, untersuchte seine Beziehungen zu verschiedenen Menschen. „Mit der Zeit", schreibt Garaqanidse, „überzeugte ich mich immer mehr, dass Klimiaschwili, wenn wir sein von analytischem Vermögen zeugenden Schachtalent außer Acht lassen, sich nicht durch bestimmte Fähigkeiten oder Fehler auszeichnete. Außerdem reichte seine schauspielerische Begabung nicht aus, um Neid als Motiv für den vorsätzlichen Tod eines weniger erfolgreichen Schauspielers anzunehmen. Auch außerhalb des Theaters besaß er keine Feinde. Davon zeugen zahlreiche im Laufe der Jahre gesammelte Notizen und Erinnerungen. Mir wurde allmählich klar, dass der Bösewicht nur deshalb am Tod Klimiaschwilis interessiert war, um Gudadse zum Mörder eines Menschen zu machen. Das hätte gewiss Gudadses Ausschluss aus dem Theater zur Folge gehabt. Möglicherweise sogar seine Verhaftung, ganz zu schweigen von den Schuldgefühlen und seelischen Erschütterungen, die diesen ehrenhaften Menschen gänzlich zugrunde gerichtet hätten."

აუცილებლად მოუღებდა ბოლოს ამ პატიოსან კაცს“.

გრიგოლ გუდაძეს ჰყავდა მოშურნე. ეს იყო ილარიონ გაგუა, რომელიც აშბახის როლზე დუბლიორად იყო დანიშნული. ყველამ იცოდა, რომ სანდრო ახმეტელის დასი (ისევე როგორც ნებისმიერი თეატრი) არ იყო დაზღვეული მსახიობთა ქიშპობისა და დაპირისპირებებისაგან, მაგრამ გუდაძისა და გაგუას ურთიერთობა აშკარად გასცდა ჩვეულებრივ მეტოქეობის ფარგლებს. გაგუა უფრო ახალგაზრდა იყო, უფრო ნიჭიერიც. მის პატივმოყვარეობას არ ჰქონდა საზღვარი. ეს არც თუ ცუდი თვისებაა მსახიობისათვის, მაგრამ თანდაყოლილ შეუწყნარებლობას და შურისმგებლობასთან ერთად იგი უკვე საშიშ ფენომენად იქცა.

ურთიერთობა ორ მსახიობს შორის განსაკუთრებით დაიძაბა „ლუდვიგ ვალენშტაინის“ პრემიერის წინ, როდესაც კულტურის მუშაკთა სახლში გამართულ ბანკეტზე გაგუამ მისთვის ჩვეული ირონიით დაიწყო გუდაძესთან დაკავშირებული კურიოზული ამბების მოყოლა – დამსწრეთა რეაქციით გამხნევებული გაგუა სულ უფრო და უფრო შედიოდა როლში. სამქე პირად შეურაცხყოფამდე მივიდა. როგორც მოსალოდნელი იყო, ინციდენტი დამთავრდა იმით, რომ ბუნებით ფიცხმა და პირდაპირმა გუდაძემ ღვინო შეასხა თავგასულ დუბლიორს. ამის შემდეგ რაღა გასაკვირია, რომ მსახიობთა უმრავლესობამ აშბახის თოფში ტყვიის ჩამდებად სწორედ პატივმოყვარე დუბლიორი ჩათვალა. სხვათა შორის, გაგუამ მოახერხა თავის მართლება (ამტკიცებდა, იმ საღამოს მეგობრის აგარაკზე ვიყავიო), მაგრამ მიუხედავად ამისა, დასში შექმნილი ვითარების გამო მას მაინც მოუხდა თეატრის დატოვება.

ეს ვერსია გარაყანიძეს არ მიაჩნია სარწმუნოდ სამი მიზეზის გამო: 1. მთელი რიგი უარყოფითი თვისებების მიუხედავად, გაგუა არ იყო იმ მასშტაბის ნაძირალა, რომ კონკურენტის მოსაცილებლად სრულიად უდანაშაულო კაცის მოკვლა განეზრახა; 2. სპექტაკლის მსვლელობის დროს კულისებში ან სარეკვიზიტოში იმ მსახიობის აღმოჩენა, რომელიც არ იყო წარმოდგენაში დაკავებული, აუცილებლად მიიქცევდა ყურადღებას; 3. გაგუას რომც ჰქონოდა ბოროტი განზრახვა, შეუძლებელია, არ გაეთვალისწინებინა ის გარემოება, რომ ეჭვს პირველად სწორედ მასზე მიიტანდნენ. „ყოველივე ეს მიბიძგებდა, ამოცანის პასუხი სულ სხვა დრამატურგიასა და რეჟისურაში მეძებნა“ – ასკვნის „გამოკვლევის“ ავტორი.

Grigol Gudadse besaß einen Neider, das war Ilarion Gagua, die zweite Besetzung für Aschbachs Rolle. Alle wussten, dass Sandro Achmetelis Ensemble (genauso wie jedes beliebige Theater) nicht vor Intrigen und Zwistigkeiten der Schauspieler verschont war. Aber die Beziehung zwischen Gudadse und Gagua überschritten klar den Rahmen einer gewöhnlichen schauspielerischen Rivalität. Gagua war jünger, wie es hieß, auch begabter. Sein Ehrgeiz war grenzenlos. Für einen Schauspieler ist das ja nun keine so schlechte Eigenschaft, aber zusammen mit instinktiver Erbarmungslosigkeit und Rachsucht wurde das schon zu einem gefährlichen Phänomen.

Zum Zwist zwischen den zwei Schauspielern kam es besonders vor der Premiere „Ludwig Wallensteins“, als Gagua auf dem Bankett im Hause der Kulturschaffenden mit der ihm eigenen Ironie Gudadse mit anzüglichen Bemerkungen lächerlich zu machen begann. Ermuntert durch die Reaktion der anderen verstieg er sich immer mehr in die Rolle. Es kam zur persönlichen Beleidigung. Wie zu erwarten, endete dieser Vorfall damit, dass der von Natur aus leicht aufbrausende und direkte Gudadse dem eitlen Double Wein ins Gesicht goss. Danach traute die Mehrheit der Schauspieler gerade dem eingebildeten Ersatzmann zu, die Patrone in Aschbachs Gewehr hineingelegt zu haben. Aber Gagua konnte sich wehren (er behauptete, an diesem Abend auf dem Grundstück eines Freundes verbracht zu haben). Ungeachtet dessen sollte er wegen der im Ensemble entstandenen Situation das Theater verlassen.

Garaqanidse hält diese Version aus drei Gründen für unglaubhaft: Erstens war Gagua trotz aller negativen Eigenschaften kein Bösewicht diesen Maßstabs, dass er einen Mord an einem völlig unschuldigen Menschen, und sei es Konkurrenten, vorsätzlich planen und begehen würde. Zweitens wäre aufgefallen, wenn er, der während der Aufführung nicht mitwirkte, sich in die Kulissen oder die Garderobe eingeschlichen hätte. Drittens hätte Gagua gewiss den Umstand berücksichtigt, dass der Verdacht zuerst eben auf ihn fallen würde. „All das veranlasste mich, des Rätsels Lösung in ganz anderer Dramaturgie und Regie zu suchen“, folgert der Autor der „Forschungen“.

მაინც რა აიძულებდა გარაყანიძეს, ასეთი დაჟინებითა და გულმოდგინებით ეძებნა ამ უჩვეულო თავსატეხის პასუხი? საოცარია, მაგრამ, ჩემი ღრმა რწმენით, ამის მიზეზია მის მიერვე შეთხზული ე.წ. „ფარული თეატრის" თეორია, რომლის პრაქტიკულ დასაბუთებასაც ცდილობდა ეს ახირებული „ლოგიკოსი". „მთელი კვლევა-ძიების განმავლობაში მე ერთი წუთითაც არ დამვიწყებია, რომ რუსთაველის თეატრი იყო მხოლოდ ნაწილი იმ უსასრულო თეატრალური ლაბირინთისა, რასაც „ისტორია" ჰქვია. იმხანად ლაბირინთმა ყველაზე სრულყუფილი გეომეტრიული ფორმა მიიღო – ფორმა ერთმანეთში ჩაწერილი კონცენტრული წრეებისა. მე სრული პასუხისმგებლობით ვამტკიცებ, რომ ახმეტელის ჰეროიკულ-რომანტიკული თეატრი იყო მცირე წრე, ჩახაზული ბერიას პოლიტიკური თეარტის დიდ წრეწირში, რომელიც, თავის მხრივ, კიდევ უფრო ფართო და სისხლიან საკავშირო თეატრის ნაწილს წარმოადგენდა", – პათეტიკურად აცხადებს გარაყანიძე. ვრცელი და საკმაოდ ბუნდოვანი მსჯელობის შემდეგ, იგი მიდის დასკვნამდე, რომ „ლუდვიგ ვალენშტაინი" წარმოადგენს ბერიას მიერ ჩაფიქრებულ სპექტაკლს – „ახმეტელის ფაშისტური საქმიანობისა და მისი აღსასრულის" ერთ-ერთ სიუჟეტურ ხაზს. ე.ი. რუსთაველის თეატრი დგამს ალარიჰ ვოლფის პიესას, რომელშიც აშზახმა უნდა მოკლას ვალენშტაინი. ეს მკვლელობა ბერიას „პიესის" ეპიზოდად შეიძლება იქცეს, თუკი სცენაზე მართლა დაიღვარა სისხლი. ამ შემთხვევაში, ახმეტელის ფაშისტური ორგანიზაცია და მის მიერ ჩადენილი ტერორისტული აქტი სრულ დამაჯერებლობას შეიძენს. საჭიროა მხოლოდ „ვიღაც", ვინც აშზახის თოფში ნამდვილ ვაზნას მოათავსებს. ამ „ვიღაცის" მოძებნა კი არ უნდა გაჭირდეს.

ეს ვერსია, ცხადია, უფრო დამაჯერებელია, ვიდრე ორი მსახიობის შუღლი, მაგრამ მოუსვენარი და ეჭვიანი გარაყანიძე, ბოლოს და ბოლოს, ამ ლოგიკურ ჯაჭვშიაც ხედავს სუსტ რგოლს – ეს ნადირობაზე შეყვარებული რეკვიზიტორია. „ვერ დავიჯერებ, რომ ისეთი რანგის მოთამაშეს, როგორიც ბერია იყო, არ გაეთვალისწინებინა პოლიკარპე ჟვანიას გატაცება. მით უმეტეს, რომ მას ხელთ ჰქონდა თეატრის თითოეული თანამშრომლის სრული დოსიე." რა თქმა უნდა, ბერიას რომ ასეთი რამ ჩაეფიქრებინა, როგორმე მოახერხებდა, წინასწარ მოესპო ყველა შესაძლო ხელის შემშლელი ფაქტორი.

Dennoch – was trieb Garaqanidse mit einem solchen Eifer und Fleiß eine Antwort auf dieses ungewöhnliche Denkspiel zu suchen. Es mag merkwürdig sein, aber meiner tiefen Überzeugung nach liegt die Ursache dafür in seiner so genannten Theorie des „verdeckten Theater", die dieser „Logiker" praktisch zu begründen suchte. „Während der gesamten Forschung vergaß ich nicht einen Augenblick, dass das Rustaweli-Theater nur Teil jenes unendlichen Theaterlabyrinths war, das man Geschichte nennt. Zu dieser Zeit hatte das Labyrinth eine vollendete geometrische Form angenommen, sich ineinander überlappender konzentrische Kreise gebildet. Mit vollen Bewusstsein behaupte ich, dass das heroisch-romantische Theater Achmetelis ein kleiner geschlossener Kreis in Berias[8] großem politischem Theaterkreis war, der seinerseits wiederum Teil des größeren und blutigeren Unionstheaters darstellte", erklärt Garaqanidse pathetisch. Nach langen und recht nebulösen Darlegungen gelangt er zu dem Schluss, „Ludwig Wallenstein" sei eine der Handlungslinien des von Beria ausgedachten Schauspiels Nr. I „Achmetelis faschistische Tätigkeit und sein Ende" ist. Das Rustaweli-Theater führt ein Schauspiel von Alerich Wolf auf, in dem Wallenstein von Aschbach getötet wird. Wenn auf der Bühne wirklich Blut vergossen wird, kann dieser Mord zu einer Episode in Berias Stück werden. In diesem Fall wird der Vorwurf von einer faschistischen Organisation Achmetelis und eines von ihm verübten terroristischen Akts völlig überzeugend. Benötigt wurde nur „jemand", der in Aschbachs Gewehr eine richtige Patrone hineinlegt. Und diesen „Jemand" zu finden, war nicht allzu schwer.

Natürlich ist diese Version überzeugender als die Feindschaft zweier Schauspieler. Aber der unermüdliche und misstrauische Garaqanidse sieht in dieser logischen Kette[9] nicht zuletzt auch ein schwaches Glied – den Requisiteur mit der Jagdleidenschaft. „Ich kann nicht glauben, dass ein routinierter Spieler wie Beria Polikarpe Shwanias Hobby nicht berücksichtigt hätte. Zumal er über jeden einzelnen Theatermitarbeiter ein vollständiges Dossier besaß." Natürlich hätte Beria das bedacht, wenn er es geplant hätte. Er hätte im Vorfeld alle möglichen Störfaktoren ausgeschaltet.

გარაყანიძის გამოკვლევის მესამე ნაწილი (უფრო სწორედ მესამე საქაღალდე) იწყება ვრცელი თეორიული მსჯელობით თეატრისა და რეჟისორის არსის შესახებ. მე არ შევეცდები, სრულად გად-მოვცე ავტორის რთული (თანაც საეჭვო) ლოგიკური წიაღსვლები, მხოლოდ ზოგადი დასკვნებით დავკმაყოფილდები. გარაყანიძე წერს: „რეჟისორი ყველაზე შორსმჭვრეტელი და ძლევამოსილი მაყურებელია. ის მაყურებელთა დარბაზში იმყოფება და ზედ-მიწევნით იცნობს დარბაზის სურვილებს, მის ნაკლსა და ღირსებას." ამის შესაბამისად იგი ირჩევს დრამატრუგიას და წარმართავს მსახიობთა მოქმედებას. სანრდო ახმეტელი რეჟისორი იყო; თანაც დიდი რეჟისორი. მან მშვენივრად იცოდა, რომ მთელი მისი მოღვაწეობა, ისევე, როგორც მისი თეატრის ცხოვრება, ნელ-ნელა ხდებოდა სხვა, უფრო დიდი და საშინელი წარმოდგენის ნაწილი. მას არ გასჭირვებია იმ წარმოდგენის ავტორის გამოცნობა – რეჟისორული მანერა ძალზე ნაცნობი იყო. ცხადია, სანდრო არ მოინდომებდა გადაქცეულიყო მსახიობად იმ რეჟისორის ხელში, რომლის იდეოლოგიურ, ზნეობრივ თუ ეთიკურ პრინციპებს მიუღებლად თვლიდა (მარგველაშვილის მეფის ეფექტი). „ერთი თეატრი ვერ ჰგუობს ორ რეჟისორს იმ შემთხვევაშიც კი, როცა მათი ზნეობა არაანტაგონისტურია. ამის მაგალითი იყო მარჯანიშ-ვილი" – შენიშნავს გარაყანიძე. იმისათის, რომ წინ აღდგომოდა იმ „საზარელი მაყურებლის (თუ რეჟისორის)" ძალადობას, რომელსაც შეუზღუდავი მორალური და პოლიტიკური უფლებები გააჩნდა, სანდრო ახმეტელს თავისი მსახიობებისათვის (მათი ძირითადი ბირთვებისთვის მაინც) ჰეროიკული, სტიოციზმამდე მიყვანილი სული უნდა შთაებერა. ამას მოწმობს თეატრის რეპერტუარიც. „ზაგმუკი", „ლამარა", „ინ ტირანოს" და სხვ. მან მართლაც შეძლო ისეთი ჯგუფის გამოწრთობა, რომელიც, დახვეწილი პროფესიო-ნალიზმის გარდა, ერის საუკეთესო ზნეობრივი თვისებების მატა-რებელი იყო; ჯგუფისა, რომლის არც ერთი წევრი არანაირ პირო-ბებში არ დათმობდა ღირსებასა და თავისი მაღალი დანიშნულების რწმენას. დასში გამყიდველებიც იყვნენ, მაგრამ მათი სახელები იმთავითვე ცნობილი გახდა საზოგადოებისათვის. მათი არსებობა ვერაფერს დააკლებდა ერის სულიერი გადარჩენის რწმენას, ისევე, როგორც იუდას ღალატმა ვერაფერი დააკლო ქრისტიანული რწმენის ზეობას. მთავარი იყო, ერთგულთა შორის არავის გამოეჩინა სისუსტე ან სულმოკლეობა, არ შეშინებულიყო, არ გამტყდარიყო... აკი არც გატყდნენ. არც ერთ მათგანს არ უთქვამს ბინძური ხელით

Der dritte Teil der Forschung Garaqanidses (besser gesagt die dritte Mappe) beginnt mit einer weitläufigen theoretischen Erörterung über das Wesen des Theaters und der Regie. Ich will die komplizierten (dabei tückischen) logischen, vertiefenden Gedankengänge nicht in allen Einzelheiten wiedergeben und beschränke mich lediglich auf die allgemeinen Schlussfolgerungen. Garaqanidse schreibt: „Der Regisseur ist der weitsichtigste und mächtigste Zuschauer. Er befindet sich im Zuschauerraum und kennt die Wünsche des Publikums genau, seine Fehler und Vorzüge." Dementsprechend wählt er eine Dramaturgie und lenkt das Handeln der Schauspieler. Sandro Achmeteli war ein Regisseur, ein großer Regisseur. Er wusste sehr gut, dass seine ganze Tätigkeit sowie das Leben seines Theaters allmählich ein Teil einer anderen, größeren und schrecklicheren Aufführung wurde. Für ihn war es leicht, den Autor dieser Aufführung zu erahnen – der Regiestil war ihm wohlbekannt. Gewiss wünschte Sandro es nicht, Schauspieler unter der Leitung dieses Regisseurs zu werden, dessen ideologische, moralische oder ethische Prinzipien er ablehnte (König-Margwelaschwili-Effekt). „Kein Theater kann zwei Regisseure dulden, selbst wenn ihre Moral nicht gegensätzlich ist. Ein Beispiel dafür war Mardshanischwili", bemerkt Garaqanidse. Um der Gewalt jenes „grausamen Zuschauers oder Regisseurs" mit uneingeschränkten moralischen und politischen Rechten entgegenzuwirken, musste Sandro Achmeteli seinen Schauspielern (zumindest den wichtigsten in den Hauptrollen[9]) einen heroischen, sehr stoischen Geist einflößen. Davon zeugt auch das Theaterrepertoire: „Sag Muk", „Lamara", „In Tyrannos" und andere. Es gelang ihm tatsächlich, das die besten moralischen Eigenschaften der Nation besitzende Ensemble, das über einen feinen Professionalismus verfügte, auf diesen Geist einzuschwören. Kein einziges Mitglied des Ensembles verlor unter diesen Umständen die Würde und den Glauben an die eigene hohe Bestimmung. Im Ensemble gab es auch Verräter, aber ihre Namen waren der Öffentlichkeit von Anfang an bekannt. Ihre Existenz konnte den Glauben an die seelische Rettung der Nation ebenso wenig gefährden wie der Verrat Judas' die Herrschaft des christlichen Glaubens. Wichtig war, dass unter den Getreuen niemand Schwäche oder Kleinmut zeigte, Ängste hatte, zerbrach ... Und sie zerbrachen nicht. Niemand beging Verrat, keiner von ihnen lieferte eine mit schmutzigen Händen verfasste „Beichte" und besudelte die im Volk geborene Hoffnung. Selbst in von Blut und Angst durchtränkten Zeiten hat der Mensch die Kraft, moralische Größe zu zeigen ... Sandro glaubte an sie, grenzenlos vertraute er jedem Einzelnen ... außer einem. Das war einer seiner jüngsten und möglicherweise liebsten Schauspieler: Soso Klimiaschwili.

შეთითხნილი „აღსარება“. არც ერთ მათგანს არ შეუბღალავს ხალხში გაჩენილი იმედი იმისა, რომ სისხლითა და შიშით გაჟღენთილ დროშიც კი ადამიანს შესწევს ძალა ზნეობრივი სიმაღლის შენარჩუნებისა. სანდროს სწამდა მათი, უსასრულოდ ენდობოდა თითოეულ მათგანს... გარდა ერთისა. ეს იყო მისი ყველაზე ახალგაზრდა, და, შესაძლოა, ყველაზე საყვარელი მსახიობი სოსო კლემიაშვილი.

ბერიაც რეჟისორი იყო (ცხადია, გარაყანიძის გაგებით). რა თქმა უნდა, მას სრულიად სხვა რეჟისორული ამოცანა ჰქონდა, ხოლო ჩაფიქრებული ეფექტი კი გაცილებით ადვილად მისაღწევი: ახმეტელისაგან განსხვავებით, იგი მაყურებელთა ქვენა ინსტიქტებზე მოქმედებდა. ის კარგად უწყოდა: ხალხს სანახაობა უყვარს, მომეტებულად კი სისხლიანი სანახაობა. ამას კარნახობდა ისტორიის თეატრალური გამოცდილება რომის სისხლით მორწყულ ფორუმიდან მოყოლებული, სიღნაღის „პროცესით“ დამთავრებული. უეჭველია, ბერიას ძალიან იოლად შეეძლო ახმეტელის მოკვლა, მაგრამ მაშინ უბრალო მკვლელი იქნებოდა. მან რეჟისორულ ზეამოცანად სწორედ იმის განადგურება დაისახა, რასაც ნიშნავდა სანდრო ახმეტელი და მისი „დურუჯი“.

„ალბათ გაოცებული დარჩებოდა, როდესაც შეატყობინებდნენ წინა საღამოს თეატრში მომხდარ ინციდენტს. მე თვალწინ წარმომიდგა მისი თვალები, პროფესიონალი მკვლელის ცივი, გაკვირვებული მზერა და ამოცანის ამოხსნის აზარტით შეპყრობილი სხეული. თითქმის ცხადად ვხედავ, აგერ უკვე მესამედ კითხულობს გრამატიკულ შეცდომებით სავსე, ყაზარმულ რუსულით შედგენილ მოხსენებით ბარათს. იგი არ ჩქარობს, ჭეშმარიტი გურმანივით იხანგრძლივებს სიამოვნებას. ამ წუთებში მას ნამდვილად არ სძულს სანდრო ახმეტელი – იგი მხოლოდ ლოგიკურ ამოცანად მიაჩნია, რომელსაც საღამოს, „საქმეებისაგან“ დაღლილი ამოხსნის თავის მყუდრო სავარძელში. ეს განსაკუთრებული სიამოვნებაა – იჯდე ბორდოსფერ შპალერით მორთულ ოთახში, რომლის კედლებსაც ევროპული იარაღის უნიკალური კოლექცია ამშვენებს და ნელა, აუჩქარებლად, სავარძლის რბილ ზურგზე გადაწოლილმა მოუძებნო ერთადერთი სწორი პასუხი გემრიელ თავსატეხს.

სამუშაო დღის განმავლობაში რამდენჯერმე იცილებს ფიქრს თოფში ჩადებულ ვაზნაზე. და აი, როგორც იქნა, სახლშია, როგორც იქნა, მოიხურა კარი და სავარძლისაკენ გაემართა.მაშ ასე:

სანდრო ახმეტელი ყოველ დღე რვაზე დგება.თეატრში მიდის ფეხით.

Auch Beria war Regisseur (zumindest nach Garaqanidses Verständnis), natürlich verfolgte seine Regie ganz andere „Aufgaben", und der erdachte Effekt war bedeutend leichter zu erreichen. Im Gegensatz zu Achmeteli weckte er die niederen Instinkte der Zuschauer. Er wusste bestens: die Menschen lieben das Schauspiel, am allermeisten ein blutiges Schauspiel. Das diktierte die Theatererfahrung der Geschichte: angefangen vom blutdurchtränkten Forum Romanum bis hin zum Sighnaghi-„Prozess". Zweifellos hätte Beria Achmeteli ganz leicht töten können, aber dann wäre er nur ein einfacher Mörder gewesen. Er erhob die Vernichtung von Sandro Achmeteli und dessen „Durudshi" zur Regieaufgabe.

„Wahrscheinlich wunderte er sich, als man ihm den am Vorabend im Theater ereigneten Vorfall meldete. Ich stellte mir seine Augen, den kalten, aufmerksamen Blick des professionellen Mörders und den vor Begierde, die Aufgabe zu lösen, gespannten Körper vor. Mit eigenen Augen scheine ich zu sehen, wie er einen von grammatischen Fehlern strotzenden, in Kasernenrussisch verfassten Bericht bereits zum dritten Mal liest. Er eilt nicht, wie ein wahrer Feinschmecker verlängert er das Vergnügen. In diesem Augenblick hasst er Sandro Achmeteli nicht einmal – er betrachtet ihn als eine logische Denkaufgabe, die er abends, ermüdet von den „Tagesaufgaben", in seinem bequemen Sessel löst. Es ist ein besonderes Vergnügen, in einem Zimmer mit bordeauxfarbenen Tapeten zu sitzen, dessen Wände eine seltene Sammlung europäischer Waffen schmückt, und gemächlich, ohne Eile, an die weiche Lehne des Sessels gelehnt, die einzige richtige Antwort auf das wohlschmeckende Rätsel zu finden.

Im Laufe des Arbeitstages verbot er sich mehrmals jeden Gedanken an die Patrone in der Waffe. Und nun war er endlich zu Hause, endlich schloss er die Tür ab und ging auf den Sessel zu. Also:

Sandro Achmeteli steht jeden Tag um acht Uhr auf.

Er geht zu Fuß ins Theater.

სამან მსახიობები მოვლენ, ესაუბრება თეატრის ადმინისტრაციას, იძლევა დავალებებს.

ზოგჯერ ბუღალტერიაშიც შედის ხოლმე, უფრო ხშირად პრემიალური ფონდი აინტერესებს.

თერთმეტის ნახევარზე მსახიობები იწყებენ მოსვლას. შემოდიან გვერდითი შემოსასვლელიდან. ფოიეში შეჩერების უფლება არა აქვთ, რათა კერძო საუბარმა ხელი არ შეუშალოთ მაქსიმალურ კონცენტრაციაში.

თერთმეტზე რეპეტიცია იწყება და გრძელდება საღამომდე, ზოგჯერ ოთხამდე. ამის შემდეგ ახმეტელი კიდევ რამდენიმე ხანს რჩება თეატრში.

ექვს საათზე სახლში სადილობს.

შვიდისთვის ისევ თეატრშია...

მაგრამ ზოგჯერ, განსაკუთრებით ბოლო ხანს, რეპეტიციასა და სადილს შორის საჯარო ბიბლიოთეკაში მიდის ხოლმე... რას კითხულობს?

ლავრენტი პავლეს ძე იღებს ყურმილს და კრეფს ნომერს. თხუთმეტ წუთში წიგნი მის საწერ მაგიდაზეა. ეს არის ოცდაშვიდ წელს გამოცემული ინგლისური და შოტლანდიური ბალადების თარგმნილი ვინმე მარშაკის მიერ. არაფერი, ჩვეულებრივი ძველისძველი, გრძელი ბალადებია მეომრებზე, სიყვარულზე, მეფეებზე. მოულოდნელად მის ყურადღებას იქცევს „მანანის თაფლი". იგი დიდხანს მთელი გულისყურით კითხულობს და უეცრად მისთვის ყველაფერი ნათელი ხდება. ბალადის შინაარსი თავად კარნახობს პასუხს..."

ჩემ მიერ მოყვანილი ციტატა, ვგონებ, ნათლად ასახავს გარაყანიძის იმპულსურ სტილს, მის მიდრეკილებას მისტიფიცირებისა და ფანტაზიორობისადმი. მაგრამ დასკვა, რომელიც მას საბოლოოდ გამოაქვს, თავისი მოულოდნელი, მე ვიტყოდი, გიჟური სითამამით (მეშინია, არა ვთქვა – თავხედობით) სცილდება ყოველგვარ საზღვარს, თუმცა, ამავე დროს მაინც რჩება გარაყანიძისეული ლოგიკის ფარგლებში. მე ვერ ვიღებ ჩემს თავზე ამის გადმოცემას და ამიტომ ისევ ავტორისეულ ტექსტს მივმართავ: „გასაოცარი, ტრაგიკული და ამასთანავე ამაღლებული ფარული დრამა გათამაშდა იმ საღამოს. თანამედროვეთაგან, შესაძლოა, მხოლოდ ორმა კაცმა შეძლო მისი დანახვა. ისინი თავისი დროის საუკეთესო მაყურებლები, გამოჩენილი რეჟისორები იყვნენ – მხოლოდ, ერთი მათგანი ნათლის ერთგული მსახიობი იყო, მეორე კი – წყვდიადის სისხლიანი მონა... „ლუდვიგ ვალენშტაინი", „მანანის თაფლი" და გატენილი თოფი;

Bis zum Eintreffen der Schauspieler gibt er in der Verwaltung des Theaters Anweisungen.

Manchmal geht er auch in die Buchhaltung. Vermehrt interessiert ihn der Prämienfonds.

Um halb elf beginnen die Schauspieler einzutreffen. Sie kommen durch den Nebeneingang. Sie sind nicht berechtigt, im Foyer zu verweilen, um sich nicht durch private Gespräche abzulenken.

Um elf Uhr beginnt die Probe und dauert bis zum Abend, manchmal bis vier. Danach bleibt Achmeteli noch eine Weile im Theater.

Um sechs Uhr isst er zu Hause warm.

Um sieben ist er wieder im Theater ...

Nur manchmal, besonders in letzter Zeit, geht er zwischen der Probe und dem Essen in die Öffentliche Bibliothek ... Was liest er? Lawrenti Pawlowitsch nimmt den Hörer ab und wählt eine Nummer. Fünfzehn Minuten später liegt das Buch auf seinem Schreibtisch. Es sind 1927 herausgegebene, von einem gewissen Marschak übersetzte englische und schottische Balladen. Nichts, normale uralte, lange Balladen über Krieger, Liebe, Könige. Plötzlich wird seine Aufmerksamkeit auf eine mit dem Titel „Heidehonig" gelenkt. Er liest lange, eifrig, und plötzlich wird ihm alles klar. Der Inhalt der Ballade selbst birgt die Antwort ..."

Das von mir angeführte Zitat charakterisiert anschaulich Garaqanidses impulsiven Stil, seine Neigung zu Mystifizierung und Phantasie. Aber der Schluss, zu dem er am Ende gelangt, ist unerwartet, ja verrückt (ich scheue mich, frech zu sagen), fällt aus jeglichen Grenzen, obwohl er doch gleichzeitig Garaqanidses Logik entspricht. Da es mir schwer fällt das wiederzugeben, kehre ich abermals zum Autorentext zurück:

„Ein merkwürdiges, tragisches und zugleich hochheimliches Drama spielte sich an jenem Abend ab. Von den Zeitgenossen durchschauten es vielleicht nur zwei Menschen. Sie waren die besten Zuschauer ihrer Zeit, hervorragende Regisseure – einer war ein treuer Diener des Lichts und der zweite ein blutiger Sklave der Finsternis ... „Ludwig Wallenstein", „Heidehonig" und das geladene Gewehr, schaut aufmerksam hin: Aschbach tötet Wallenstein und lenkt den Mord auf sich, um den nationalen Befreiungskampfes Auftrieb zu geben; die Gestalt des „Heidehonigs", der alte Zwerg, führt die schottischen Eroberer in die Irre und opfert das eigene Kind, weil er nicht sicher ist, ob der junge Mann die Folter aushält. Er selbst ist bereit, beliebige Qualen zu ertragen und das nationale Geheimnis zu hüten – das Rezept des Heidehonigs. Und Sandro Achmeteli ... er liebte seine treuen

დააკვირდით: აშშახი კლავს ვალენშტაინს და თავად იბრალებს გამყიდველობას, რათა ხელი შეუწყოს ეროვნულ-განმათავისუფლებელი ბრძოლის დაწყებას: „მამანის თაფლის“ გმირი – მოხუცი ჯუჯა ატყუებს შოტლანდიელ დამპყრობლებს და საკუთარ შვილს აკვლევინებს, რადგან იმედი არა აქვს, რომ ახალგაზრდა კაცი წამებას გაუძლებს, თვითონ კი მზადაა, აიტანოს ნებისმიერი ტანჯვა, მარგამ არ გათქვას ეროვნული საიდუმლო – მანანის თაფლის რეცეპტი, სანდრო ახმეტელი კი ... მას უყვარდა თავისი ერთგული მსახიობები და გარდაუვალი განსაცდელის წინაშე მდგარს, სწამდა მათი, როგორც საკუთარი თავისა, თითოეულის იმედი ჰქონდა... გარდა ერთისა, რომელიც, შესაძლოა, ყველაზე მეტად უყვარდა. იმ ერთს, მაინცდამაინც იმ ერთს ამჩნევდა სისუსტეს და მისი კაცური ვალი იყო, აეღო თავზე ცოდვა, მაგრამ არ დაეშვა იმ „ერთის“ ღალატი. და მან ეს ვალი პირნათლად მოიხადა, როდესაც საკუთარი ხელით გატენა თოფი!

მე არ მეშინია ამის თქმისა, რადგანაც ხელთა მაქვს უტყუარი საბუთი: ვაზნა, რომელიც ჟვანიამ აღმოაჩინა, განსხვავებული კალიბრისა იყო! ე.ი. თოფი ვერ გაისროდა. ასეთი შეცდომა არ შეიძლება მოსვლოდა არც ილარიონ გაგუას და არც ბერიას გამოგზავნილ ჯაშუშს. ეს მხოლოდ სანდროს შეცდომა იყო. საოცარია, მაგრამ მაშინ ამ მნიშვნელოვან დეტალს არავინ მიაქცია ყურადღება, გარდა რეკვიზიტორისა და კიდევ ერთი კაცისა, რომელიც ბორდოსფერი შპალერით მორთულ ოთახში ლიმონიან ჩაის მიირთმევდა და გრძელი პარტიის შემდეგ დაღლილ მოჭადრაკის მზერით შეჰყურებდა ევროპული იარაღის უნიკალურ კილექციას.

მაგრამ ახმეტელის მცდელობას უკვალოდ არ ჩაუვლია. ამ ნაბიჯმა ნათელი გახადა, რომ იგი უკვე მზად იყო, წამებულის მრწყინვალე გვირგვინი დაედგა თავყე. ბერია მიხვდა ამას. ამიტომაც აიძულა (საშუალება მისცა) რუსეთში წასულიყო. იქ, სწორედ მოსკოვში, ერთი წლის შემდეგ, ნოემბრის ყრუ ღამეს სანდროს მოაკითხეს ადგილობრივი (ე.წ. რსფსრ) „ორგანოების“ მუშაკებმა.

ახმეტელის ერთგულთა წრიდან მხოლოდ იოსებ კლემიაშვილი გადაურჩა დაპატიმრებას. ამაშიც გამოვლინდა ბერიას ცინიკური არტისტიზმი. მაგრამ ეს მაინც მისი რეჟისორული მარცხი იყო“.

ეს სქელტანიანი ხელნაწერი პლატონ გარაყანიძემ 1984 წლის ოთხ ნოემბერს მომიტანა. მე ახალი დაბრუნებული ვიყავი საქართველოში. „მთელი ცხოვრება გეძებდით და როგორც იქნა, გიპოვეთ. წაიკითხეთ და მითხარით თქვენი აზრი. მე ცოტა ხანში

Schauspieler und glaubte ihnen in der schicksalhaften Gefahr wie sich selbst. Er vertraute jedem einzelnen ... außer einem, den er vielleicht am meisten mochte ... In dem einen, ausgerechnet in ihm bemerkte er Schwäche, und es war seine menschliche Pflicht, die Sünde auf sich zu nehmen, um den Verrat dieses „Einen" nicht zuzulassen. Er erfüllte diese Pflicht, indem er eigenhändig lud!

Ich wage es, das zu sagen, weil ich ein glaubhaftes Dokument besitze: Die Patrone, die Shwania entdeckte, besaß ein anderes Kaliber! Also, das Gewehr wäre nicht losgegangen. Solch einen Fehler hätten sowohl Ilarion Gagua als auch ein von Beria eingeschleuster Spion nicht gemacht. Das konnte nur Sandros Fehler gewesen sein. Merkwürdig, aber damals beachtete niemand dieses Detail, außer dem Requisiteur und noch dem Menschen, der in einem Zimmer mit bordeauxfarbenen Tapeten Zitronentee trank und mit dem Blick eines nach einer langen Partie ermüdeten Schachspielers die kostbare Sammlung europäischer Waffen betrachtete.

Aber Achmetelis Versuch blieb nicht folgenlos. Mit diesem Schritt wurde offensichtlich, dass er bereit war, die Dornenkrone des Märtyrers zu tragen. Beria verstand das. Deshalb zwang er ihn (ermöglichte es ihm), nach Russland zu fahren. Dort, gerade in Moskau, besuchten ihn ein Jahr später in einer tauben Novembernacht die Mitarbeiter der örtlichen (also russischen) „Organe".

Aus dem Kreis der Achmeteli-Truppe blieb nur Ioseb Klimiaschwili von der Verhaftung verschont. Und auch hierin zeigte sich Berias zynisches schauspielerisches Talent. Aber trotzdem war es sein Misserfolg als Regisseur."

Dieses dicke Manuskript brachte mir Platon Garaqanidse am vierten November 1984. Ich war gerade nach Georgien zurückgekehrt. „Mein Leben lang habe ich Sie gesucht, und endlich habe ich Sie gefunden. Lesen Sie das und sagen Sie mir Ihre Meinung. In Kürze komme ich wieder vorbei", sagte er und verschwand genauso unerwartet, wie er erschienen war.

ისევ გამოგივლით“, მითხრა მან და ისევე მოულოდნელად გაქრა, როგორც გამომეცხადა.

სამი დღის შემდეგ იგი სისხლის ჩაქცევით გარდაიცვალა მელიქ-კაზარიანცის სახლის ქვეშ მდებარე პურის მაღაზიაში, სასწრაფო დახმარების მოსვლამდე რამდენიმე წუთით ადრე. ეს იყო და ეს.

გარაყანიძე სიკვდილამდე გამოუსწორებელ რომანტიკოსად დარჩა, სკეპტიკური ტვინისა და მწარე გამოცდილების მიუხედავად.

მე სწორედ აქ შემეძლო დამესვა წერტილი, მაგრამ, ავადმყოფობა და მოახლოებული სიკვდილი არ მაძლევს ამის საშუალებას. მე არ მსურს გარდაცვალების მერე ჩემი სახელის გარშემო რაიმე ორაზროვნება და გაურკვევლობა დავტოვო.

დიახ, მე ვიყავი ის ერთადერთი კაცი ახმეტელის წრიდან, ვინც დაპატიმრებას გადაურჩა. ყველამ იცოდა, რომ სანდრო თავის „დურუჯთან“ ერთად განწირული იყო. მე არ მინდოდა, რომ ამ დიდი ნაგებობის ნამსხვრევებს ქვეშ დავეტანე. ადამიანს ბიოლოგიურად აქვს ნაბოძები თვითგადარჩენის ინსტიქტი. ცხადია, მეც არ ვიყავი გამონაკლისი, მაგრამ განცხადების დაწერა, გაქცევა, ან ნებისმიერი მიზეზეით განზე გადგომა იმ დროს სანდროს ღალატს ნიშნავდა. მისი ღალატი კი არ შემეძლო. დამიჯერეთ, ჩემთვის არ იყო ადვილი ასეთი გადაწყვეტილების მიღება, მიუხედავად იმისა, რომ საკუთარი თავის გადასარჩენად არც ცილისწამებისა და მკვლელობისათვის მიმიმართავს... და როცა ჩემი ხელით ვდებდი განსხვავებული კალიბრის ვაზნას იმ დაწყევლილი თოფის ლულაში, მე მხოლოდ ბერიას გამჭრიახობის იმედი მქონდა.

არც მოვტყუებულვარ... როდესაც ერთ მშვენიერ დღეს (აღარც ახმეტელი და აღარც „დურუჯი“ უკვე აღარ არსებობდა) ორმა ტყავისქურთუკიანმა კაცმა არა ციხეში, არა შინსახკომში, არა ცეკაში, არამედ პირდაპირ ბერიას ბინაში მიმიყვანა, მივხვდი, რომ ჩემ მიერ შედგენილი თავსატეხი ამოხსნილი იყო. ბორდოსფერი შპალერით დაფარულ კედლებზე ცივად ლაპლაპებდა ევროპული იარაღის კოლექცია და კიდევ უფრო ცივი მზერა დაუნდობლად მბურღავდა. მე მხოლოდ ერთი ფრაზა დამამახსოვრდა: Ты доставил мне удовольствие, у тебя редкие способности, артист!

იმ დღიდან ჩვენი გზები გადაიჯაჭვა. მაგრამ გეფიცებით, მე არასდროს არავინ მიწამებია, არასდროს არავინ მომიკლავს, მე მას მხოლოდ ლოგიკური ამოცანების ამოხსნაში ვეხმარებოდი. დანარჩენი ჩვენმა შვილებმა განსაჯონ.

Drei Tage später starb er an Gehirnschlag im unten gelegenen Brotladen des Melik-Kasarianz-Hauses, wenige Minuten vor dem Eintreffen des Rettungsdienstes. Das war's.

Garaqanidse blieb ungeachtet des skeptischen Gehirns und der bitteren Erfahrung bis zum Tode ein unverbesserlicher Romantiker.

Ich könnte gerade hier einen Schlusspunkt setzen, aber die Krankheit und der nahe Tod geben mir kein Recht dazu. Es soll nach meinem Tod keine Doppeldeutigkeit und Unklarheit, was meinen Namen betrifft, geben.

Ja, ich war der einzige Mensch aus dem Achmeteli-Kreis, der von der Verhaftung verschont blieb. Alle wussten, dass Sandro zusammen mit seiner Truppe „Durudshi" zum Untergang verurteilt war. Ich wollte nicht, dass mich die Trümmer dieses großen Gebäudes unter sich begraben. Der Mensch verfügt biologisch über einen Selbsterhaltungstrieb. Auch ich mache da keine Ausnahme. Aber einen Antrag stellen, weglaufen oder aus einem beliebigen Grunde die Truppe zu verlassen, bedeutete damals Sandros Verrat. Und ihn verraten konnte ich nicht. Glauben Sie mir, es war für mich nicht leicht, diesen Entschluss zu fassen. Ganz abgesehen davon, dass ich, um mich zu retten, nicht zu anonymen Briefen, Verleumdung oder Mord gegriffen habe ... Als ich eigenhändig die Patrone eines anderen Kalibers in diesen Lauf der verdammten Waffe legte, baute ich nur auf Berias Scharfsinnigkeit.

Und ich habe mich nicht getäuscht ... als mich eines schönen Tages (Achmeteli und „Durudshi" existierten nicht mehr) zwei Männer in Lederjacken[10] nicht ins Gefängnis, nicht in die Sicherheitsbehörde, nicht ins ZK, sondern direkt in Berias Wohnung brachten, verstand ich, dass das von mir aufgegebene Rätsel gelöst war. Auf den mit bordeauxfarbenen Tapeten beklebten Wänden blinkte kalt die Sammlung europäischer Waffen und noch ein kälterer Blick durchbohrte mich streng. Nur ein Satz in russischer Sprache ist mir in Erinnerung geblieben: „Du hast mir Vergnügen bereitet, Schauspieler, Du hast eine seltene Gabe!"[11]

An diesem Tag verketteten sich unsere Wege. Aber, ich schwöre, nie habe ich jemanden gefoltert, nie jemanden getötet: ich unterstützte ihn nur bei der Lösung logischer Aufgaben. Alles andere mögen unsere Kinder beurteilen.

1988

Anmerkungen

1 In Tbilissi real existierendes Haus in der Nähe des Rustaweli-Denkmals, das vor der Revolution von einem reichen Armenier gebaut wurde.
2 Schriftsteller (geb. 1927) georgischer Herkunft, der deutsch schreibt.
3 Giwi Margwelaschwili „Zuschauerräume“, Berlin 2008.
4 Sandro Achmeteli (1886–1937). Regisseur, einer der Begründer des georgischen Theaters.
5 ‚Durudshi‘ – Schauspielervereinigung, gegründet 1924. Der Name Durudshi geht auf einen Fluss gleichen Namens in Ostgeorgien zurück.
6 Das Wort ist in keinem Wörterbuch zu finden.
7 Lawrenti Beria (1899–1953), Politiker und Chef des Geheimdienstes der Sowjetunion.
8 წიაღსვლა = eigentlich: Abschweifen.
9 Im Georgischen: ihr Hauptkern
10 Zusammensetzung: Leder = ტყავი und Jacke = ქურთუკი.
11 Im Original russisch.

Dato Barbakadse

Mnemosyne und die Städte
Genius loci

დათო ბარბაქაძე

მნემოზინა და ქალაქები

(ერთი თავი)

Genius loci

დათო ბარბაქაძე

მნემოზინა და ქალაქები

(ერთი თავი)

დაახლოებით ცამეტი წლის წინ, სამხრეთ საფრანგეთის ერთ ულამაზეს დეპარტამენტში, სადაც მეორედ ვმონაწილეობდი ვერკორის მთების ფონზე გამართულ ლიტერატურულ ფესტივალში, შესაძლებლობა მომეცა, ფესტივლის დასრულების მერე არა მხოლოდ გავლით მენახა პარიზი (ანუ მატარებლის სადგური და აეროპორტი, როგორც წინა წელს), არამედ ხუთი თუ ექვსი დღით მეცხოვრა კიდეც დედაქალაქის ერთ-ერთ მყუდრო ბურჟუაზიულ უბანში.

როცა ლიონი-პარიზის მატარებლიდან ჩამოვედი, პირველი, რაც უყოყმანოდ მოვიმოქმედე, ეს იყო: სანაგვე ურნაში ჩავუძახე პარიზის რუკა, რომელიც მასპინძლებმა მაჩუქეს და მასზე ყველა ის ღირშესანიშნაობა მომინიშნეს, რომლის ნახვასაც ამ რამდენიმე დღის განმავლობაში შევძლებდი. რა თქმა უნდა, მაშინ, როცა მე და ჩემი მასპინძლები საუზმის მერე კაფეში პატარა მაგიდაზე გაშლილ პარიზის დიდ რუკას გულდასმით ვათვალიერებდით და ტურისტულ გზებზე არსებულ სტრატეგიულ ობიექტებს ისე აღვნიშნავდით, როგორც ამას ისტორიულ თემაზე გადაღებულ ფილმებში აკეთებენ სახელგანთქმული მთავარსარდლები, ვერც კი წარმოვიდგენდი, რომ დღის ბოლოს ეს განძი სანაგვეში აღმოჩნდებოდა.

გადაწყვეტილება მატარებელში მივიღე, შემოდგომის იმ ლანდშაფტით გარემოცულმა, რომელსაც სწრაფად და მსუბუქად კვეთდა პარიზისკენ მიმავალი მატარებელი. ეს ძალიან უბრალოდ მოხდა: ჩემი თვალთახედვის არეში სწრაფად მოძრავმა ლანდშაფტმა მოულოდნელად მიმახვედრა, რომ პარიზის რუკა ჩემს ხელჩანთაში შენახული ცივი იარაღი იყო. აი, სწორედ ამაზე ვთქვი უარი: პარიზში ცივი იარაღით შესვლაზე. რაღაც მომენტში გარემომცველი ლანდშაფტიდან ამოვყვინთე და მივხვდი, რომ პარიზი, რომელიც მე მაინტერესებდა, არც ერთ რუკაზე არ იყო აღნიშნული. ვერც ერთი რუკით შეიარაღებული ვერ მივაგნებდი იმ ადგილებს, რომლებსაც უკვე ვიცნობდი ჩემი საყვარელი პოეტების და მწერლების წიგნებიდან. მე არ ვიყავი ტურისტი, რომელმაც უნდა მოასწროს და

Dato Barbakadse

Mnemosyne[1] und die Städte

Vor etwa dreizehn Jahren, als ich in einem der schönsten Departements Südfrankreichs, das Vercors-Massiv im Hintergrund, zum zweiten Mal an einem Literaturfestival teilnahm, bekam ich nach Beendigung des Festivals die Möglichkeit, nicht nur beiläufig (das heißt zum Bahnhof und Flughafen wie im vorigen Jahr), sondern sogar fünf oder sechs Tage lang Paris anzusehen und in einem gemütlichen Reichenviertel[2] der Hauptstadt zu wohnen.

Das Erste, was ich ohne zu zögern tat, als ich aus dem Zug von Lyon nach Paris ausstieg, war Folgendes: Ich warf den Pariser Stadtplan, den mir die Gastgeber geschenkt und mir darauf alle diejenigen Sehenswürdigkeiten angekreuzt hatten, die ich im Laufe dieser Tage schaffen könnte, in einen Abfallcontainer. Natürlich hätte ich mir das nicht vorstellen können, als meine Gastgeber und ich nach dem Frühstück in einem Café auf einem kleinen Tisch den ausgebreiteten großen Stadtplan sorgsam betrachteten und die auf den touristischen Wegen liegenden strategischen Objekte kennzeichneten, wie dies namhafte Heerführer in historischen Filmen tun, dass am Ende des Tages dieser Schatz im Abfall landen würde.

Den Entschluss fasste ich im Zug, umringt von der Herbstlandschaft, die der nach Paris fahrende Zug schnell und leicht zerschnitt. Es geschah sehr einfach: Die sich in meinem Blickwinkel schnell bewegende Landschaft ließ mich unerwartet verstehen, dass der in meiner Handtasche aufbewahrte Stadtplan von Paris eine Blankwaffe[3] war. Eben deshalb lehnte ich es ab, Paris mit dieser Waffe zu betreten. In irgendeinem Moment tauchte ich aus der mich umgebenden Landschaft auf und verstand, dass das Paris, das mich interessierte, auf keiner Karte verzeichnet war. Ich hätte mit keinem Plan bewaffnet diejenigen Orte finden können, die ich bereits aus den Büchern meiner verehrten Dichter und Schriftsteller kannte. Ich war kein Tourist, der in einigen Tagen all das schaffen und besichtigen muss, was im Laufe von Jahren und Jahrhunderten geschaffen worden war. Aufgrund meiner festen und herausgebildeten Anschauungen konnte ich doch wahrlich nicht Opfer jener Illusion werden, nach der man das bewerkstelligen und mit einem einmaligen Hinschauen das aufnehmen könnte, denn Paris

რამდენიმე დღეში ნახოს ის ყველაფერი, რაც წლების და საუკუნეების განმავლობაში იქმნებოდა. ჩემი მყარი და ჩამოყალიბებული შეხედულებებიდან გამომდინარე კი, ნამდვილად ვერ გავხდებოდი იმ ილუზიის მსხვერპლი, თითქოს შეგიძლია მოასწრო და ერთი ნახვით დაეუფლო იმას, რაც უცხო თვალისგან ყოველთვის ბეჯითად მალავს თავის ბედს, თავისი შინაგანი მოძრაობების ისტორიას და ცოცხალ სულს.

ანბანური ჭეშმარიტებაა, რომ სულ მცირე, რაც ადამიანს ამა თუ იმ კულტურული ადგილის გასაგებად, მასთან დიალოგის საწარმოებლად ესაჭიროება, არის დრო. კულტურული ღირშესანიშნაობების ტურისტული რუკა კი მომხმარებელს მიეწოდება, როგორც ერთგვარი კომპენსაცია მის განკარგულებაში ასეთი დროის არარსებობის შემთხვევაში. ადამიანს, რომელსაც აქვს საკმარისი დრო ამა თუ იმ ადგილთან არა მხოლოდ შესახვედრად, არამედ – მის საძიებლად, აღმოსაჩენად, მისი ძიების და მიგნების ინდივიდუალური, განუმეორებელი ისტორიის შესაქმნელად, ტურისტული რუკა არ სჭირდება. ის თავად ქმნის თავისი მოგზაურობის ერთადერთ და განუმეორებელ რუკას, რომელიც, როგორც წესი, სხვისთვის გამოუსადეგარია. ერთადერთი, რაც შეიძლება სხვათა ძიებების და მიგნებების, მერე კი მიგნებულ ადგილებთან ამ სხვათა დიალოგების გამოცდილებამ შეგძინოს, არის იმის ცოდნა, რომ ნებისმიერი ტურისტული ძალისხმევა და ტურისტული დროის ფარგლებში ამა თუ იმ კულტურული ადგილის „დაუფლების" ვნება უაზრობაა. თუ შენ გინდა, გაიგო ადგილი, რომელიც დიდ კულტურულ დროში შეიქმნა, უნდა გაექცე ტურისტულ დროს და ტურისტის მდგომარეობას. ტურისტი, რომელიც „აღმოაჩენს" ამა თუ იმ ადგილს, მაშინვე კარგავს მას, სამაგიეროდ, როგორც იაფ საქონელს, იძენს იმ ფაქტით კმაყოფილებას, რომ მან ნახა ესა თუ ის ცნობილი ღირშესანიშნაობა. აი, სწორედ ეს „ღირშესანიშნაობა" არის ის, რაც მას საბოლოოდ გზას უკეტავს კულტურული აქტის განხორციელების შედეგად შექმნილი ამა თუ იმ ადგილის გაგებისკენ. ის ამ დროს რილკეს მიერ აღწერილ მდგომარეობაში ექცევა: როცა საგნები კარგავენ ადამიანის მიმართ ნდობას და თავის თავში იკეტებიან.

მე არ გამაჩნდა სწორედ ის დრო, რომელიც საკმარისი იქნებოდა ჩემი მასპინძლების მიერ მონიშნული ადგილების ნდობის მოსაპოვებლად. ჩემს თავს გამოვუტყდი იმაშიც, რომ, ჩემი ცხოვრების მოცემულ მონაკვეთში საფრანგეთში მყოფს ერთადერთი, რაც

versteckt sein Glück, die Geschichte seiner inneren Bewegungen und seine lebendige Seele immer eifrig vor fremden Augen.

Es ist eine Binsenwahrheit, dass das Wenigste, was der Mensch für das Verständnis dieser oder jener Kulturstädte, der Dialoge mit ihm, benötigt, Zeit ist. Eine Touristenkarte für Kulturdenkmäler jedoch wird dem Verbraucher als gewissen Ausgleich für den Fall des Nichtvorhandenseins von Zeit, die zu seiner Verfügung steht, angeboten. Derjenige, der für eine Begegnung mit diesem oder jenem Ort nicht genügend Zeit hat, erst recht für die Suche nach Entdeckung, zwecks Schaffung von einmaligen Geschichten, benötigt keine touristische Karte. Er erstellt selbst die einzige und einzigartige Karte seiner Reise, die gewöhnlich für andere unbrauchbar ist. Das Einzige, was dir die von der Erfahrung fremder Suche, Entdeckungen und schließlich Dialoge von Fremden mit aufgefundenen Orten geben kann, ist die Kenntnis davon, dass eine beliebige touristische Anstrengung und die Lust, diese oder jene Kulturstädte im Rahmen der touristischen Zeit zu „beherrschen", sinnlos sind. Wenn du denjenigen Ort verstehen möchtest, der in einer großen Kulturzeit geschaffen wurde, musst du aus der touristischen Zeit und Touristenrolle flüchten. Derjenige Tourist, der diesen oder jenen Ort „entdeckt", verliert ihn sogleich wieder und bekommt als Ersatz, als Billigware, eine Genugtuung durch den Fakt, dass er diese oder jene Sehenswürdigkeit gesehen hat. Eben diese Sehenswürdigkeit ist es, was ihm infolge eines Kulturaktes geschaffenen Verständnisses endgültig den Weg zu dieser oder jener Stätte versperrt. Er gelangt dabei in jene von Rilke beschriebene Situation: dass die Gegenstände das Vertrauen zu den Menschen verlieren und sich in sich zurückziehen.

Ich hatte eben nicht jene Zeit, die genügt hätte, die von meinen Gastgebern angekreuzten Stellen zu gewinnen. Ich gestand mir selbst auch ein, dass das Einzige, was mich in dem gegebenen Zeitabschnitt meines Lebens in Frankreich wirklich interessierte und was ich mir von Herzen wünschte, das Rodin-Museum war. Als ich den Stadtplan in den Müllcontainer warf, verzichtete ich praktisch auch auf das (mithilfe des Stadtplans) Auffinden des Rodin-Museums. Andererseits jedoch fuhr ich fast mit einem einzigen besonderen Wunsch nach Paris: „Die Bürger von Calais" von Rodin zu besichtigen und – in der Hoffung, dass ich allein mit Rodins Werk bleiben könnte, um mit ihm einen Dialog zu führen und es in meinem Gedächtnis zu platzieren, wobei mir die langjährige Liebe zum Schaffen Rodins helfen sollte.

მართლა მაინტერესებდა და რისი ნახვაც გულით მსურდა, იყო როდენის მუზეუმი. როცა რუკას სანაგვე ურნაში ვაგდებდი, პრაქტიკულად, სწორედ რუკის დახმარებით როდენის მუზეუმის მიგნებაზე ვამბობდი უარს. მეორე მხრივ კი, პარიზში ჩავდიოდი თითქმის ერთადერთი განსაკუთრებული სურვილით: მენახა როდენის „კალეს მოქალაქეები", და – იმედით, რომ შევძლებდი როდენის ამ ნაწარმოებთან მარტო დარჩენას, მასთან დიალოგს და ჩემს მეხსიერებაში მის განთავსებას, რაშიც როდენის შემოქმედების მიმართ ჩემი დიდი ხნის სიყვარული უნდა დამხმარებოდა.

პარიზში ჩასულს და დაბინავებულს არავისთვის მიკითხავს როდენის მუზეუმის მისამართი, არ მიძებნია ის არც ტურისტულ ბიუროებში. თუ მეხსიერება არ მღალატობს, საფრანგეთში მხოლოდ პირად საუბრებში ჩემთვის დასმული კონკრეტული შეკითხვების პასუხი იყო, როცა ჩემი ეს სურვილი ერთხელ თუ ორჯერ გავამჟღავნე.

აი, ასე, დავდიოდი პარიზის ტურისტული თუ არატურისტული გზებით და საათობით თავს ვერ ვაღწევდი უმდიდრეს მუსიკალურ მაღაზიებს;
ჩემი მწირი ჯიბის გათვალისწინებით, სუპერმარკეტებში ვყიდულობდი იაფფასიან ძეხვს, ყველს, პურს და, რომელიმე მყუდრო პარკის მერხზე ჩამომჯდარი, ვიმზადებდი ბუტერბროტებს;
ყოველდღე, დღის სხვადასხვა მონაკვეთში, მართლაც რომ ჩემს დაუკითხავად, აღმოვჩნდებოდი ხოლმე ლათინურ კვარტალში, სადაც ერთ დღეს სტუდენტური მანიფესტაციის მომსწრეც კი გავხდი, თავდავიწყებით შევუერთდი მსვლელობას, გავიარე – ჩემთვის უცნობი პროტესტით გაერთიანებული, პლაკატებით და ტრაფარეტებით აღჭურვილი ხალხის ტალღასთან ერთად და პერიოდული შემახილებით დამუხტულმა – სენ მიშელის ბულვარის ვრცელი მონაკვეთი და, როცა ქუჩის მარჯვენა მხარეს შენიშნულმა ულამაზესმა ასახვევმა მომხიბლა და მიმიზიდა, ისე მოულოდნელად ვუღალატე მსვლელობას, რომ მანიფესტაციის მიზეზიც და მიზანიც სამუდამო გამოცანად დამრჩა;
ორანჟერიის ბაღში გადასასვლელ ფიცარნაგიან ხიდზე ვჩერდებოდი და დიდხანს ვერ ვწყვეტდი თვალს მტრედებს, რომლებიც ერთმანეთისგან რამდენიმე მეტრის მოშორებით მდგარ ნახატებით მოვაჭრე ხანდაზმულ მამაკაცსა და მარიონეტებით მოვაჭრე ახალგაზრდა მამაკაცს შორის საქმიანად მიმოდიოდნენ;

In Paris angekommen und untergebracht, fragte ich niemanden nach der Adresse des Rodin-Museums, ich suchte sie auch nicht in den touristischen Büros heraus. Wenn mich mein Gedächtnis nicht im Stich lässt, gab es in Frankreich nur in Privatgesprächen eine Antwort auf von mir gestellte konkrete Fragen, als ich ein- oder zweimal diesen Wunsch äußerte.

So also ging ich touristische oder auch nichttouristische Wege durch Paris und konnte mich stundenlang nicht vor den prächtigsten Musikgeschäften retten;
meine karge Tasche berücksichtigend, kaufte ich im Supermärkten billige Wurst, Käse, Brot und bereitete mir auf der Bank irgendeines gemütlichen Parks sitzend Butterbrote zu;
täglich gelangte ich in verschiedenen Tagesabschnitten, wirklich ohne vorherige Absicht, zum Lateinische Viertel, wo ich eines Tages Zeuge einer studentischen Manifestation wurde, der ich mich selbstvergessen anschloss – zusammen mit einer Welle (für mich unbekannten Protestes) vereinigter, mit Plakaten und Losungen ausgerüsteter Menschen und aufgeladen durch periodisch wiederholte Aufrufe –, einen langen Abschnitt des Boulevard Saint Michel ablief und, als mich der von mir entdeckte wunderschöne Steig auf der rechten Seite der Straße verzauberte und anzog, so unerwartet den Zug verließ, sodass sowohl der Grund als auch das Ziel der Manifestation ein ewiges Rätsel bleiben sollte;
ich blieb auf der in den Orangeriegarten führenden Holzbrücke stehen und konnte meinen Blick nicht von den Tauben abwenden, die geschäftig zwischen dem in einigen Metern entfernt stehenden, mit Bildern handelnden betagten Mann und dem mit Marionetten handelnden jungen Mann hin und her liefen;

ღამ-ღამობით ვუსმენდი თეფშების მშვიდობიანი მტვრევის ხმებს, რომლებიც ბერძნული რესტორნებიდან გამოდიოდა, დილას კი იმით ვიწყებდი, რომ სენის სანაპიროსკენ, ერთი ამოჩემებული ადგილისკენ, გავრბოდი და თვალს ვადევნებდი, როგორ იფარებოდა შიშველი დახლები ბუკინისტური წიგნებით და როგორ ნელდებოდა ამ დროს მდინარის დინება, რომელიც რაღაც მომენტში თვალთახედვიდან საერთოდ ქრებოდა მძიმე დახლების, დილიდანვე დაღლილი ბუკინისტების და დახლებთან მოფუსფუსე საზოგადოების მიღმა;
პარიზის რომელიმე პერიფერიის ქუჩებში, როცა ცენტრისკენ გზას ვერ ვიგნებდი, დასასვენებლად პირველივე პარკში შევდიოდი და სკამზე ვწვებოდი, ფეხსაცმელს ვიხდიდი, ხელებს თავქვეშ ამოვიწყობდი და ოქტომბრის ხეების ბრძნულ ფოთოლცვენას ვუღიმოდი.

და ერთხელ, მაინცდამაინც პარიზში ჩემი ყოფნის ბოლო დღეს და მაინცდამაინც მაშინ აღმოვჩნდი როდენის მუზეუმის კარიბჭესთან, როცა მის დაკეტვამდე რაღაც ათიოდე წუთი რჩებოდა. რომ ვთქვა, ამ ფაქტმა მოულოდნელად ამაფორიაქა, შემძრა, გამახევა, ტუჩები გამიშრო ან გულში რაღაც ლახვარივით ჩამესო მეთქი, სიცრუეც იქნება და აუტანელი უგემოვნობაც. იმ განცდას, რომელიც მაშინ დამეუფლა, გაკვირვება ჰქვია, მეტიც არაფერი. უბრალოდ, გამიკვირდა, რომ ასე გამოვიდა. ამ ადგილებში, ანუ როდენის მუზეუმის მიდამოებში, მანამდე ორჯერ მაინც ვიყავი ნამყოფი და არც აზრების მიმართ ვიჩენდი უყურადღებობას.

როცა გამოვბრუნდი და ვარენის ქუჩას ინვალიდების ბულვარის მიმართულებით გავუყევი, გულდაწყვეტაში არეულ ჩემს გაკვირვებას თანდათან ჩაენაცვლა თავის დასამშვიდებლად აუცილებელი აუტოტრენინგი და საბოლოოდ დავემორჩილე იმ აზრს, რომ თუ ღმერთს ჩემს თავზე თმის ყველა ღერი დათვლილი ჰქონდა, ისიც მისივე ნებით იყო, რომ პარიზი „კალეს მოქალაქეების“ უნახავად უნდა დამეტოვებინა.

ამ ამბიდან ათი წლის მერე, ციურიხის კანტონის ერთ სტანდარტულად ულამაზეს შვაიცურ სოფელში ვატარებდი ზაფხულს. მზის ელემენტებით შეაბჯრულ სახლში სენაკივით მყუდრო ოთახი მქონდა, რომელსაც მხოლოდ საჭმლის მოსამარაგებლად ან სოფლის მიდამოებში სასეირნოდ თუ დავტოვებდი ხოლმე. ვწერდი ახალ რომანს, ვთარგმნიდი გოტფრიდ კელერის „ციურიხულ ნოველებს“, ვკითხულობდი კელერის შესახებ სამეცნიერო ლიტერატურას, გამოსაცემად ვამზადებდი „ავსტრიული პოეზიის“ მორიგ ტომს და

nachts hörte ich die Geräusche eines friedvollen Zerschlagens von Tellern, das aus den griechischen Restaurants zu hören war, den Morgen begann ich damit, dass ich zum Seine-Ufer, zu einer von mir auserkorenen Stelle lief und beobachtete, wie sich die nackten Stände mit antiquarischen Büchern bedeckten, und wie sich das Fließen des Flusses verlangsamte, der hinter den schweren Ständen, den von früh an ermüdeten Antiquariatshändlern und der an den Ständen geschäftigen Gesellschaft plötzlich überhaupt aus dem Blickfeld verschwand;
in irgendeiner Straße der Pariser Vorstadt, als ich mir den Weg ins Zentrum bahnte, ging ich, um mich zu erholen, in den allerersten Park hinein und legte mich auf eine Bank, zog meine Schuhe aus, legte meine Hände unter den Kopf und lächelte dem weisen Blätterfall der Oktoberbäume zu.

Und einmal, ausgerechnet am letzten Tag meines Aufenthaltes in Paris, und ausgerechnet dann gelangte ich zur Pforte des Rodin-Museums, als etwa zehn Minuten bis zur Schließung geblieben waren. Es wäre sowohl eine Lüge als auch eine unerträgliche Geschmacklosigkeit, wenn ich behaupten würde, dass mich dieser Fakt unerwartet aufwühlte, erschütterte, erstarren ließ, meine Lippen austrockneten oder irgendetwas wie eine Lanze in mein Herz stieß. Das Empfinden, das mich damals erfasste, heißt Verwunderung, und nichts anderes. Ich wunderte mich einfach, dass es so kam. In dieser Gegend, also in der Umgebung des Rodin-Museums war ich wenigstens zweimal gewesen und auch die Schilder ignorierte ich nicht.

Als ich mich umdrehte und die Rue de Varenne in Richtung Boulevard des Invalides entlanglief, wechselte meine mit Enttäuschung vermischte Verwunderung allmählich in ein zur Selbstberuhigung nötiges autogenes Training und ich ordnete mich endgültig dem Gedanken unter, dass Gott auf meinem Kopf jedes einzelne Haar gezählt hatte und es auch sein Wille war, dass ich Paris ohne die „Bürger von Calais“ zu sehen verlassen musste.

Zehn Jahren nach diesem Ereignis verbrachte ich den Sommer in einem standardmäßig wunderschönen Schweizer Dorf. In einem mit Solarzellen ausgerüsteten Haus hatte ich eine friedliche Zelle wie in einem Kloster, das ich nur für den Kauf von Essensvorräten oder für Spaziergänge in die Dorfumgebung verließ. Ich schrieb einen neuen Roman, übersetzte die Züricher Novellen von Gottfried Keller, las wissenschaftliche Literatur über Keller, bereitete den nächsten Band der Österreichischen Poesie zur Herausgabe vor und genoss die Freiheit, was für mich – in diesem Fall – wieder einmal Rettung vor dem ökologisch, politisch, moralisch verschmutzten und mit Aggression jeglicher Art geladenen Tbilissi hieß.

ვტკბებოდი თავისუფლებით, რასაც ჩემთვის – ამ შემთხვევაში – ეკოლოგიურად, პოლიტიკურად, მორალურად დაბინძურებული და ყოველმხრივი აგრესიით დამუხტული თბილისისგან კიდევ ერთხელ თავისდაღწევა ერქვა.

მოხდა ისე, რომ იმ ჩემს სენაკში ზუსტად ორმოცი დღე ვიმუშავე ერთადერთ ლექსზე, რომელსაც, როცა წერა დავასრულე, „ციურიხი" დავარქვი და იმასაც მივხვდი, რომ ეს სამგვერდიანი ტექსტი საუკეთესო იყო ჩემს პოეტურ შემოქმედებაში, იმ პოეტიკური ამოცანების გადაწყვეტის თვალსაზრისით, რომლებსაც თითქმის ოცი წელი ვუტრიალებდი.

ერთი სიტყვით, განსაკუთრებული შემოქმედებითი მდგომარეობის ველში ვიყავი მოხვედრილი და რაკი ხშირად მომხდარა, რომ ჩემთვის პერიოდულად ბოძებულ ასეთ შემოქმედებით ძღვენთან ერთად ღმერთს დამატებითი – მუზებისა და საწერი მაგიდის ორბიტისგან მოწყვეტილი – საჩუქრითაც გავუნებივრებივარ, გულის ბნელ კუნჭულში ამჯერადაც ღვიოდა იმედი, რომ ინტენსიური შემოქმედებითი შრომის დასრულების მერე ღმერთი კიდევ ერთ საჩუქარს მიმზადებდა. ჩემი სიხარბის მორალი, დაახლოებით, ასე ჟღერდა: „ლექსი, რომელმაც შენგან ამდენი დრო და ენერგია, ამდენი უძილო ღამე და შრომის ასეთი ინტენსივობა მოითხოვა, დიდი ანგარიშით, ღმერთის სადიდებელია. ღმერთმა გიბოძა ეს ძღვენი ანუ მისი განდიდების შესაძლებლობა. შენ ამ შესაძლებლობას თვალი არ დაუხუჭე, იშრომე და გააკეთე ის, რაც შეგეძლო. შენ არაფერი დაგიმალავს. ორმოცი დღე და ღამე გასცემდი იმას, რის გასაცემადაც – ნუ გამორიცხავ – ოცი წელი ემზადებოდი და ამ ერთმა ლექსმა მოითხოვა ყველაფერი, რასაც ითხოვდნენ და ვერ ღებულობდნენ შენი სხვა ლექსები. ღმერთმა იხილა მის სადიდებლად გაღებული შენი მონდომება და იმის ნიშნად, რომ შენი შრომის ნაყოფი კეთილად შეიწირა, შეიძლება დაგასაჩუქროს".

ვერ ვიტყვი, ასეთი მორალი ღმერთისა და მორწმუნის ურთიერთმიმართების პიერ აბელარისეული მოდელის გამარტივებულ და გაუკუღმართებულ ინტერპრეტაციას არ წარმოადგენდა მეთქი, მაგრამ რაკი ჩემი კეთილშობილება წლების განმავლობაში ადგილიდან არ დაძრულა და უფრო მეტად არ გაკეთილშობილებულა, ჩანდა, ჩემი სულიერების მომბლანიც და იალბუზიც ეს იყო. ნებისმიერ შემთხვევაში, ასეთი – არც თუ ძლიერ შემაწუხებელი – იმედით გულდამშვენებული გავემგზავრე ბაზელის კანტონის სოფელ დორნახისკენ, სადაც თითქმის მთელი კვირა უნდა მეცხოვრა

Es passierte also, dass ich in meiner Zelle genau vierzig Tage an einem Gedicht arbeitete, das ich, als ich das Schreiben beendete, „Zürich" nannte und ich verstand auch das, dass dieser dreiseitige Text hinsichtlich der Lösung jener poetischen Aufgaben, in die ich schon fast zwanzig Jahre hineinzugelangen versuchte, der beste in meinem dichterischen Schaffen war.

Mit einem Wort, ich befand mich in einem Feld des besonderen schöpferischen Zustandes, und weil es oft der Fall war, dass Gott mich ab und zu neben einer solchen schöpferischen Gabe zusätzlich mit einem Geschenk, von Musen und dem Orbit des Schreibtisches losgelöst, verwöhnte, glühte in einem dunklen Eckchen des Herzens auch diesmal die Hoffnung auf, dass mir Gott nach Beendigung der intensiven schöpferischen Arbeit noch ein Geschenk bereiten würde. Die Moral meiner Habgier klang ungefähr so: „Ein Gedicht, das von dir so viel Zeit und Kraft, so viele schlaflose Nächte und eine solche Intensität der Arbeit verlangte, ist überwiegend Gottespreisung. Gott schenkte dir diese Gabe, also die Möglichkeit, Ihn zu lobpreisen. Du hast die Augen vor dieser Möglichkeit nicht verschlossen, du hast gearbeitet und das gemacht, was du konntest. Du hast nichts versteckt. Vierzig Tage und Nächte hast du das ausgegeben, worauf du dich – nicht zu vergessen – zwanzig Jahre vorbereitetest und dieses eine Gedicht verlangte alles, wonach deine anderen Gedichte baten und nicht erhielten. Gott sah dein Begehren, dein für seine Lobpreisung investiertes Wollen und als Zeichen dessen, dass er die Frucht deiner Arbeit in Liebe annahm, konnte er dich beschenken."

Ich kann nicht sagen, dass solch eine Moral nicht die vereinfachte und verkehrte Interpretation des Pierre-Abaelardus-Modells von der gegenseitigen Beziehung Gottes und eines Gläubigen war, aber da sich mein Edelmut im Laufe der Jahre nicht von der Stelle bewegt hatte und nicht edelmütiger wurde, war zu sehen, dass er der Mont Blanc und auch der Elbrus meine Seeligkeit darstellte. Jedenfalls mit solch einer – nicht sehr beunruhigenden – Hoffnung geschmückt reiste ich zum Dorf Dornach in Kanton Basel, wo ich fast eine ganze Woche im Hause eines bekannten Jazz-Musikers leben durfte, in dem jeder Gegenstand und jede Wand eine Synthese der Bestrebungen und Gemütsverfassung der sechziger und achtziger Jahre ausatmete, und die Brücke zwischen den zwei Jahrzehnten stellte die nostal-

ერთი ცნობილი ჯაზმუსიკოსის სახლში, რომელშიც ყველა ნივთი და კედელი სამოციანი და ოთხმოციანი წლების სულისკვეთებათა სინთეზით სუნთქავდა, ამ ორ ათწლეულს შორის დამაკავშირებელ ხიდს კი ოთხმოცდაათიანი წლების დასაწყისში სახლის ორივე სართულის ყველა ოთახში და შიდა კიბეზე დაგებული ხელოვნური ხალიჩების ნოსტალგიური სიმყუდროვე წარმოადგენდა, ოღონდ – ისეთი სიმყუდროვე, კაცს სულ სხვა, უკვე სამუდამოდ გამქრალ, თვალით ხილული სიმყუდროვით გადაფარულ რომელიღაც სხვა სიმყუდროვეზე რომ მიგითითებს და წარმოსახვას დამაბნევლად გიაქტიურებს.

ასეთი სიმყუდროვის საუფლოდან გამოვდიოდი ყოველდღიურად, სახლის კარს ვკეტავდი, გასაღებს ჯიბეში გულდასმით ვინახავდი, ქვის რამდენიმესაფეხურიან კიბეზე გახანგრძლივებული ნაბიჯებით ჩამოვდიოდი და ვაცნობიერებდი კი არა, სხეულის ყველა წერტილით ვგრძნობდი, რომ ეს პროცესი – კარის დაკეტვიდან კიბის ბოლო ქვედა საფეხურზე ფეხის ჩამოდგმამდე – იყო ჩემი ის ერთადერთი გამოცდილება, რომელსაც თელი დღის განმავლობაში მიღებული ვერც ერთი სხვა გამოცდილება უკვე ვეღარ გადაფარავდა.

მეორე დღიდან მოყოლებული, ვფიქრობ, სახლიდან მხოლოდ ამ რიტუალის შესასრულებლად გამოვდიოდი. და ეს ჩემი ყოველდღიური რიტუალი რაღაცით სულის იმ მდგომარეობას ჰგავდა, რომელსაც იაპონელები „მეპურაშიიის“ ანუ რაიმე ნივთის, საგნის თუ ხდომილების – თუნდაც აქამდე ასჯერ ნანახის – პირველად დანახვის და განცდის უნარს უწოდებენ. რაღაც ასეთი მემართებოდა ყოველდღიურად და რაც ამის მერე ხდებოდა, იყო, უბრალოდ, დრო მიწაზე ფეხის დადგმიდან შინ დაბრუნებამდე.

თუ ახლა ვიტყვი, რომ მხოლოდ ერთხელ, ციურიხში ჩემს დაბრუნებამდე ორი დღით ადრე – როცა სახლიდან იმიტომ გამოვედი, რომ ბაზელის ხელოვნების მუზეუმის ბიბლიოთეკაში მარკ სტრენდის წიგნი „ედვარდ ჰოპერის სურათების შესახებ“ წამეკითხა – მოხდა ის, რამაც ჩემი ყოველდღიური რიტუალით მიღებული ტკბობა გადაფარა, ბაზელის ხელოვნების მუზეუმში ნამყოფი მკითხველი უმალ მიხვდება, თუ რა შეიძლებოდა ამ დღეს მომხდარიყო (თუმცა, ვფიქრობ, ის ამას უკვე მაშინ მიხვდა, როცა შვაიცი ვახსენე).

დიახ, მუზეუმის ეზოში „კალეს მოქალაქეების“ პირისპირ აღმოვჩნდი. სხვათაშორის – შემთხვევით: მუზეუმის ეზოში, ნაშუადღევს

gische Gemütlichkeit der in allen Räumen und im inneren Treppenhaus beider Etagen des Hauses ausgelegten Kunstteppiche vom Anfang der neunziger Jahre dar, aber – es war solch eine Gemütlichkeit, die dich auf eine ganz andere, für immer verschwundene Gemütlichkeit, die mit einer sichtbaren Gemütlichkeit zugedeckt ist, hinweist und die Phantasie zerstreuend aktiviert.

Aus dem Reich dieser Stille und Gemütlichkeit ging ich jeden Tag hinaus, schloss die Tür des Hauses zu, bewahrte sorgfältig den Schlüssel in der Tasche auf, stieg die aus einigen Stufen bestehende Treppe mit verlängerten Schritten hinunter und: Mir wurde nicht nur bewusst, sondern ich fühlte mit allen Punkten des Körpers, dass dieser Prozess – vom Türschließen bis zum Fußaufsetzen auf der letzten Stufe der Treppe diejenige meine einzige Erfahrung von mir war, die keine einzige andere im Laufe des ganzen Tages gemachte Erfahrung überdecken konnte.

Angefangen vom zweiten Tag, denke ich, dass ich das Haus nur zur Erfüllung dieses Rituals verließ und dieses mein alltägliches Ritual ähnelte irgendwie jenem Zustand der Seele, den die Japaner Mezurashiii[4]-Fähigkeit nennen, also die Fähigkeit zum ersten Mal irgendeinen Gegenstand, irgendeine Sache oder irgendetwas Zugefallenes – sei es auch bisher hundertmal erblickt worden – zu sehen und zu empfinden. Irgendetwas Ähnliches passierte mir jeden Tag und was danach geschah, war einfach die Zeit vom Fußauftreten auf der Erde bis zum Nach-Hause-Zurückkehren.

Wenn ich jetzt sage, dass nur einmal, zwei Tage vor meiner Rückkehr nach Zürich – als ich das Haus deswegen verließ, um in der Bibliothek des Baseler Kunstmuseums das Buch von Mark Strand „Über Gemälde von Edward Hopper“ zu lesen – das geschah, was den Genuss, den ich durch meine täglichen Rituale bekam, überdeckte, weiß der im Baseler Kunstmuseum gewesene Leser sofort, was an diesem Tage hätte passieren können (obwohl, denke ich, dass er dies schon verstand, als ich die Schweiz erwähnte).

Ja, im Museumshof stand ich plötzlich direkt gegenüber der „Bürger von Calais“. Übrigens – zufällig: Ich spazierte mittags hinein, in Gedanken verstrickt von M. Strands Buch und E. Hoppers Arbeiten mit dem Ziel, meinen

სტრენდის უკვე წაკითხულ წიგნზე და ჰოპერის ნამუშევრებზე ფიქრებში გართულმა, მხოლოდ მომხიბლავ არქიტექტურულ ლანდშაფტზე მზერის გადანაცვლებისა და ერთგვარი „ამოსუნთქვის“ მიზნით შევისეირნე, რადგან მუზეუმში თავმოყრილი ექსპონატების ნახვა მხოლოდ მომდევნო დღისთვის მქონდა დაგეგმილი. ასეც რომ არ ყოფილიყო, „კალეს მოქალაქეებთან“ ნაოცნებარი შეხვედრის მერე სხვა სამყაროთა ლაბირინთებში სამოგზაუროდ არც ძალა მეყოფოდა და არც – სიყვარული.

აი, ასე მოხდა.

დიდი ხნის მერე სადღაც ამოვიკითხე, რომ ბაზელის ხელოვნების მუზეუმის ეზოში განთავსებული კომპლექსი სწორედ პარიზის როდენის მუზეუმში გამოფენილი „კალეს მოქალაქეების“ მომდევნო, რიგით მეშვიდე, ჩამოსხმა იყო და ამ ორ ჩამოსხმას ერთმანეთისგან ჩვიდმეტი წელი აშორებდა. იმ საღამოს კი, როცა შინდაბრუნებულმა ძველი კიბის საფეხურები ავიარე, ჯიბიდან გასაღები ამოვიღე და საკეტს მოვარგე, მაშინღა მივხვდი, რომ ერთადერთი, რაც ამ შემთხვევის ამოხსნაში შეიძლებოდა დამხმარებოდა, ბრეტონის „ობიექტური შემთხვევითობის“ თეორემა იყო.

ეს თეორემა კი, თავის არსებით სათქმელთან ერთად, იმასაც გვეუბნება, რომ მსგავს გამოცდილებათა „ობიექტური“ შინაარსების პოეტიკა არ არსებობს.

Genius loci

ჰანს მაგნუს ენცენსბერგერს

ავსტრიის დედაქალაქ კოპენჰაგენის რომელიღაც უფერულ კაფეში
საიდანაც ცუდად როდი ჩანს მდინარე სენის რამდენიმე ხიდი
დაღლილი და დასიცხული ხალხით სავსე ინტერიერს
ვათვალიერებ

ოფიციანტს ჩქარი სვლით მოაქვს შეკვეთილი პიცა
და მკაცრი ღიმილით მეუბნება:
„გთხოვთ მიირთმევდეთ გემრიელად

Blick auf die zauberhafte Architekturlandschaft zu richten und einigermaßen „aufzuatmen", weil ich die Besichtigung der im Museum gesammelten Ausstellungsstücke erst für den nächsten Tag geplant hatte. Sogar wenn das nicht so gewesen wäre, hätten mir nach dem ersehnten Treffen mit den „Bürgern von Calais" für die Reise in die Labyrinthe anderer Welten weder Kraft noch Liebe gereicht.

So war es also geschehen.

Viel später habe ich irgendwo gelesen, dass der im Hof des Baseler Kunstmuseums untergebrachte Komplex eben ein der Reihe nach siebenter Abguss des im Rodin-Museum ausgestellten „Bürger von Calais" war und diese zwei Abgüsse 17 Jahre trennten. Aber erst an jenem Abend, als ich nach Hause zurückgekehrte, über die Stufen der alten Treppe hochstieg, den Schlüssel aus der Tasche herausholte und in das Schloss einführte, erst dann verstand ich, dass das Einzige, was mir bei der Lösung dieses Falles helfen könnte, das Theorem des „objektiven Zufalls" von André Breton war.

Dieses Theorem jedoch sagt uns außer seiner wesentlichen Aussage auch das, dass eine Poetik der objektiven Inhalte ähnlicher Erfahrungen nicht existiert.

Solch eine Poetik darf der Leser auch nicht in dem Gedicht suchen, das ich ein Jahr nach meinen Treffen mit den „Bürgern von Calais", also nach dem Kreisschluss, in Wien schrieb und „Genius loci" nannte. Dieses Gedicht hätte ich an einem beliebigen Punkt der Erde schreiben können, aber ich habe es gerade in Wien geschrieben und das ist nicht zufällig.

Genius loci

Für Hans Magnus Enzensberger

in einem farblosen Café in Österreichs Hauptstadt Kopenhagen
von wo aus einige Brücken des Flusses Seine ganz gut zu sehen sind
beobachte ich den gefüllten Innenraum voller ermüdeter und von der
Hitze geplagter Menschen

die Kellnerin bringt schnellen Schritts die bestellte Pizza
und sagt zu mir mit einem harten Lächeln:
„bitte, lassen Sie es sich gut schmecken

თითქმის ისეთია როგორსაც დედები ამზადებენ
ჩემი მშობლიური იტალიის ქალაქებში:
ვენაში თუ მადრიდში თუ ბერნში“

პიცა მართლაც გემრიელია მთელი დღე არაფერი მიჭამია
მხოლოდ ლეღვის ჩირი შორეული სუპერმარკეტიდან
წმინდა მარკოზის მოედანზე

ჩემს პირდაპირ ხანდაზმული მამაკაცი ზის მწვანე ცილინდრით
და აღშფოთებული ჩასცქერის გაზეთს:
„რატომ დაარბიეს ეს დემონსტრანტები ლონდონში
განა რას ითხოვდნენ ისინი ასეთს მხოლოდ უვარგისი
პროდუქტის აკრძალვას
წარმოუდგენელია ასეთი თავხედობა ბელგიის პოლიციის
მხრიდან
თუმცა რა არის გასაკვირი პოლიცია ყოველთვის იმარჯვებს“

თანხმობის ნიშნად თავს ვუქნევ
და მზერა უნებლიეთ გადამაქვს
მის გაცრეცილ თაგვისფერ პიჯაკზე

„ათი წლის წინ შევიძინე ყაზახეთის დედაქალაქ ნიუ დელიში
სხვა იქიდან არაფერი გამომყოლია თუ არ ჩავთვლი ტკბილ
მოგონებებებს
რომლებსაც ყოველთვის ერთად დავატარებთ მე და ეს პიჯაკი
მაგრამ აქ სიერა ლეონეში უცნაური ხალხი ცხოვრობს
ნუთუ ყველა უნგრელი ასეთია მათ შორის თქვენც“
„მე აქაური არ გახლავართ
მოგზაური ვარ ცხელი ქვეყნიდან
ალბათ გსმენიათ საქართველო“
„რა თქმა უნდა რა თქმა უნდა
გახლდით კიდეც ერთხელ ტურისტად
თქვენს მშვენიერ დედაქალაქ სოფიაში
თუმცა მას მერე საუკუნეა იქ არ ვყოფილვარ
ალბათ ძალიან შეცვლილია“
„აბა რა გითხრათ უცხო თვალი პეკინს ამსგავსებს“
„როგორ შვედეთის დედაქალაქს?“

sie ist fast so wie sie unsere Mütter bereiten
in den Städten des heimatlichen Italiens:
in Wien oder Madrid oder Bern“

die Pizza ist wirklich sehr gut habe den ganzen Tag nichts gegessen
nur getrocknete Feigen aus dem entfernten Supermarkt
auf dem Markusplatz

mir gegenüber sitzt ein betagter Mann mit grünem Zylinder
und blickt entrüstet in die Zeitung:
„warum hat man die Demonstranten in London auseinandergejagt
was haben sie schon groß gefordert nur das Verbot von untauglichen
  Produkten
unvorstellbar ist eine solche Unverschämtheit vonseiten der Polizei
  Belgiens
obwohl was ist da so erstaunlich die Polizei siegt immer“

als Zeichen der Zustimmung nicke ich
und der Blick wandert unwillkürlich
auf seine abgetragene mausgraue Jacke[5]

„vor zehn Jahren habe ich sie in der Hauptstadt von Kasachstan Neu Delhi
  gekauft
etwas anderes habe ich nicht von dort mitgebracht
wenn ich nicht die süßen Erinnerungen einrechne
die wir immer zusammen tragen ich und diese Jacke
aber hier in Sierra Leone lebt ein ungewöhnliches Volk
sind vielleicht alle Ungarn so ... Sie auch“
„ich bin nicht von hier
ich bin aus einem heißen Land angereist
sie haben es sicher schon gehört Georgien“
„natürlich natürlich
ich war sogar schon einmal als Tourist dort
in Ihrer schönen Hauptstadt Sofia
obwohl ich danach seit einem Jahrhundert nicht mehr da war
sicher ist sie sehr verändert“
„nun was soll ich Ihnen sagen einem fremden Auge ähnelt sie Peking“
„wie Schwedens Hauptstadt?“

კაცი დგება დაკეცილ გაზეთს მაგიდაზე ისე დებს როგორც
თუჯის მძიმე ქვაბს
დამშვიდობების ნიშნად თავს ხრის და კაფეს რწევა-რწევით
ტოვებს

თვალს ვაყოლებ მის მოშვებულ ზურგს
და ვგრძნობ წამით როგორ იღიმის
ამ დროს მეც ხომ იგივეს ვფიქრობ:
რომ ვერც მე ვნახავ მას მეორედ ამ ქალაქში
რომელიც ალბათ არც ისეთი ხალხმრავალია
როგორც მაგალითად იაპონიის დედაქალაქი ანკარა
ან თუნდაც ნიგერიის დედაქალაქი ტარტუ

მერე ჩემს პიცას ვუბრუნდები და არ მტოვებს იმაზე ფიქრი
თუ რა წონა ექნება ჩემი ხსოვნის ნიშნულებს ოცი წლის მერე
და თუ გადაინაწილებს დაგროვილ სიმძიმეს ჩემი პიჯაკი ან
მაისური
ან რომელიმე მოქალაქე რომელიმე ქალაქის რომელიმე უფერულ
კაფეში
ან მე თუ შევძლებ ამ სიმძიმეს რამე მოვაკლო მაგალითად ყველა
კერძი
რომელიც მე გამისინჯავს პოლონეთის ქალაქ ზალცბურგში
ან ესპანური ღვინის ხსოვნა ბულგარეთის დედაქალაქ
ტირანადან
ან სოფლის ტრანსპორტით უთავბოლო მიმოსვლები
ჩეხეთის პროვინციულ ქალაქ მიუნხენში

დაივიწყე – მეუბნება ჩემი ფიქრი – სიგიჟეა ეს ყველაფერი
მისდიე ცხოვრებას რომელიც მართლა ისეთი ლამაზია
როგორც მაგალითად მდინარე მოლდოვა
რომელიც ისე შეუმჩნევლად მილივლივებს
პორტუგალიის მარადიულ ქალაქ ციურიხში
თითქოს მსტოვარია და ფეხაკრეფით ეპარება
მისი მოქალაქეების ყოველდღიურ ნერვებს
ან როგორც მაგალითად მდინარე დონაუ
რომელიც ბრძენი გველივით იცავს პერუს დედაქალაქ
სტოკჰოლმს
სადაც გასული საუკუნის დამლევს წყვილები ქუჩებში
ხშირად ჩაივლიდნენ ხოლმე ასეთი სიმღერით:

der Mann steht auf und legt die zusammengelegte Zeitung
wie einen schweren Topf aus Gusseisen auf den Tisch
als Zeichen des Abschieds neigt er den Kopf und verlässt im Wiegeschritt
das Café

mit dem Blick verfolge ich seinen schlaffen Rücken
und fühle für einen Augenblick wie er lächelt
zur gleichen Zeit denke auch ich dasselbe:
dass ich ihn nicht noch ein zweites Mal in dieser Stadt sehen werde
welche wahrscheinlich nicht ganz so bevölkert ist
wie beispielsweise Japans Hauptstadt Ankara
oder etwa Nigerias Hauptstadt Tartu

dann kehre ich wieder zu meiner Pizza zurück und kann den Gedanken
nicht abschütteln
wie viel Gewicht die Markierungen meines Gedächtnisses in zwanzig
Jahren haben werden
und ob meine Jacke beziehungsweise mein T-Shirt die gesammelte Schwere
unter sich aufteilten
oder irgendein Bürger in irgendeinem farblosen Café in irgendeiner Stadt
oder ob ich diese Schwere verringern kann zum Beispiel alle Speisen
die ich in Polens Hauptstadt Salzburg gekostet habe
oder de Erinnerung an den spanischen Wein in Bulgariens Hauptstadt
Tirana
oder die sinnlosen Landpartien mit dem Pferdewagen
in Tschechiens Provinzstadt München

vergiß's – sagt mir mein Gedanke – das alles ist Wahnsinn
folge dem Leben das wirklich so schön ist
wie beispielsweise der Fluss Moldau
der so unbemerkbar sanft fließt
in Portugals unsterblicher Stadt Zürich
als ob er ein Kundschafter wäre und sich auf Zehenspitzen
an die täglichen Nerven seiner Bürger heranschleicht
oder wie beispielsweise der Fluss Donau
der wie eine weise Schlange Perus Hauptstadt Stockholm beschützt
wo die Paare des vergangenen Jahrhunderts in den Straßen ihre Tage
verbrachten
oft von einem solchen Lied ergriffen:

„ეს ის მდინარეა რომელსაც ღრუბლები
როგორც ქვეყანაზე ბევრ ასეთ მდინარეს
არც თუ იშვიათად მზეს კი უმალავენ
მაგრამ ო არასდროს არასდროს ჩვენს თვალებს“

მივსდიო ცხოვრებას რომელსაც არ ვიცნობ? ვის ვუთხრა:
ნუ მჩუქნი ამდენ ხსოვნას გადანახულს ამდენ სიცოცხლეში
ნუ მჩუქნი ამდენ სიმარტოვეს მე მათ ვერასდროს დაგიბრუნებ
ნუ მჩუქნი დავიწყებულ დერვიშებს და დავიწყებულ შეშლილებს
სიყვარულის დავიწყებულ ისტორიებს დავიწყებულ წიგნებს
ნუ მჩუქნი ცნობარებში და ენციკლოპედიებში ასეთ ამოკითხვებს:
„განეკუთვნება უკვე დავიწყებული ავტორების რიცხვს“
ნუ წამაკითხებ იმას რაც არ დაუწერიათ პოეტებს

რა თქმა უნდა მეც კარგად ვიცი რომ ჩემი მფარველი სულები
აქაც კი ფინეთის დედაქალაქ ბელგრადის ამ უფერულ კაფეში
სამკვდრო-სასიცოცხლოდ ებრძვიან ერთმანეთს
რათა არ სძლიონ ერთმანეთს და არ ჩაქრეს ჩემი სიყვარული
მაგრამ მაინც ნუ წამაკითხებ იმას რაც არ დაუწერიათ პოეტებს

ჩემი თურქული პიციდან თეფშზე უკვე არაფერი დარჩა
მაგრამ ჩემს ხსოვნაში ის ისეთივე უმანკოა
როგორსაც პირველად მოვკარი თვალი
როცა ჩემსკენ მისი გული ისე მოჭქონდათ
როგორც ჩირაღდანი ყველა ხვალინდელი დღისთვის
2009

„das ist ein Fluss den die Wolken
oft vor der Sonne verstecken
wie viele solcher Flüsse auf der Welt
aber oh niemals niemals vor unseren Augen“

soll ich dem Leben folgen welches ich nicht kenne? Wem soll ich sagen:
schenk mir[6] nicht so viele Erinnerungen die ich in so vielen Leben
 gesehen habe
schenk mir nicht so viel Einsamkeit die ich dir niemals zurückgeben kann
schenk mir keine vergessenen Derwische und vergessenen Verrückten
vergessene Liebesgeschichten und vergessene Bücher
schenk mir kein solches Lesen in Nachschlagebüchern und Enzyklopädien:
„er gehört schon zu den vergessenen Autoren“
lass mich nicht lesen was kein Dichter geschrieben hat

natürlich weiß auch ich gut dass meine mich beschützenden hellen und
 dunklen Seelen
auch hier in der Hauptstadt Finnlands Belgrad in diesem farblosen Café
miteinander auf Leben und Tod kämpfen
und sich nicht gegenseitig besiegen um meine Liebe nicht verlöschen
 zu lassen
aber dennoch lass mich nicht lesen was kein Dichter je schrieb

von meiner türkischen Pizza auf dem Teller ist schon nichts mehr übrig
aber in meiner Erinnerung ist sie genauso tadellos
wie ich sie zum ersten Mal sah
als man mir ihr Herz brachte
wie eine Fackel für alle morgigen Tage

Anmerkungen

1 Mnemosyne = griech. Gedächtnis, Gestalt der Mythologie oder Fluss der Unterwelt (Allwissenheitsfluss).
2 In Absprache mit dem Autor wurde als deutsche Entsprechung bewusst nicht „bourgeoises Viertel“ gewählt.
3 Blankwaffe, auch blanke Waffe, Handwaffe im Nahkampf, die ihre Wirkung durch den direkten Einsatz von Muskelkraft entfaltet.
4 Hier kein Schreibfehler!
5 Aus dem Russischen übernommenes Wort.
6 eigentlich: ნუ მაჩუქებ.

Lascha Bughadse

Der Kasten

ლაშა ბუღაძე

ყუთი

ლაშა ბუღაძე

ყუთი

თვის მეჩვიდმეტე დღეს, მამა, ექვსასი წლის გახდა. ის იყო დაღლილი და სახეზე ხელს იფარებდა. ხალხი მოდიოდა მასთან და საქონელი მოჰყავდა, მამა კი ეუბნებოდა მათ:

1. – მომიყვანეთ ხარები და ცხვარები, ქათმები და მგლები, ძაღლები და გველები, ჭიანჭველები და ფუტკრები, ღორები და ვეფხვები, ლომები და ტურები, სპილოები და თევზები, – დედლები და მამლები.

2. და ხალხი ეუბნებოდა მას:

– ...და ჩვენ, და ჩვენ?..

– თქვენ იყავით.

3. საღამოს, მამამ მე დამიძახა და ფიცრები მათრევინა. მე მითხრა და საქონელი ზურგით შემატანინა. მე დამითმო და პირველი შევიდა. და იყვნენ სამნი, და მათი ცოლები და მათი შვილები, და ასევე: ხარები, ცხვრები, ქათმები, მგლები, ძაღლები, გველები, ჭიანჭველები, ფუტკრები, ღორები, ვეფხვები, ლომები, ტურები, სპილოები, თევზები და ა. შ.

4. ხალხი კი გარეთ იდგა – მიწაზე – მზის ქვეშ და ამბობდა:

– ჩვენი, ჩვენ ვინღა წაგვიყვანს?

და მამამ უპასუხა მათ:

– თქვენ – იყავით!

5. მერე კი, გამოხურა და გადაკეტა. და აქ, შიგნით, მხეცები ღრიალებდნენ და გველების ხის იატაკზე დასრიალებნდენ. და ორ-ორი იყო ყველა, – ჩვენც.

6. მამა კი, ავიდა და ხის კედელს თავი მიადო. და თქვა:

– აჰა, ყველაფერი ისე გავაკეთე, როგორც შენ მითხარი. სიგრძით – სამასი წყრთაა. სიგანით – ორმოცდაათი, სიმაღლით კი, – ოცდაათი.

მერე კი, ჩვენ გვითხრა:

– ნუ გგონიათ, რომ სადღაც წავალთ. ჩვენი ვიქნებით აქ, – ორმოცი დღე და ორმოცი ღამე.

Lascha Bughadse

Der Kasten

Am siebzehnten Tag des Monats wurde Vater sechshundert Jahre alt. Er war müde und bedeckte das Gesicht mit einer Hand. Die Menschen kamen zu ihm und brachten Haustiere[1] mit. Vater jedoch sprach zu ihnen:

1. „Bringt mir Ochsen und Schafe, Hühner und Wölfe, Hunde und Schlangen, Ameisen und Bienen, Schweine und Tiger, Löwen und Schakale, Elefanten und Fische – Weibchen und Männchen."

2. Und die Menschen sagten zu ihm:

„... und wir, und wir?

„Ihr bleibt."

3. Am Abend rief mich Vater herbei und beauftragte mich, Bretter zu schleppen. Er sagte mir das und hieß mich das Vieh auf der Schulter hineintragen. Er ließ mich warten und ging als erster hinein. Und es waren drei Männer[2], und ihre Frauen und ihre Kinder, und ebenso: Ochsen, Schafe, Hühner, Wölfe, Hunde, Schlangen, Ameisen, Bienen, Schweine, Tiger, Löwen, Schakale, Elefanten, Fische usw.

4. Die Menschen jedoch standen draußen – auf der Erde – in der Sonne und fragten[3]:

„Wer nimmt uns, uns mit?"

Und Vater antwortete ihnen:

„Ihr – bleibt".

5. Dann jedoch machte er die Tür zu und schloss ab. Und hier, innen, brüllten die Tiere, und auf dem Holzfußboden schlängelten die Schlangen. Und alle waren zu zweit – wir auch.

6. Vater jedoch stieg hoch und lehnte den Kopf an die hölzerne Wand und sprach:

„Aha, ich habe alles so gemacht, wie du mir gesagt hast. Der Länge nach – ist er dreihundert Ellen lang, in der Breite – fünfzig, in der Höhe jedoch – dreißig."

Dann sagte er zu uns:

„Denkt nicht, dass wir irgendwohin gehen werden, wir werden hier bleiben, – 40 Tage und 40 Nächte."

და ჩამოვიდა იგი, და ჩვენი მას მივემხრეთ. მკლავები გვეჭირა მისი.

7. და მოეფერა მამა მტრედს, და უთხრა:

– შენ იფრენ.

8. მერე კი, თვის მეჩვიდმეტე დღის საღამოს, ორი საათით სიჩუმე ჩამოვარდა, ხმას არავინ იღებდა. არც აქ და არც იქ, – გარეთ, მიწაზე. მერე კი დაგვცხა.

9. და, როდესაც დაღამდა, ხალხი მოაწყდა ჩვენს ყუთს, აზრახუნა ხის კედელზე და გვაზანზარა. ხალხი ამბობდა:

– გააღეთ, გააღეთ!

და აი, ასეც:

– გაგვიღეთ, გაგვიღეთ!

10. მამა კი, პასუხობდა:

– თქვენ – იყავით!“

და გეესმოდა ჩვემ ხალხის ტირილი.

– შემოგვიშვით, შემოგვიშვით!

აი, მამა კი ამბობდა:

– გუშინწინ და გუშინ, და კიდევ იმის წინ უნდა გეფაქრათ,. აქ შემოსვლაზე ადგილი ცოტაა. სიგრძით – სამასი, სიგანით – ორმოცდაათი, სიმაღლით კი, – ოცდაათი. ჩვენ, ორ-ორი ძლივსღა ვეტევით.

11. და ასე შეუთვალა მათ:

– თქვენ კი – გარეთ დარჩენილებო, – ორ რიად დააწყვეთ სკამები, და ჯერ ნურც კი ჩამოჯდებით მათზე, ნურჩ მაჯვნივ და ნურც – მარცხნივ! ეს – მერე.

12. და მამამ დაამთავრა მათთან ლაპარაკი. კიდევ ერთხელ შეამოწმა შვიდჯერ გადაკეტილი და გადაჭედებული კარები, შეამოწმა და ასე თქვა:

– ცოდოები კი არინა, მაგრამ... ასეთია – ნება.

და მეც, იქვე მდგომმა, ავიღე და ჩავწერე: „მამამ, თავ-თავიანთ ცოდვებთან დატოვა ისინი. და ჩვენ, აქ შემოსულებსა და გადარჩენილებს, გვესმის მათი, – იმ ქალებისა და კაცების, ბავშვებისა და მოხუცების ტირილისა და ტირილის ხმა. და ჩვენ ვხედავთ, როგორც დაახრჩობს მათ, – ეს – ის – ცოდვა! ჩვენ კი გადვრჩებით. მამამ თქვა ასე. არც ჩემს ცოლს და არც ჩემს ძმას, და არც ჩემს მეორე ძმას და არც მის ცოლს, და არც მათ შვილებს არ ეხებათ ეს! ჩვენ გადავრჩებით. ჩვენ აქ ვართ. მერე კი, ორმოცი დღისს და ღამის მერე, გამოვალთ აქედან და გამოვიყვანთ დედლებსა და მამლებს, გავაშრობთ

Und er stieg herunter, und wir halfen ihm. Wir hielten seine Arme.

7. Und Vater streichelte eine Taube und sprach:

„Du wirst fliegen."

8. Dann jedoch, am Abend des siebzehnten Tages des Monats, herrschte zwei Stunden lang Stille, keiner sagte etwas, weder hier noch dort, – draußen, auf der Erde. Dann wurde uns heiß.

9. Als es dunkel wurde, strömten die Menschen zu unserem Kasten, sie klopften an die hölzerne Wand und schaukelten uns. Die Menschen sagten:

„Öffnet, öffnet!"

Und auch das:

„Macht uns auf, macht uns auf!"

10. Vater jedoch antwortete:

„Ihr – bleibt!"

Und wir hörten das Weinen der Menschen.

„Lasst uns rein, lasst uns rein!"

Da jedoch sprach der Vater:

„Vorgestern und gestern, und noch davor hättet ihr darüber nachdenken sollen, – über das hier Hereinkommen. Es ist wenig Platz, der Länge nach – dreihundert, der Breite nach – fünfzig, der Höhe nach jedoch, – dreißig. Wir passen gerade zu zweit hier hinein."

11. Und so ließ er sie wissen:

„Ihr jedoch – ihr draußen Gebliebenen, – stellt in zwei Reihen Stühle auf, und zunächst nicht draufsetzen, weder rechts – noch links! Dies – später."

12. Und Vater beendete das Gespräch mit ihnen. Und noch einmal überprüfte er die siebenmal verschlossene und vernagelte[4] Tür, überprüfte sie und sprach Folgendes:

„Sie tun mir leid, aber so ist – der Wille ..."

Und auch ich, der dort ebenso Stehende, schickte mich an niederzuschreiben: „Vater ließ sie mit ihren jeweiligen Sünden stehen, und wir, die hier Hereingekommenen, hören das Weinen und Klagen jener Frauen und Männer, Kinder und Alten. Und wir sehen, wie sie – diese – jene – Sünde würgt. Wir jedoch werden gerettet. Vater hat es so gesagt. Das betrifft weder meine Frau noch meinen Bruder, und weder meinen zweiten Bruder und noch seine Frau und noch ihre Kinder! Wir werden gerettet. Wir sind hier. Dann jedoch, nach vierzig Tagen und Nächten, werden wir hier herauskommen und bringen die Weibchen und Männchen heraus, wir werden die alte Erde trocknen und säubern. Wir werden sie mit Wasser übergießen und die

და დავასუფთავებთ სველ მიწას. გადავასხამთ წყალს და ზურგს უკან გადავისვრით ქვებს, და ეს ქვები იქნებიან ძმები და ცოლის ძმები და მათი შვილები, და სხებიც!“

13. მამა ავიდა და დაიარა ყველი კუთხე, ყოველი კიბე ამ ყუთისა. მუშტს ურტყამდა ხის იატაკს და ფეხს უტყამდა ის კიბეს და ჩვენ, სამნი, ვეკითხებოდით მას:

– ...ხომ გაუძლებს, ხომ გაუძლებს, მამა?..

– ხმაც კი არ შემოვა, არათუ – წყალი!

მერე კი, ეს თქვა:

– და ვაი მათ, – ვინც გარეთ დარჩა! დაივიწყეთ ისინი.

14. და, როცა გახდა ღამის ათი საათი, – მე დავწექი ჩემს ცოლთან, და ჩემი ძმა დაწვა თავის ცოლთან, და ჩემი მესამე ძმა დაწვა თავის ცოლთან და ორი გველი მისრიალდა ჩვენს შვილებთან და ჩვენ, თურმე, გვეძინა მაშინ.

15. ერთმა გველმა უთხრა ჩემი ძმისა და მისი ცოლის შვილს:

– ადექი და გააღვიძე შენი ძმა და შენი და, გააღვიძე და მიდი დედაშენის საწოლთან და მამაშენის საწოლთან, და დღეიდან უთვალთვალე მათ და ქურდივით დაიმალე მათი საწოლის ქვეშ. და უსმინეთ და თქენს მშობლებს მიბაძეთ.

16. მერე კი, უკან გასრიალებულა გველი და შვილები და მათი დაძმანი, ჩვენთან მოსულან, და უყურებდნენე თურმე ჩვენსავე ძილს.

17. – მამაჩემს პირ-ღია ძინავს... ოხრავს და ბრუნავს, – უთქვამს ერთ-ერთის. – დედაჩემი კი იღიმება ძილის დროს და საბანს ფეხებს შორის იქცევს. – უთქვამს მეორეს.

– მამაჩემის ძმა კი, დედაჩემის რძალს იფერება.

– დედაჩემი კი მამაჩემს...

და დაუწყიათ მათ სიცილი, და ჩვენ გავგეღვიძა. მოვკიდეთ ხელი და ცელით ვცემეთ. და გაიღვიძეს მხეცებმაც, დაიწყეს ღრიალი და ღრიალებდნენე ისინი. გაიღვიძა მამამ და ნახა, რაც ხდებოდა.

– რატომ უთვალთვალებდით თქვენს მშობლებს?.. რატომ უყურებდით თქვენი დედებისა და მამების ძილს?.. – ჰკითხა მან ჩვენს შვილებს, და შვილებმაც უპასუხეს:

– გველმა გვითხრა ასე.

18. და მაშინ, მამამ ხელი მოჰკიდა დედალ გველს, და მიუყვანა ვეფხვს, რომელმაც შეჭამა იგი და დარჩა მარტო – მამალი გველი მერე კი, მამამ ასე თქვა:

Steine nach hinten werfen, und diese Steine werden die Brüder sein, die Brüder der Frau sein, und deren Kinder und auch andere!"

13. Vater stieg hoch und lief alle Ecken ab, jede Treppe dieses Kastens. Mit der Faust schlug er auf den hölzernen Fußboden und trat an die hölzerne Treppe, und wir drei fragten ihn:

Es wird doch halten, es wird doch halten, Vater?

„Nicht einmal ein Ton kommt herein, geschweige denn – Wasser!"

Dann sprach er dies:

„Und wehe denen, die draußen geblieben sind! Vergesst sie."

14. Und als es zehn Uhr nachts wurde, legte ich mich zu meiner Frau, und mein Bruder legte sich zu seiner Frau, und mein dritter Bruder legte sich zu seiner Frau, und zwei Schlangen schlängelten sich zu unseren Kindern. Und wir schliefen damals.

15. Eine Schlange wandte sich zum Kind meines Bruders und seiner Frau:

„Steh auf und wecke deinen Bruder und deine Schwester, wecke sie und geh zum Bett deiner Mutter und zum Bett deines Vaters, und ab heute beobachte sie, und verstecke dich wie ein Dieb unter ihrem Bett. Und schaut zu und ahmt eure Eltern nach."

16. Dann jedoch kroch die Schlange zurück, und die Kinder und ihre Geschwister kamen zu uns, und schauten unserem Schlaf zu.

17. „Mein Vater schläft mit offenem Mund ... Er stöhnt und wälzt sich", sagte einer.

„Meine Mutter jedoch lächelt im Schlaf und legt eine Decke zwischen die Beine", meinte der zweite.

„Der Bruder meines Vaters liebkost die Schwägerin meiner Mutter. Meine Mutter jedoch meinen Vater ..."

Und sie begannen zu lachen, und wir wurden wach. Und wir klatschten in die Hände. Und die Tiere erwachten und fingen an zu brüllen und zu brüllen. Der Vater erwachte und sah, was los war.

„Warum beobachtet ihr eure Eltern? ... Warum schaut ihr dem Schlaf eurer Mütter und eurer Väter zu?", fragte er unsere Kinder, und die Kinder antworteten:

„Die Schlange hat uns das so gesagt."

18. Und dann fasste der Vater nach der weiblichen Schlange und brachte sie dem Tiger, der sie auffraß. Und die männliche Schlange blieb allein.

Dann sprach der Vater so:

– გარეთ ალბათ, უკვე ყავისფერმა და ჭაობივით ცხელმა წვიმამ გადაფარა ყველაფერი...ალბათ, ხალხი უკვე აღარც არის გარეთ... თქვენ კი დაიძინეთ, რომ სწრაფად გაიაროს ორმოცმა დღემ და ორმოცმა ღამემ!.. და ნუ იფიქრებთ იმ ხალხზე, რადგან ეს, – მათი საკუთარი ცოდვები იყო-

მერე კი თქვა:

– წვეთი, რომ წვეთია, ისიც კი ვერ შემოვა... ეს ჩვენი ყუთი, სიგრძით – სამასი წყრთაა, სიგანით – ორმოცდაათი, სიმაღლით კი, – ოცდაათი.

და თქვა:

– დაიძინეთ.

19. შემდეგ ავიდა და ხის კედელს მიადო ყური, იქნებ რამე მაინც გავიგოო, და გაიგო მან ხალხის ხმა და ვერ გაარჩია სიტყვები, და ამის მერე იფიქრა, ალბათ დაიხოცებიანო. ცეცხლი და წყალი და ამის მერე იფიქრა, ალბათ დაიხოცებიანო. ცეცხლი და წყალი წარმოიდგინა მამამ, ცეცხლით დამწვარი და წყლით დაფარული მიწები, და ხალხი, და სახლები. და მერე ეს გაიმეორა:

– ჩვენ გადავრჩებით... ეს, – მათი საკუთარი ცოდვები იყო.

20. და ამ დროს, მან ხმა გაიგო ღრიალის, თურმე მამალ გველს ვეფხვისთვის უკბენია, და სისხლით შეღებილა ხის იატაკი მხეცები ეთმაენთს დარევიან და ღრიალი დაუწყიათ, და ღრიალებდნენ ისინი. ჩვენმა შვილებმა და ჩემი ძმების შვილებმაც ტირილი დაიწყეს და ძალიან შეეშინდა ჩემს და ჩვენს ცოლებს, და ამ ხმაურმა გააბრაზა ექვსასი წლის მამა, გააბრაზა და ეს სიტყვები ათქმევინა:

– გველის ჯიშის ყოფილხართ ყველა!

და დაწყევლა მან ის ვეფხვიც და ის გველიც, და ამ დროს, ხელები მაღლა ჰქონდა აღმართული. თეთრი თმა კი მხრებზე ეფინებოდა. და ასე მოიგონა მან: „ძაღლით დავაძინებ ჩემს შვილებს და მხეცებს". და გვიბრძანა:

– მოიტანეთ იქ, კუთხეში შენახული ღვინო, დალიეთ და დაალევინეთ მხეცებს, დათვერით და დაათვრეთ მხეცები და მთვრალებმა დაიძინეთ, რათა ორმოცმა დღემ და ორმოცმა ღამემ სწრაფად გაიაროს!

21. და შევასრულეთ ჩვენ მამის ბრძანება, გამოვიტანეთ ღვინით სავსე ბოცები და დავალევინეთ მხეცებს, დავალევინეთ ცოლებს და ჩემს ცოლს, შვილებს დას ჩემს შვილს, დავლიე მეც და დალიეს ჩემმა ძმებმაც, და დავლიეთ იმდენი, რომ საკუთარი ხმებიც კი აღარ გვესმოდა.

„Wahrscheinlich hat draußen der braune und morastige warme Regen alles zugedeckt ... wahrscheinlich sind schon keine Menschen mehr draußen ... Ihr jedoch schlaft, damit die vierzig Tage und vierzig Nächte schnell vergehen! ... Und denkt nicht an die Menschen, weil es – ihre eigenen Sünden waren.“ Dann jedoch sprach er:

„Nicht einmal ein klitzekleines Tröpfchen kann herein gelangen ... dieser unser Kasten ist der Länge nach – dreihundert Ellen, der Breite nach – fünfzig, der Höhe nach jedoch, – dreißig.“ Und er fügte hinzu:

„Schlaft.“

19. Dann ging er hoch und legte das Ohr an die hölzerne Wand, um vielleicht irgendetwas zu hören, und er hörte die Stimmen der Menschen und konnte die Wörter nicht unterscheiden. Und alsdann dachte er: „Wahrscheinlich werden sie umkommen.“ Der Vater stellte sich das Feuer und das Wasser vor, die vom Feuer verbrannte und vom Wasser bedeckte Erde und die Menschen und die Häuser, und dann wiederholte er dies:

„Wir werden gerettet ... – das waren ihre eigenen Sünden.“

20. Und zu der Zeit hörte er Gebrüll. Die männliche Schlange hatte, wie sich herausstellte, den Tiger gebissen, und Blut tropfte auf den Holzfußboden. Die Tiere stürzten sich aufeinander und begannen zu brüllen. Und sie brüllten. Auch unsere Kinder und die Kinder meines Bruders begannen zu weinen, und meine und unsere Frauen ängstigten sich sehr. Und dieser Lärm verärgerte den sechshundertjährigen Vater, er verärgerte ihn und ließ ihn diese Worte sprechen:

„Ihr seid alle eine Schlangenbrut!“

Und er verfluchte jenen Tiger und jene Schlange. Und zu der Zeit hatte er die Hände erhoben, das weiße Haar bedeckte seine Schultern. Und er dachte sich folgendes aus: „Ich werde meine Kinder und Tiere gewaltsam zum Schlafen bringen.“ Und er befahl uns:

„Bringt mir den in der Ecke aufbewahrten Wein. Trinkt und lasst die Tiere trinken, werdet betrunken und macht die Tiere betrunken und schlaft betrunken ein, damit die vierzig Tage und vierzig Nächte schnell vergehen!“

21. Und wir erfüllten den Befehl des Vaters. Wir brachten die mit Wein gefüllten Ballons und gaben den Tieren zu trinken, gaben den Frauen und meiner Frau, den Kindern und meinem Kind zu trinken. Ich trank auch, und es tranken auch meine Brüder, und wir nahmen so viel zu uns, dass wir die eigenen Stimmen nicht hörten.

22. და დალია მამამაც და წითლად შეიღება წვერი. შეამჩნია ჩვენი სიმთვრალე და თვითონაც დათვრა. და, როცა დათვრა, ტანისამოსი გაიძრო და ხის კედელთან დაწვა. და, დაწვა, და დაიძინა.

23. და, როცა დაიძინა, ალბათ, სიზმარიც ესიზმრა. ჩემი ძმა კი, ამ დროს, წითელი იყო სახეზე და ცარიელ ბოცებს ხის კედელს ესროდა. და იმსხვრეოდა ეს ბოცები და ღრიალებდნენ მხეცები.

24. და ამით უფრო დამთვრალი ჩემი ძმა, ავიდა იქ და ადიოდა იგი ზარბაცით, რადგან მთვრალი იყო იგი, და ეს სიმთვრალეც არ აწუხებდა მას და, როცა ავიდა, ნახა შიშველი მამა, – ის კედელთან მძინარე. და დაიწყო მან თვალიერება ექვსასი წლის მამის სხეულის, და თან სიცილიც დაიწყო. და, როცა მორჩა სიცილს, ხელები მუცელზე მიიბჯინა და ძირს ჩამოვიდა. და მოვიდა ჩემთან და ეს მითხრა:

– ჩვენს მამას დამჭკნარი, თეთრი სხეული ჰქონია. დანაოჭებული მუცელი ტომარასავით ჰკიდია, ფეხები და მკლავები კი, სველი და ხმელი... აი, მკერდი კი სლიკინა და დაღარულია... წადი, ნახე, – საცოდავი და სასაცილოა იგი.

25. და მე ავედი ზემოთ, ის კი, ჩემს მეორე ძმასთან მივიდა და უთხრა, და ჩვენმა ცოლებმაც მოიმინეს ის:

– ჩევენს მამას დაჭკნარი, თეთრი სხეული ჰქონია. დანაოჭებლი მუცელი ტომარასავით ჰკიდია, ფეხები და მკლავები კი, სველი და ჭუჭყიანი აქვს. ტერფები – დაღარულია... წადით, – ნახეთ. – საცოდავი და სასაცილოა იგი.

26. და ამოვიდნენ ისინიც და დავინახეთ, რომ მამას, მართლაც დამჭკმარი, თეთრი სხეული ჯქონია. დანაოჭებული მუცელი კი, ტომასავით ეკიდება. და ფეხებიც და მკლავებიც, სველი და ჭუჭყიანი აქვს. ტერფები კი ჩამომხმარი... ზურგი – დასიებული და ხმელი... აი, მკერდი კი, სლიკინა და დაღურული!

და ჩვენ ვთქვით:

– მართალი ყოფილა ეს, ჩვენი ძმა... მართლაც სასაცილო და საცოდავია მამა! დეა დავიწყეთ სიცილი და თვალს არ ვაცილებდით მის სხეულს, და მხევებიც ღრიალებდნენ, მაგრამ არა, – თურმე ეს, სიცილი ყოფილა მათი.

27. და ამ დროს, გაიღვიძა მამამ და თავიდან ვერც კი მიხვდა, თუ რაზე ვიცინოდით, და როცა მიხვდა, ტანსაცმლის ძებნა დაიწყო დამჭკნარი ხელით, და ტიროდა იგი და თან ამბობდა:

22. Und auch der Vater trank und färbte den Bart rot. Er bemerkte unsere Trunkenheit und wurde selbst ebenfalls betrunken, und als er betrunken war, zog er seine Kleidung aus und legte sich an die hölzerne Wand, und er legte sich hin und schlief ein.

23. Und als er eingeschlafen war, träumte er wahrscheinlich auch. Zu der Zeit lief unser Bruder rot im Gesicht an und schleuderte die leeren Ballons an die hölzerne Wand, und diese Ballons zersplitterten und die Tiere brüllten.

24. Und mein dadurch noch trunkener Bruder ging nach oben, und er ging schwankend hoch, weil er betrunken war und ihn die Trunkenheit nicht sorgte. Und als er hochkam, sah er den entblößten Vater – der an der hölzernen Wand schlief, und er begann, den Körper des sechshundertjährigen Vaters zu beäugen, und dabei fing er an zu lachen, und als er aufhörte zu lachen, drückte er die Hände auf den Bauch und kam herunter. Und er kam zu mir und sprach zu mir dies:

„Unser Vater hat einen verwelkten, weißen Körper, einen wie ein Sack hängenden zerknitterten Bauch, die Beine und Arme jedoch sind nass und schmutzig, die Fersen sind vertrocknet, der Rücken jedoch ist geschwollen und ausgetrocknet ... aber die Brust ist glatt und gefurcht. Geh sieh ihn an, – er ist bedauernswert und komisch."

25. Und ich ging hoch, er jedoch ging zu meinem zweiten Bruder und sagte zu ihm, und unsere Frauen hörten es:

„Unser Vater hat einen verwelkten, weißen Körper, sein zerknitterter Bauch hängt wie ein Sack, die Beine und Arme jedoch sind nass und schmutzig, die Fersen – sind vertrocknet, geht – und schaut ihn an. – Er ist bedauernswert und komisch."

26. Und auch sie kamen hoch, und wir sahen, dass Vater wirklich einen verwelkten weißen Körper hatte und einen wie ein Sack hängenden zerknitterten Bauch, und die Füße und Arme waren nass und schmutzig ... der Rücken – geschwollen und ausgetrocknet ..., aber die Brust war glatt und gefurcht!

Und wir redeten:

„Dieser, unser Bruder hat recht ... Wirklich komisch und bedauernswert ist der Vater! Und wir begannen zu lachen, und wir konnten unsere Augen nicht von seinem Körper losreißen, und die Tiere brüllten, aber nein, – das war, wie sich herausstellte, ihr Lachen.

27. In diesem Augenblick wachte der Vater auf, und anfangs verstand er nicht, warum wir lachten, und als er es verstand, fing er an, mit der verwelkten Hand die Kleidung zu suchen, und er weinte und er sprach dabei:

– იყავით ერთმანეთის მორჩილნი... ყოველთვილს და ყოველდღე!... მონად დაუდექით ერთმანეთს და დაიხრჩვით... და დაიფარეთ... და დაიხრჩობით თქვენს საკუთარ ცოდვებში!

და გაიმეორა ეს სამჯერ და ხუთჯერ და მერე, როგორც იქნა, იპოვა თავისი ტანსაცმელი. და ჩვენც გავჩუმდით, რადგან შეგვეშინდა, მაგრამ ვერ ჩუმდებოდა ის – ჩემი ძმა, და მაშინ დავარტყი მე მას კეტი და ძირს ჩავაგორე და როცა ჩაგორდა, ჩვენ დავინახეთ, თუ როგორ შეიღება მისი შუბლი სისხლით. და მივხვდი, რომ მოვკალი ჩემი ძმა.

28. და ძირს დაიხედა ჩემმა ცოლმა და ჩემმა შვილებმა, და ტირილი დაიწყეს ჩემი ძმების ცოლებმაც და შვილებმაც, რადგან ფეხები, წყლით გვქონდა სველი. და შეეშინდათ მხეცებს და დასამალი ვერ ნახეს. წყლით ივსებოდა ჩვენი ყუთი და ხის კედლებმაც ლპობა დაიწყეს. და მივაწყიდით ჩვენ კარებს, მაგრამ გაგვიჭირდა ძირს გავლა, რადგან წყალი, უკვე წელამდე გვწვდებოდა. და ვერ გავიღეთ ჩვენ ხის კარები, რადგან ჩვენივე ხელით იყო ის, ათასჯერ გადაკეტილი. და წყალი დიდდებოდა, და დავინახეთ, თუ როგორ ატივტივდა ჩემი ძმის გვამი. და გავიგონეთ, თუ როგორ ატივტივდა ჩემი ძმის გვამი. და გავიგონეთ ჩვენ ხალხის ხმები, და ასე ვთხოვეთ მათ:

– გაგვიღეთ... გატახეთ ეს ყუთი და გამოგვიშვით, თუკი ცოცხლები ხართ!

და გაგვიხარდა ჩვენ, რომ ისინი ცოცხლები იყვნენ.

29. და დაიწყეს მათ ხის კედლების მტვრევა და ჩქარობდნენ ისინი, რადგან აქ, წყალმა ჩვენ თავებიც კი გადაფარა და მხეცები, დედლები და მამლები, უკვე ფსკერზე, ფსკერისკენ, წლის ქვეშ იყვნენ. და ვეძებდი მე მამას და არ ჩანდა იგი.

30. ხალხი, და ადამიანები კი არწევდნენ ჩვენს ყუთს და ქვებს ესროდნენ, რათა გატეხილიყო იგი და წყალიც წასულიყო აქედან. და ჩვენც, წყლით დაფარულებს, მათთან გვინდოდა გასვლა.

31. და საღამოს, გატყდა ეს ყუთი.

„Seid immer einander untertänig ... immer und jeden Tag! Seid Knechte füreinander und ertränkt euch ... und lasst euch vom Wasser bedecken. Und ihr werdet in euren eigenen Sünden ertrinken."

Und er wiederholte dies dreimal und fünfmal, und dann, endlich, fand er seine Kleider, und wir verstummten, weil wir uns ängstigten, aber er – mein Bruder – konnte sich nicht beruhigen, und da schlug ich ihn mit einem Knüppel und ließ ihn die Treppe hinunterrollen, und als er hinuntergerollt war, sahen wir, wie sich seine Stirn vom Blut verfärbte, und ich verstand, dass ich meinen Bruder getötet hatte.

28. Und meine Frau und meine Kinder sahen nach unten, und die Frauen meiner Brüder und die Kinder begannen zu weinen, weil unsere Füße nass vom Wasser waren, und die Tiere hatten Angst und fanden kein Versteck. Unser Kasten füllte sich mit Wasser, und die Holzwände begannen zu faulen, und wir stürzten in Richtung Tür, aber es fiel uns schwer hinunter zu kommen, denn das Wasser reichte uns schon bis zum Bauch. Und wir konnten die Holztür nicht öffnen, weil sie von unseren eigenen Händen tausendmal verschlossen war, und das Wasser stieg immer höher, und wir sahen, wie der Leichnam meines Bruders hochtrieb. Und wir hörten die Stimmen der Menschen, und wir baten sie folgendermaßen:

„Macht uns auf ... Zerbrecht diesen Kasten und lasst uns raus, wenn ihr am Leben seid!"

Und wir freuten uns, dass sie am Leben waren.

29. Und sie begannen, die Holzwände zu zertrümmern, und sie beeilten sich, weil hier das Wasser auch unsere Köpfe bedeckte, und die Tiere, Weibchen und Männchen, waren schon am Grund, waren unter Wasser. Und ich suchte den Vater, und er war nicht zu sehen.

30. Die Menschen und die Leute schaukelten unseren Kasten und warfen Steine, um ihn zu zerbrechen und damit auch das Wasser von hier hinaussickern konnte. Und wir, vom Wasser Bedeckten, wollten ebenfalls zu ihnen hinausgehen.

31. Und abends zerbrach dieser Kasten.

Anmerkungen

1 hier eigentlich: Vieh.
2 im Georgischen steht lediglich: drei.
3 hier eigentlich: sagten.
4 Bei beiden Adjektiven die Vorsilbe გადა- bei der Suche im Wörterbuch weglassen und die Verben: კეტვა, ჭედვა suchen.

Beso Chwedelidse

Der Vater

ბესო ხვედელიძე

მამა

ბესო ხვედელიძე

მამა

ძველი გაზეთით თავმოკრული, მოზრდილი კალათი უჭირავს მამას და სახლის ბოლო, ღიაფანჯრიან სართულს თვალებმოწკურული აჰყურებს. ჟივილ-ხივილია შიდა ეზოში – აქეთ-იქით დაქრიან და გორგოლაჭებიანი ფიცრებიდან ხელისკვრით ჩამოგდებაში ეჯიბრებიან ერთმანეთს ბავშვები.

კალათს ძირს დგამს მამა. ჯიბიდან შავ ცხვირსახოცს იღებს, სველ შუბლს იმშრალებს. მერე იქვე მოთქრიალე ონკანთან მიდის, ხელისგულს უშვერს – ჯერ წყალს ხვრეპს, შემდეგ ცხვირსახოცს ასველებს, წურავს და კვლავ შუბლზე ისვამს.

ძველისძველი, ქუსლებდაბრეცილი, დაჭყლეტილი ფეხსაცმელები აცვია მამას. არც მუხლებგამობერილ შარვალს ეთქმის ახალი; იღლიებამოსველებული, გრძელსახელოებიანი თაგვისფერი პერანგი კი საერთოდაც დიდი აქვს და უხერხულად ადგას ტანზე.

სველ ცხვირსახოცს გრაგნის მამა. კისერში იფენს. შემდეგ კიდევ ერთხელ აპარებს თვალს სახლის ბოლო სართულისკენ და კალათთან მიბრუნებული სახელურს კიდებს ხელს – აწევას უპირებს, თუმცა ყოვნდება – უცხო მზერას გრძნობს გვერდიდან.

განზე აპარებს მამა თვალს და სახლის პირველი სართულის ღია კარში მდგომ, თმაწვერაბურძგნულ კაცს ხედავს – თეთრი, ღილებაწყვეტილი, დალაქავებული ხალათი აცვია კაცს, ხელში მაკრატელი უჭირავს და ჰაერში აკრაჭუნებს.

„დალაქი“ – კითხულობს კარის თავზე წითელ წარწერას მამა; კალათს ხელს უშვებს და წელში გამართული იყურება კაცისკენ.

ცალი თვალი ირონიულად აქვს მოჭუტული კაცს და ნიშნისმოგებით შეჰღიმის მამას.

უკან იხედება მამა, მაგრამ ვერავის ხედავს. ისევ თმაწვერაბურძგნული კაცისკენ ატრიალებს თავს – კვლავ მისკენაა მზერით კაცი.

კაცისკენ იძვრის მამა. ახლოს მისული ჯიბიდან სათვალეს იღებს, იკეთებს, კაცს აკვირდება.

Beso Chwedelidse

Der Vater[1]

Der Vater hält einen mit einer alten Zeitung bedeckten ziemlich großen Korb in der Hand und sieht mit zusammengekniffenen Augen[2] zum obersten Stock eines Hauses hinauf, zu der Etage mit den offenen Fenstern. Im Innenhof ist Trubel – Kinder fahren auf Holzbrettrollern umher und kämpfen darauf, sich gegenseitig umwerfend.

Der Vater stellt den Korb ab. Er nimmt ein schwarzes Taschentuch aus der Tasche und trocknet sich die nasse Stirn ab. Schließlich geht er zu dem im Hof voll aufgedrehten[3] Wasserhahn, hält eine Handfläche darunter, schlürft[4] zunächst, dann befeuchtet er das Taschentuch, wringt es aus und fährt sich wiederum über die Stirn.

Der Vater hat uralte, abgetragene[5] und eingedrückte Schuhe an. Auch die am Knie ausgebeulten Hosen kann man nicht neu nennen. Das unter den Achseln nasse und graue Hemd mit den langen Ärmeln ist überhaupt zu groß und hängt peinlich am Körper.

Der Vater drückt das nasse Taschentuch aus und legt es um den Hals. Danach sieht er noch einmal zur letzten Etage hoch und ergreift den am Korb befestigten Henkel – er will ihn aufnehmen, fühlt aber plötzlich einen fremden Blick von der Seite.

Der Vater schaut zur Seite und sieht einen an der offenen Tür der unteren Etage des Hauses stehenden Mann mit wirren Haaren und Bart – der hat einen weißen, befleckten, offen stehenden Kittel an, in der Hand hält er eine Schere und schnippelt in die Luft.

„Friseur" – liest der Vater die rote Aufschrift über der Tür. Er lässt den Korb stehen und blickt aufgerichtet in Richtung Mann.

Der kneift das eine Auge ironisch zu und lächelt dem Vater bedeutungsvoll entgegen.

Der Vater blickt nach hinten, sieht aber niemanden. Wieder dreht sich der Kopf in Richtung Mannsbild mit den zerzausten Haaren und Bart – wieder ist der Blick des Mannes auf ihn gerichtet.

Der Vater bewegt sich auf den Mann zu. An der Treppe angekommen, nimmt er die Brille zur Hand, setzt sie auf und starrt ihn an.

კარის ჩარჩოს მხრითაა მიყუდებული კაცი და ისევ მაკრატელს აკრაჭუნებს.

უბრად დგანან ერთმანეთის პირისპირ კაცი და მამა.

–შენა იოსკა არა ხარ? – სცდება უცებ კაცს გაბანჯგვლული პირიდან.

–დიახ... – იბნევა მამა.

–და ვერ მიცანი, არა? – მალიმალ აფახულებს კაცი თვალებს.

დაჟინებით აკვირდება კაცს მამა და მაინც მხრებს იწურავს.

–სულ ასეთი კი არ ვიყავი... – თავისუფალ ხელს ხშირ წვერზე ისვამს კაცი.

უწვერულვაშოდ ცდილობს წარმოიდგინოს თმაწვერაბურძგნული კაცი მამამ, მაგრამ არაფერი გამოსდის.

–აგერ ლუპა მაქვს და ზარემ იმითაც დამაკვირდი, ბლიად... – თავისებურად იცინის კაცი და უცებ უნათდება გონება მამას.

–ე, ვანიჩკა!! – ყვირის გაბადრული.

–ჰე-ჰე... – ხითხითებს კაცი. – მიცნო აი, მიცნო...

–მეც არა ვთქვი, ვინაა... თან ამხელა წვერში... ვიფიქრე მამაოა...

–ჰე-ჰე...

–თეთრი ხალათი... თან მაკრატელი...

–ჰე-ჰე... მაშ...

–...შენც გაგაპარიკმახერეს ვანიჩკა?

–სხვა რა ვქნა... აღარც გავერთო? – გულგრილად იჩეჩავს ცალ მხარს ვანიჩკა და უცებ დასერიოზულებული მარჯვენა ხელს უწვდის მამას.

–დალაქი ჯონი! – ამბობს მოწიწებით და აღარ აყოვნებს მამაც: უმალ ხელს ურტყამს გამოწვდილ და თბილად ეხუტება.

* * *

სადალაქოში სხედან მამა და ვანიჩკა.

ხის სკამზე წამოსკუპებულა ვანიჩკა და თეთრ საპარიკმახერო ზეწრებს აუთოებს. მამა სპეციალურ სადალაქო სავარძელში მოკალათებულა და ხელისგულები მუხლისთავებზე უწყვია.

Der Mann lehnt am Türrahmen und schnippelt wieder mit der Schere.

Wortlos stehen sich Mann und Vater gegenüber.

„Bist du nicht Joska?“, entrinnt es plötzlich dem Mann aus dem zotteligen Gesicht.

„Ja“, der Vater ist verwirrt.

„Und du hast mich nicht erkannt, was?“, der Mann zwinkert mehrmals mit den Augen.

Der Vater blickt unentwegt auf den Mann und zuckt dennoch mit den Schultern.

„Freilich sah ich früher anders aus“, mit der freien Hand streicht der Mann über den dichten Bart.

Der Vater versucht sich einen haar- und bartlosen Mann vorzustellen, aber es kommt nichts dabei heraus.

„Da, ich habe eine Lupe, sieh mich doch damit mal an, verflucht noch mal ...“, lacht der Mann eigenartig und plötzlich wird dem Gedächtnis des Vaters auf die Sprünge geholfen.

„Eh, Wanitschka!!“, schreit der strahlende Vater.

„He, he“, wiehert der Mann. „Er hat mich erkannt, sieh da, mich erkannt ...“

„Ich hab mir gesagt, wer ist das ... mit solch einem Bart ... Ich dachte, ein Pope ist es ...“

„He – he.“

„Weißer Kittel ... dann die Schere ...“

„He, ha, na ...“

„... Hat man dich etwa zum Friseur gemacht, Wanitschka?“

„Was sollte ich anderes tun ... amüsieren kann ich mich ja nicht mehr, und was soll ich anderes tun?“ Wanitschka zuckt gleichgültig mit der einen Schulter und reicht plötzlich dem Vater die rechte Hand.

„Friseur John!“, sagt er ehrfurchtsvoll, und auch der Vater lässt keine Minute verstreichen: augenblicklich schlägt er die Hand in die hingereichte Handfläche ein und drückt sie warm an sich.

* * *

Vater und Wanitschka sitzen im Friseurladen.

Auf einem Holzstuhl sitzt erhöht Wanitschka und bügelt weiße Friseurumhänge. Der Vater hat sich in einem Friseursessel niedergelassen, die Handflächen liegen auf den Knien.

–გადავიდა ბევრი... – როხროხებს ვანიჩკა. – აღარც ჟუჩოკაა, აღარც ბლერო... ბაბო კნეინა გახსოვს?

თავს თანხხმობის ნიშნად უქნევს მამა.

–მოკვდა საწყალი... სამი დღის მერე გავიგეთ, სუნი რომ გამოვიდა სახლიდან... ა ამხელაზე იყო დაპატარავებული, სამაგიეროდ ისეთი მძიმე იყო, ისეთი – რვა სულმა ძლივს ავწიეთ კუბო. კუბო რა – ფანერებისგან შევკარით... ვის ქონდა სხვანაირის თავი... ბაღში დავმარხეთ, ღამით, არავის რომ არ დაენახა. სადღაა სასაფლაოზე ადგილი, იმდენი დაიხოცა...

–ჰო... – ამბობს მამა.

–ბაჩო გახსოვს, მხეიძე?... – განაგრძობს ვანიჩკა. – გაიპარა... დამწვითო დაიბარა, ძალიან მცივაო, ვიყინებიო... რა გვექნა... ავუსრულეთ. ეგეც ღამით... პამოიმ მერე ძვლებისგან სკილეტი შეკრა, თეთრად გადაღება და სკოლას აჩუქა. ბიოლოგია უყვარდა საწყალს... ფერფლი ეზოში მოვაბნიეთ... რაჟდენმა კიდევ ცოლი გაუშვა, რაჟდენმა – თამრო ხომ გახსოვს, ვაშლის ნაქურჩალებზე რომ მკითხაობდა, თამრო?... უცებ მოკვდა საწყალი – ნაგვის მანქანამ გაიტანა ერთ თვეში... მერე ახალი მოიყვანა რაჟდენმა – ისიც თამრო და მთლად უარესი... ლუნატიკი აღმოჩნდა და ყოველღამით სამხედრო ქამრით ცემდა რაჟდენს. იმანაც ვერ გაუძლო... ვინ გაუძლებდა... – რუსეთში გაექცა. რაღაც ჰარმონიული განვითარე-ბის ცენტრში მოეწყო ლაბორანტად და კარგდა ვარო...

–ვა... – უკვირს მამას.

–დადუ და გივია კიდევ ზიან – ვალუტის ბუტკა ჰქონდათ სადგურზე, ათდოლარიანებს ნოლიანებს ახატავდნენ და ვინ შეარჩენდა...

–ალიკა? – კითხულობს მამა.

–ვინ ალიკა?... რიჟა ალიკა?... – უკვირს ვანიჩკას. – ეეე, შენ მართლა არაფერი გცოდნია...

თავს უკვე უარის ნიშნად აქნევს მამა.

–რიჟა ალიკამ ომი რომ მოხდა, სამხედროს კაბინეტიდან ავტომატი მოიპარა და წავიდა. იმ თვითმფრინავში იჯდა, თავიდან რომ ააფეთქეს – მისი სურათებიანი ბროშკებით დავდიოდით

„Viele sind von uns gegangen", rattert Wanitschka. „Weder Schurotschka noch Blero sind am Leben ... Kannst du dich an Großmutter Kneina[6] erinnern?"

Zum Zeichen der Zustimmung nickt der Vater.

„Gestorben ist sie, die Arme ... drei Tage später haben wir es gemerkt, erst als Geruch aus der Wohnung herausströmte ... ach, so klein war sie zusammengeschrumpft, dafür so schwer – zu acht haben wir kaum den Sarg hochbekommen. Was heißt Sarg – wir haben einen aus Sperrholz gezimmert ... Wer hatte den Kopf frei für etwas anderes ... Im Garten haben wir sie begraben, nachts, weil es niemand sehen sollte. Wo ist denn auf dem Friedhof Platz, so viele sind umgekommen."

„Ja", sagt der Vater.

„Erinnerst du dich an Batscho Mcheidse?", setzt Wanitschka fort. „Ist gestorben ... er hat uns vermacht, verbrennt mich, mir ist sehr kalt, ich friere ständig ... was sollten wir tun ... wir haben ihm seinen Wunsch erfüllt. Auch ihn haben wir nachts ... Pamoi hat dann aus den Knochen ein Skelett zusammengebunden, weiß angestrichen und der Schule geschenkt ... Rashden hat noch die Frau verloren, Rashden – du erinnerst dich doch an Tamro, die mir aus Apfelschalen wahrsagte, Tamro? Die Arme ist plötzlich gestorben – das Abfallauto hat sie einen Monat später weggefahren ... Dann hat Rashden eine Neue angebracht – ebenfalls Tamro mit Namen, aber insgesamt viel schlechter. Sie erwies sich als mondsüchtig[7] und schlug Rashden jede Nacht mit einer Militärkoppel. Er hat das dann auch nicht mehr ausgehalten ... wer hätte es geduldet ... und so ist er nach Russland geflüchtet. In irgendeinem Zentrum für ‚Harmonbehandlung'[8] hat er als Laborant angefangen und sagt, es geht mir gut ..."

„Echt", der Vater wundert sich.

„Dadu und Giwia sitzen noch – sie besaßen eine Valuta-Bude auf dem Bahnhof. Auf 10-Dollar-Noten haben sie noch Nullen hinzugemalt, na, wer sollte ihnen das durchgehen lassen ..."

„Alika?", fragt der Vater.

„Welcher Alika? Der rothaarige Alika?", wundert sich Wanitschka, „eh, du weißt ja wirklich nichts ..."

Als Zeichen der Zustimmung nickt der Vater schon wieder.

„Als der Krieg[9] begann, hat der Rote Alika eine Maschinenpistole aus der Soldatenstube gestohlen und ist losgezogen. Er hat in jenem Flugzeug gesessen, das man ganz am Anfang gleich gesprengt hat. Mit seinem Bildnis in Broschen eingefasst sind wir dann alle herumgelaufen, zudem schwarz

მერე ყველანი, თან შავებში – ის კიდევ ორ წელიწადში გამოჩნდა – თან ვიცე-გენერალ! ეგრევე ალექსანდრე გახდა...

–ვაა...

–აბა აქ ცხოვრებას იკადრებდა?... ეგეც გადავიდა და გადავიდა. ისე, მოდის ხოლმე, დომინოს გვეთამაშება მაზიანზე, ან გარაჟში კონიაკს ვსვამთ და ისე თვრება, სულ რუმინულად მღერის... მაშოც აღარაა შვილებიანად... ჩვენი მაშო. ბოლოს, მეცხრე გოგო რო ეყოლა სულ გააფრინა, თან ხომ არცერთის მამა არ იცოდა... გაყიდა ბინა, ოთხი ბავშვი ბავშვთა სახლში ჩააბარა, ხუთი წაიყვანა და იალა სამსუნში... მართლა, სადაა სამსუნი?

მხრებს იჩეჩავს მამა.

–რა მნიშვნელობა აქვს ისე... ჰო... ტატო პანკრაშკინი კიდევ საბერძნეთში გადასახლდა... ბოლოს რომ დარეკა, ხუთი წლის წინათ – ოპერაცია გავიკეთეო, ტატიანა პანკრაშკინიდისი გავხდიო... გააფრენ კაცი!.. აი ნახე რა პლაკატი გამომიგზავნა... აზზე ხარ? სულ გადაირიენ!.. კიდევ ვინ გითხრა... მდააა... ჰო... დანარჩენები კიდევ ჩვეულებრივად მოკვდნენ... ჰო, მაგდა კიდევ, ზიარ-მაგდა ისევ აქაა... გახსოვს, ზიარ-მაგდა, ერთმანეთი რა გიყვარდათ?

ეცინება მამას.

–ახლა ვინ ყავს?

–მაიცა რა!.. ვის რაღათ უნდა... ხურმის ჩირივითაა ტანზე, ჩემი თვალით ვნახე... ერთი იშვილა – ე, ისა... – ეზოსკენ იშვერს ხელს ვანიჩკა.

ეზოსკენ იყურება მამაც. ისევ გუნდად ირევიან ეზოში ბავშვები.

–ქერა როა... იოსკას ეძახის...

–მართლა? – მთელ ტანზე ბურძგლავს მამას.

–უ, რა ჩათლახი ბავშვია!.. ამას წინებზე კინაღამ პაჟარი გამიჩინა... ისე, მე მგონი შენ პონტში დაარქვა...

ნაღვლიანდება მამა.

–შენ სადღა ხარ, იოსკა, რო აღარ ხარ? – უტრიალდება მამას ვანიჩკა და ისევ ზეწრებს აუთოებს.

–სოფელში. – პაუზის შემდეგ პასუხობს მამა და სავარძლის სახელურზე თითებს ნაძალადევად ათამაშებს. – ძროხა მყავს... ბატები... ეზო. ვენახი, ხილი, ბოსტანი...

gekleidet – dessen ungeachtet ist er nach zwei Jahren wieder aufgetaucht – sogar als Vizegeneral! Aus Alika wurde gleichsam Alexander!"

„Echt?"

„Na, hätte er geruht, hier zu leben? ... Auch ist er ständig umhergezogen. Na ja, manchmal kommt er, spielt[10] mit uns Domino. Oder wir trinken in der Garage Kognak und er besäuft sich so, dass er nur noch rumänisch singt ... Auch Mascho hat keine Kinder mehr ... Unsere Mascho. Zuletzt, als sie das neunte Mädchen geboren hatte, ist sie ganz durchgedreht, sie kannte ja keinen einzigen Vater ... Sie hat die Wohnung verkauft, vier Kinder im Kinderheim abgeliefert, fünf mitgenommen und ist nach Samsun gegangen ... Wo liegt eigentlich Samsun?"

Der Vater zuckt die Schultern.

„Was für eine Bedeutung hat das auch ... ja ... Der Tato Pankraschkin wiederum ist nach Griechenland umgesiedelt. Als er letztens anrief, vor fünf Jahren, sagte er: ‚Eine Operation hab' ich machen lassen, ich bin Tatiana Pankraschkini-Disi geworden.' Da dreht man durch. Hast du das je gehört? Den haben sie ganz umgewandelt! Über wen soll ich dir noch etwas berichten, tja, ach ja ... Die anderen aber sind gewöhnlich gestorben ... Ja, die Magda noch, die Heilige Magda, die ist noch hier ... Erinnerst du dich, die Siar-Magda, ihr habt euch doch mal geliebt?"

Der Vater lacht.

„Wen hat sie jetzt?"

„Warte mal ... wer braucht sie denn noch ... sie sieht am Körper wie eine vertrocknete Kaki-Frucht aus. Mit eigenen Augen habe ich es gesehen ... sie hat noch ein Kind angenommen. Eh – der ist es da." Wanitschka weist mit der Hand in Richtung Hof.

Auch der Vater blickt in Richtung Hof. Wieder spielen die Kinder gruppenweise im Hof.

„Der Blonde da ... der heißt Joska."

„Wirklich?", dem Vater läuft ein Schauer über den ganzen Körper.

„Uh, was für ein Taugenichts das ist! Vor kurzem hat er bei mir beinahe einen Brand verursacht ... ja, ich glaube, er ist nach Dir benannt[11] ..."

Der Vater ist betrübt.

„Wo lebst du denn, Joska, sodass du nicht mehr auf dem Laufenden bist?" Wanitschka dreht sich zum Vater um und bügelt wieder Umhänge.

„Auf dem Dorf", antwortet der Vater nach einer Pause und lässt die Finger unnatürlich auf den Armlehnen des Sessels spielen. „Ich habe eine Kuh ... Enten ... einen Hof, Weinreben, Obst, Gemüse ..."

–ვა, ბოსტანი მაგრად ასწორებს!... მაიცა, მერე ვინ უვლის? – უკვირს ვანიჩკას.

–ვინ მოუვლის... მე ვარ... – უხსნის მამა.

–ი ვსო?

–მეტი ვინ გინდა...

–ვა, შენ რა გიჟი ყოფილხარ... მარტო როგორ ძლებ, ტო... ცოლი-მოლი აღარ მოგიყვანია?

–მარტო რა – მეზობლებია...

–მეზობლებს გავკარი! – ფეთქდება უცებ ვანიჩკა და იქვე წყნარდება: სადალაქოში თავს თმაგვერდზეგადავარცხნილი, წვრილ-ულვაშა კაცი ჰყოფს.

–ბატონო ჯონი, პირის ბალანმა შეგვაწუხა...

–სამამდე პროფილაქტიკა მაქვს... – უგდებს პასუხად ვანიჩკა და საათს დასცქერის. -ხუთს რო თხუთმეტი, მაშინ...

–ბატონო ჯონი, ერთი წამით არ დავაგვიანებთ! – თვალს ეფარება კაცი.

მამას უტრიალდება ვანიჩკა.

–ახალია. შენ წინ იყიდა ბინა... მგონი პედარასტია...

–ხომ არ მოწონხარ? – ეღიმება მამას.

განზე ზიზღით აფურთხებს ვანიჩკა.

–ა, ეგღა მაკლია!.. სულ მაღალ ქუსლებზე კი დადის... თან უკანალსაც ისე აქანავებს...

–მერე შენც რა უკან უყურებ? – ელაზღანდარება ვანიჩკას მამა და უცებ თავში ირტყამს ხელისგულს. – რამ გამომაშტერა!..

ძველი გაზეთით თავმოკრულ კალათს ფეხებთან იჩოჩებს მამა და გაზეთს აძრობს.

–ვაა... – აღებს პირს ვანიჩკა და თვალები უბრწყინავს. დაუთოებულ ზეწრებს უმალ კოხტად კეცავს და უჯრაში ინახავს. მერე უთოსაც თიშავს.

ნაირ-ნაირი ნუგბარითაა სავსე კალათი: ვაშლი, მსხალი, თხილი, ბროწეული, კაკალი, ქლიავი, ჩირი, ჩურჩხელა. დაცობილ ბოთლსაც აქვს თავი ამოყოფილი შუაგულიდან.

ბოთლს იღებს კალათიდან მამა.

–ოტკა? – იფშვნეტს ხელისგულებს ვანიჩკა.

–კარალიოკისაა... ჩემი გამოხდილი.

„Klar, ein Garten ist echt Klasse. Warte mal, wer pflegt ihn?“, wundert sich Wanitschka.

„Wer soll sich schon um ihn kümmern, ich“, erklärt ihm der Vater.

„Und wer noch?“

„Wer denn noch?“

„Echt, du bist ja verrückt, wie hältst du das allein aus, Mensch, hast du denn keine Frau oder so geheiratet?“

„Ich bin allein, habe Nachbarn ...“

„Die Nachbarn sollen[12] ...“, sprudelt Wanitschka plötzlich hervor und beruhigt sich sofort wieder.

Ein Mann mit zur Seite gekämmten Haaren und schmalem Oberlippenbart steckt seinen Kopf in den Friseurladen.

„Herr John, die Haare sind mal wieder dran ...“

„Bis um 15.00 Uhr habe ich Wartung[13]“, gibt Wanitschka zur Antwort und blickt auf die Uhr, „dann fünf vor drei.“

„Herr John, ich werde mich nicht einen Augenblick verspäten“, der Mann kneift ein Auge zu.

Wanitschka wendet sich dem Vater zu.

„Der ist neu, hat die Wohnung dir gegenüber gekauft. Mir scheint, er ist Homo.“

„Gefällst du ihm etwa?“, der Vater lächelt.

Wanitschka spuckt voller Abscheu zur Seite.

„Ah, das fehlte mir noch! Er geht doch immer auf hohen Absätzen ... dabei wackelt er so mit dem Arsch ...“

„Und warum siehst du auf den Arsch!“, ulkt der Vater mit Wanitschka und schlägt plötzlich eine Handfläche gegen den Kopf, „was habe ich bloß im Kopf ...“

Der Vater schiebt[14] den mit einer alten Zeitung bedeckten Korb zu den Füßen heran und nimmt die Zeitung ab.

„Ach“, Wanitschka öffnet den Mund und die Augen leuchten.

Er legt die unfertig gebügelten Umhänge schnell ordentlich zusammen und stapelt sie in einer Schublade. Dann schaltet er auch das Bügeleisen aus.

Der Korb ist voller Leckerbissen: Äpfel, Birnen, Haselnüsse, Granatäpfel, Walnüsse, Pflaumen, Dörrobst, in Weinsirup getränkte Nussleckereien. Auch eine mit einem Korken verschlossene Flasche taucht in der Mitte auf.

Der Vater nimmt die Flasche aus dem Korb.

„Wodka?“, Wanitschka reibt sich die Handflächen.

„Aus Kaki-Früchten, von mir selbst gemacht.“

ფაცურობს ვანიჩკა. საიდანღაც დაბალ მაგიდას აძვრებს. ბოთლს დგამს ზედ მამა და აქეთ-იქიდან ხილს უყრის.

–ჭიქები, ჭიქები... – დაფათურობს სადალაქოში ვანიჩკა. – ვინ რას შეგარჩენს... აზზე ხარ, რა ბოქლომიც არ დავადე, ყველას აღებენ – შემოდიან, ხან რა მიაქვთ, ხან რა... დილით კიდევ ნახმარ განდონებს ვხვეტავ... საგიჟეთია ნამდვილი...

ბოლოს მაინც პოულობს ორ დაბზარულ ჭიქას ვანიჩკა. მამა ბოთლს საცობს აძრობს და არაყს ასხამს.

–ვა, ეს უკვე პროფილაქტიკა კი არა, რევიზიააა... – კმაყოფილია ვანიჩკა, სადალაქოს კარს კეტავს და აზრას ატრიალებს.

„შემო“ – იუწყება შიგნითა მხრიდან მუყაოს ოთხკუთხა ნაჭერი.

–აბა, შენ ჩამოსვლას... ჩვენ დახვედრას... – წევს ჭიქას ვანიჩკა და მამას უჭახუნებს.

უცებ ყლურწავს ვანიჩკა და სახე ემანჭება. მერე ვაშლს იღებს, კბეჩს და ოხშივარს ხმაურით უშვებს ფილტვებიდან.

–ეს სპიდით მკვდარს გააცოცხლებს! – იძახის აწითლებული და სკამზე ჯდება.

–ამინ... – ამბობს მშვიდად მამა და ისიც სვამს.

ცოტა ხანი უბრად სხედან. მერე ისევ ასხამს ჭიქებში მამა და ვანიჩკას შეჰყურებს.

–და ისინი როგორ არიან? – კითხულობს ხმადაბლა.

–ვინა? – ვერ ხვდება ვანიჩკა და ისევ ვაშლს კბეჩს.

საჩვენებელ თითს მაღლა სწევს მამა.

–ჩემთან... მარია... ბავშვი.

ჯერ წარბს კრავს ვანიჩკა. მერე პირს აჩერებს.

–ე, არ იცი?

–საიდან აბა?... – იჩეჩავს მხრებს მამა. – მე იქ ვარ... ეგენი აქ...

–მაიცა-მაიცა, სულ არაფერი არ იცი?

უარის ნიშნად აქნევს თავს მამა.

–ვა, მე მეგონა რეკავდი ხოლმე, კითხულობდი...

თავს ქინდრავს მამა.

–მაგარი ხარ აი... ეგ რანაირი მამა ხარ, ტო?..

Wanitschka eilt geschäftig hin und her. Von irgendwoher bringt er einen niedrigen Tisch herbei. Der Vater stellt die Flasche darauf ab und legt Obst um sie herum.

„Gläser, Gläser", Wanitschka zappelt im Friseurladen herum. „Nichts lässt man dir, ... verstehst du, was für ein Vorhängeschloss ich auch anbringe, alles brechen sie auf – kommen herein, mal nehmen sie dies mit, mal jenes ... dann fege ich morgens noch gebrauchte Kondome[15] weg, ein einziges Irrenhaus ..."

Schließlich findet Wanitschka doch noch zwei gesprungene Gläser. Der Vater entfernt den Korken der Flasche und gießt Schnaps in die Gläser.

„Ach, das ist schon keine Wartung, das ist Inventur." Wanitschka ist zufrieden, er schließt die Tür des Friseurladens und dreht das Aushängeschild um.

Jetzt lädt der viereckige Karton „Komm rein" nach drinnen ein.

„Na, auf deine Ankunft ... unser Treffen", hebt Wanitschka das Glas und stößt mit dem Vater an.

Wanitschka schüttet es runter und verzieht das Gesicht. Flugs nimmt er einen Apfel, beißt ab und pustet mit Getöse aus den Lungen heraus.

„Der belebt ja einen Aids[16]-Toten!", sagt er errötend und setzt sich auf den Stuhl.

„Amen", sagt der Vater ruhig und setzt sich ebenfalls hin.

Kurze Zeit sitzen sie ohne ein Wort zu sagen. Dann gießt der Vater wieder die Gläser voll und sieht Wanitschka an.

„Und die, wie geht es denen?", fragt er leise.

„Wer?", Wanitschka versteht nicht und beißt wieder ein Apfelstück ab.

Mit dem Zeigefinger weist der Vater nach oben.

„Bei mir ... Maria ... das Kind."

Zunächst kneift er die Augenbrauen zusammen, dann ist er still.

„Eh, weißt du nicht?"

„Woher denn?" Der Vater zuckt mit den Schultern. „Ich bin dort ... sie hier ..."

„Warte mal, gar nichts weißt du?"

Als Zeichen der Verneinung schüttelt[17] der Vater den Kopf.

„Was denn, ich habe gedacht, du hast angerufen, hast gefragt ..."

Der Vater senkt den Kopf.

„Das haut doch glatt dem Fass den Boden aus! So was! Was bist du für ein Vater, Mensch[18]?"

–სოფელში არაა ტელეფონი... – ამბობს თავისთვის მამა და დუმდება.

დანანებით აქიცინებს თავს ვანიჩკა და ვაშლს ახრამუნებს.

–რამდენი ხანია არ გინახავს, ესე იგი? ლეტ სემ-ვოსემ?

–ოცდაერთი.

–ო, ბოჟე! – დგება ფეხზე ვანიჩკა და ბოლთის ნერვიულად ცემას იყწებს. – მერე რას მიზიხარ აქ!... დალევას ხომ მერეც მოვასწრებთ... ოცდაერთი რა ამბავია?!

–და როგორ არიან? – კითხულობს მამა.

–როგორ იქნებიან... – ვაშლის ნაქურჩალს ნაგვის ყუთში აგდებს ვანიჩკა და ხელებს ხალათზე იხოცავს. – ჯანმრთელად!.. ეკლესიაში დადიან. იქ მღერიან თუ რაღაცა. ჰო... მარია ლაბორატორიაშიცაა... თაგვებს ჭრის შუაზე და მიკროსკოპით უყურებს. ვა, ესე იგი გოგოც არ გინახავს?.. აბა შენა ხარ!.. ე, იცი, რა გოგო გყავს?.. ბავშვიო... ვინაა ბავშვი, ეგეთი მეორე არ დადის მთელ უბანში, ბიჭები ხოცავენ ერთმანეთს მაგის გულისთვის. ერთი-ორჯერ პერესტრელკაც იყო მურტალი... აეს ვიტრინა მაგათ ჩამიმსხვრიეს, ძლივს ვიშოვე შუშა... – ვანიჩკა ხელს სადალაქოს ფანჯრისკენ იწვდის. – თან რა კეთილი გოგოა, რა კეთილი... ვა, შენც რა მაგარი ხარ... არაფერი არ იცი. მე კიდევ მეგონა ყველაფრის აზზეა-თქო...

–აბა საიდან? – იწურავს მხრებს მამა.

ისევ სკამზე ჯდება ვანიჩკა და ჭიქას იღებს.

–მერე რას აპირებ?

–მოვიკითხავ. – ამბობს მამა და ხილით სავსე კალათისკენ იყურება.

–თან... დღეს ჩვენი ქორწინების ოცდახუთი წლისთავია...

–ეეე... – იქნევს ხელს ვანიჩკა და უცებ მშვიდდება, ტკბება და მაღლა სწევს ჭიქას. – მოდი, მაშინ ძმაო, დღევანდელ დღეს გაუმარჯოს!..

–ოღონდ ოცდახუთი წლის წინათ!... – უჭახუნებს ჭიქას მამა და ერთდროულად სვამენ.

ჩურჩხელას ტეხავენ მერე.

–ეს რა დრო გასულა თურმე... – ამბობს თავისთვის ვანიჩკა და ყურიდან ყურამდე გაღიმებული ფიქრებში მიდის.

„Auf dem Dorf gibt es kein Telefon ...", spricht der Vater vor sich hin und verstummt.

Wanitschka wackelt mitleidvoll mit dem Kopf und knabbert am Apfel.

„Wie lange hast du sie also nicht gesehen? Sieben, acht Jahre[19]?"

„Einundzwanzig."

„Oh, Gott!" Wanitschka steht auf und beginnt nervös an die Flasche zu trommeln. „Warum sitzt du dann hier. Wir haben später immer noch Zeit zum Trinken. Hast du das gehört, 21 Jahre!"

„Und wie geht es ihnen?"

„Wie soll es ihnen gehen? ...", Wanitschka wirft die Apfelschale[20] in den Abfalleimer und wischt sich die Hände am Kittel ab.

„Gesund sind sie! Gehen in die Kirche. Dort singen sie oder so was. Ja ... Maria ist auch im Laboratorium ... schneidet Mäuse in der Mitte durch und sieht sie sich mit dem Mikroskop an. Ach, das heißt, auch das Mädchen hast du noch nicht gesehen? Du bist aber einer! Eh, weißt du, was du für ein Mädchen hast? Ein Kind ... was für ein Kind, solch eine zweite gibt es im ganzen Viertel nicht, die Jungen bringen sich ihretwegen gegenseitig um, ein-zweimal gab es sogar auch eine schlimme Schießerei[21] ... da, die[22] Vitrine haben sie mir dabei kaputtgemacht, mit Ach und Krach habe ich Glas gefunden ..." Wanitschka hebt die Hand zum Friseurladenfenster. „Und was für ein Seele von einem Mädchen das ist, so gut ... Ach, was bist du schon für einer ... weißt nichts. Ich dachte, du weißt alles[23] ..."

„Woher denn", der Vater zuckt mit den Schultern.

Wanitschka setzt sich wieder auf den Stuhl und nimmt das Glas auf.

„Was hast du denn vor?"

„Ich werde mich erkundigen", sagt der Vater und sieht zum Korb voller Obst hin.

„Und außerdem ist heute auch unser 25. Hochzeitstag."

„Eh ...", Wanitschka winkt mit der Hand ab und ist sofort ruhig, wird gelöster, hebt das Glas. „Na, dann, komm, Bruder, der heutige Tag soll gefeiert werden!"

„Nur der vor 25 Jahre!", der Vater stößt ans Glas an, und sie trinken gleichzeitig.

Dann brechen sie von einer Tschurtschchela[24] ab.

„Was hatten wir doch für eine schöne Zeit", spricht Wanitschka vor sich hin und lächelt in Gedanken von einem Ohr zum anderen.

ისევ სიჩუმე ვარდება სადალაქოში. ეზოდან ოდნავ თუ აღწევს ბავშვების ჟრიამული.

–მერე რანაირად გაცვია, ტო? – ამბობს უცებ ვანიჩკა და დასერიოზულებული ფეხსაცმელებზე დაჰყურებს მამას.

ხევდება მამა. სახეზე სიწითლე დაურბის. ისიც ფეხსაცმელებზე იყურება.

–მაშინდელია ესენი... – ლუღლუღებს ჩუმად. – ქორწილში მეცვა... დაძველებულა.

–ტუფლები კ ჩორტუ! – ყვირის ვანიჩკა. – მაგრამ შარვალი დაჭმუჭნული და საროჩკა სველი?!.. კაი რა... შენ და ეგრე?

–ცხელოდა ავტობუსში... – იმართლებს თავს დარცხვენილი მამა. – თან სავსე იყო... თან...

–გაიხადე აბა, დროზე გაიხადე!.. – აღარ უსმენს ვანიჩკა. – ხელად გაგიუთოებ!.. სულ ახალს დაგიმსგავსებ!.. დროზე, ჰე, არ ამაყვირო!

იბნევა მამა.

ფეხზე დგება ვანიჩკა და უთოს რთავს ისევ.

–დიდხანს გელოდო? – უტრიალდება მამას. – დენი ტრიალებს... ვალუტა!

–სირცხვილია... – ლუღლუღებს მამა.

–რა არის სირცხვილი?!... ნიფხავი არ გაცვია თუ რა?...

–ვინმე რომ შემოვიდეს...

–ვინმე კი არა!.. – ამრეზით იქნევს ნიკაპს ვანიჩკა. – თან წვერიც გასაპარსი გაქ... თმაც გასაკეთებელი. ბოლოს როდის გაიკეთე თუ გახსოვს?.. ყველაფერს მოვუვლით... შენ დალაქი ჯონი არ იცი... ჰე, დროზე-მეთქი! რას მაყაყანებ?! – შამფურივით ტრიალებს ვანიჩკა და საუთოებელს აწყობს.

მორიდებით იწყებს გახდას მამა. ჯერ პერანგს იხდის და მორიდებით უწვდის ვანიჩკას, თან მკლავზე ამოსვირინგებულ წარწერას აფარებს ხელისგულს, მაგრამ მაინც ამჩნევს ვანიჩკა.

–ეგ რა გაქ, ტო?

მკლავს ხელისგულს აშორებს მამა და სვირინგზე იხედაბა.

–არაფერი... ვიმაიმუნე ჩემთვის...

სვირინგზე დასცქერის ვანიჩკა და აკვირდება.

–რა გაწერია?... „მე ვიყო...“ ვეღარა ვხედავ...

–„გარეთ“... – მორიდებით პასუხობს მამა.

Wieder ist Ruhe im Friseurladen. Vom Hof dringt kaum Kinderlärm herein.

„Aber wie bist du denn angezogen, eh?“, spricht Wanitschka plötzlich und schaut dem Vater zuerst auf die Schuhe.

Der Vater erstarrt. Licht erhellt das Gesicht. Auch er blickt zu den Schuhen.

„Die sind von damals“, brummelt er still. „Habe ich bei der Hochzeit angehabt – sie sind unmodern geworden.“

„Zum Teufel mit den Schuhen“, schreit Wanitschka „Und die Hose ist zerknautscht und das Hemd nass?! Nein, so willst du ...?“

„Es war heiß im Bus ...“, verteidigt sich der beschämte Vater. „Dann war es noch voll ... und dazu ...“

„Zieh aus, schnell, zieh alles ganz schnell aus!“ Wanitschka hört ihm nicht mehr zu. „Ich werde sie dir gleich bügeln! Sie werden wieder wie neu aussehen! Schnell, he, lass mich dich nicht erst anschreien! ...“

Der Vater ist ganz durcheinander.

Wanitschka steht auf und schaltet wieder das Bügeleisen ein.

„Soll ich lange auf dich warten?“ Der Vater dreht sich um. „Der Strom dreht sich ... Valuta!“

„Das ist mir unangenehm ...“, brummt der Vater undeutlich.

„Wieso unangenehm?! ... Hast du keine Unterhose an, oder was? ...“

„Wenn jemand reinkommt.“

„Wer schon!“, gereizt streicht Wanitschka sich übers Kinn.

„Und auch der Bart ist ... das Haar hat’s nötig. Wann hast du es dir zum letzten Mal ..., erinnerst du dich? Wir werden alles in Ordnung bringen ... Du kennst den Friseur John nicht. He, schnell – hab ich gesagt! Was glotzt du mich an?!“ Wanitschka droht wie mit einem Spieß und legt das Bügelzeug zurecht.

Der Vater beginnt sich scheu auszuziehen. Zunächst streift er das Hemd ab und gibt es zögerlich Wanitschka. Dabei verdeckt er mit der Handfläche eine auf der Seite tätowierte Aufschrift, aber Wanitschka hat es bemerkt.

„Was hast du da, eh?“

Der Vater trocknet mit der Handfläche die Schulter ab und blickt auf seine Tätowierung.

„Nichts ... für mich habe ich das Affenzeug gemacht.“

Wanitschka blickt auf das Tattoo und wundert sich.

„Was steht da geschrieben? ... ‚Wenn ich‘ ... mehr erkenne ich nicht.“

„... draußen wäre“, antwortet der Vater zurückhaltend.

–ვაა... – იქნევს თავს ვანიჩკა. – მათლა გიჟი ხარ აი... გარე თარა ხარ? სხვა საქმე არ გქონდა, ტო?...

მხრებს იჩეჩევს მამა.

თვალის დახამხამებაში ჭიმავს პერანგს საუთოებელზე ვანიჩკა, სველ ტილოს აფარებს და უთოთი სწრაფად უვლის ზედ.

უცებ აუთოებს.

-სუპერ-ლაით! ხომ ვარ იური ჯორკაეფი? – თვალებაბრწყინებული აფასებს თავის ნახელავს და სკამის საზურგეზე ფენს გაუთოებულ პერანგს.

–ვინა? – ვერ ხვდება მამა.

–ჩვენიანია ერთი, კაი ბიჭი... ახლა შარვალი! – უტრიალდება ვანიჩკა მამას.

ჯერ ქამარს, მერე ხვანჯარს იხსნის მამა. შემდეგ შარვალსაც იხდის და გრძელ ფოხანში რჩება.

–სულ არ შეცვლილხარ ისე... – ათვალიერებს ვანიჩკა მამას და შარვალს ართმევს. – ეგრევე გიცანი... იოსკაა-მეთქი. პროსტოთმა გაქ გრძელი... მაგ წვერში კიდე ბანდიტს გავხარ. ერთიც დავარტყათ.

ცალი ხელით უცებ ასხამს ჭიქებში არაყს ვანიჩკა.

–აბა, მოგონებების იყოს!

ჭიქებს უჭახუნებენ და ერთდროულად სვამენ.

მერე შარვალს უტრიალდება ვანიჩკა. ღიღინსაც იწყებს.

გრძელ ფოხანსა და დაბრეცილ ფეხსაცმელებში ზის მამა. ეზოს გაჰყურებს. კვლავაც გორგოლაჭებიან ფიცრებზე დგანან ბავშვები და აქეთ-იქით ჟივილ-ხივილით დაქრიან.

–გახსოვს, ვანიჩკა, ჩვენი ფიცარი? – კითხულობს უცებ მამა.

ეზოსკენ იხედება ვანიჩკა და იღიმება.

–სხვა რა მახსოვს!.. – ამბობს და შარვალს ატრიალებს. – ის ფიცარი ახლაც შენახული მაქვს ჩერდაკში... ერთი ბორბალი აკლია... მგონი ეგეც მომპარეს... რა სალტოებს აკეთებდი!.. აქ ეგეთი მაგარი ახლაც არავინაა...

კვლავ ფეხსაცმელებზე იყურება მამა.

გაუთოებულ შარვალსაც სკამის საზურგეზე ფენს ვანიჩკა, მაკრატელს სწვდება და ჰაერში აკრაჭუნებს.

–ახლა კი პური და ყველი... აბა სარკისკენ გატრიალდი!...

„Ach …" Wanitschka schüttelt den Kopf. „Bist wirklich verrückt, na, bist du denn nicht draußen? Hattest du nichts Besseres zu tun, he? …"

Der Vater zuckt die Schultern.

Mit blinzelnden Augen glättet Wanitschka auf dem Bügelbrett das Hemd, deckt einen feuchten Lappen darüber und fährt mit dem Bügeleisen fix hin und her. Schnell bügelt er.

„Super-light! Ich bin doch Juri Dshorkaipi[25], oder?", schätzt er seine Arbeit ein und breitet das gebügelte Hemd über der Stuhllehne aus.

„Wer?", der Vater versteht nicht.

„Das ist einer von uns, 'n guter Kerl … jetzt die Hose!"

Wanitschka dreht den Vater um.

Der Vater löst zunächst den Gürtel, dann das Band. Daraufhin zieht er auch die Hose aus und bleibt in knielangen Unterhosen stehen.

„So hast du dich gar nicht verändert …", Wanitschka betrachtet den Vater und nimmt die Hosen aus der Hand. „Genau so hab' ich dich gekannt … Joska ist's, dachte ich. Nur[26] das Haar hast du lang … Mit dem Bart da ähnelst du außerdem einem Banditen. Gießen wir noch einmal ein und stoßen wir an."

Mit der einen Hand gießt Wanitschka blitzartig Schnaps in die Gläser.

„Nun, auf die Erinnerungen!"

Sie stoßen die Gläser aneinander und trinken gleichzeitig.

Dann dreht Wanitschka die Hose auf die andere Seite. Er beginnt leise zu singen.

Der Vater sitzt in knielangen Unterhosen und schief abgelaufenen Schuhen da.

Er blickt zum Hof. Die Kinder stehen wiederum auf den Holzbrettrollern und rasen mit Geschrei herum.

„Erinnerst du dich, Wanitschka, an unser Brett?", fragt plötzlich der Vater.

Wanitschka sieht zum Hof und lächelt vor sich hin.

„An was soll ich mich sonst erinnern! …", sagt er und dreht die Hose um. „Dieses Brett habe ich auch jetzt noch unterm Dach[27] aufgehoben. Ein Rad fehlt … Mir scheint, auch das hat man mir geklaut. Was für Saltos du gemacht hast! … Ach, nicht mal jetzt ist jemand so geschickt …"

Wieder blickt Wanitschka auf die Schuhe.

Wanitschka hängt nun auch die gebügelten Hosen über die Stuhllehne, nimmt die Schere und lässt sie durch die Luft sausen.

„So, jetzt kann's losgehen … na, komm. Dreh dich zum Spiegel!"

სავარძლიანად სარკისკენ ტრიალდება მამა და თავის ანარეკლს მორიდებით შესცქერის.

–აი ეგრე... მალადეც!

გაუთოებულ, თეთრ ზეწარს აფარებს ვანიჩკა მამას და კისერთან უნასკვავს.

–ჰე, როგორ ვქნათ... კანი გამოჩნდეს?

* * *

სადარბაზოს კიბეებს ნელი ნაბიჯით მიუყვება მამა. ხელში ისევ თავისი, მოზრდილი კალათი უჭირავს – მძიმე და ძველი გაზეთით თავმოხუფული. ფეხსაცმელი კვლავაც ძველისძველი, ქუსლებდაბრეცილი და დაჭყლეტილი აცვია, სამაგიეროდ შარვალი აქვს კოხტად გაუთოებული – თაგვისფერი პერანგიც; თმაც მოდურად, თუმცა ოკრობოკროდ შეუჭრია, წვერიც პირწმინდად გაუპარსავს.

მაინც ნერვიულობს; თითქოს გულიც აქა-იქ უცემს – ხან ხმამაღლა, ბრახუნით, ხანაც პირიქით.

სუსტად მბჟუტავი ნათურა ანათებს სადარბაზოს და ისიც ზუსტად ისეთია, როგორიც ბავშვობიდან ახსოვს მამას – გრილი და ექოიანი.

მეორე სართულზე ასულს მაინც ოფლი ასხამს. არ ჩერდება. კიდევ ერთ სართულს ადის და აყურადებს. ხმაურია სადარბაზოში. აქა-იქიდან სხვადასხვა არხებზე ჩართული ტელევიზორის ხმები ისმის:

„...მერე, ერთხელაც იმეილით გამოუცხადებ, რომ ორსულად ხარ – სულაც არაა აუცილებელი მისგან იყო...“

გზას განაგრძობს მამა. კიდევ ერთ სართულს იტოვებს უკან და მხოლოდ მერეღა ისვენებს. ოფლი უკვე ღვარად ჩამოსდის სახეზე. იმშრალებს ცხვირსახოცით და მაინც...

„...მამაო, ჩემი ქმარი ხშირად თამაშობს ტოტალიზატორში, რა ვქნა, როგორ მოვიქცე?...“

ბოლო სართულამდე ასული უკვე მთლიანად სველია მამა – არც პერანგსა და არც შარვალს ეტყობათ რამე ცოტა ხნის წინ გაუთოებულის.

„გვახსოვდეს – ადამიანი ცხონდება (გადარჩება) არა ამა თუ იმ ნიჭით, არამედ ღვთის წყალობით და თავისუფალი არჩევანით: იყოს თუ არა ღმერთთან.“

თავისი ყოფილი ბინის კარს მაშინვე ცნობს მამა. კარი ისეთია ისევ, ხის, მქრქალნაკაწრებიანი:

Wanitschka dreht sich samt Sessel um und blickt respektvoll auf sein Spiegelbild.

„Ja, so ... prima!"

Er legt dem Vater einen ungebügelten weißen Umhang um und verknotet ihn am Hals.

„He, wie sollen wir es machen ... dass die Haut durchschimmert?"

* * *

Langsamen Schritts geht der Vater zur Eingangstreppe. In der Hand hält er wieder seinen recht großen Korb – schwer und mit einer alten Zeitung abgedeckt. Die Schuhe sind immer noch sehr alt, abgetragen, aber dafür sind die Hosen und auch das graue Hemd adrett gebügelt, das Haar modisch, obwohl etwas unförmig geschnitten, der Bart ist völlig abrasiert.

Dennoch ist er nervös, als ob das Herz ausschlägt – mal laut, mit Krachen, mal umgedreht.

Eine schimmernde Glühlampe erhellt den Eingang, und der ist noch genauso, wie sich ihn der Vater in der Erinnerung bewahrt hat – kühl und hohl.

Den in die zweite Etage Hinaufgestiegenen übermannt wieder der Schweiß. Und dieser hört nicht auf. Er steigt noch eine Etage höher und lauscht. Auf dem Hof ist Lärm. Hier und da sind Fernsehstimmen verschiedener Sender zu hören.

„... Dann, einmal per E-Mail hast du ihm mitgeteilt, dass du schwanger bist – das Kind muss doch nicht von ihm sein ..."

Der Vater setzt den Weg fort. Wieder lässt er eine Etage hinter sich und erst jetzt ruht er sich aus. Der Schweiß ist schon tief ins Gesicht hinuntergelaufen. Er wischt sich mit dem Taschentuch ab und trotzdem ...

„Vater, mein Mann spielt oft Totalisator[28], was soll ich machen, wie soll ich damit umgehen? ..."

Bis zur letzten Etage ist der Vater schon völlig durchnässt – weder dem Hemd noch der Hose ist anzusehen, dass sie vor kurzem gebügelt wurden.

„Wir sollten uns ins Gedächtnis rufen – der Mensch erlebt die Seeligkeit nicht mit dieser oder jenen Gabe, sondern mit Gottes Gnade und der freien Auswahl: mit Gott sein oder nicht."

Die Tür seiner ehemaligen Wohnung erkennt der Vater sofort. Die Tür ist noch dieselbe, aus Holz, verblichen und zerkratzt:

„იოსკა სოსკა“... „იოსკა + მაგდა“... „1980“... „იოსკა, ვანიჩკა, ალიკა, გივია = ძმებს“... „დინამო – არარატ 4:0“ ...

ბავშვობისდროინდელი ნაკაწრები სულს უგუბებენ მამას – ყელთან მლაშე გორგალი ებჯინება, კალათს ძირს დგამს და კარს დაკოჟრილ ხელისგულს უსვამს. თითქოს თბება. მერე ჯიბიდან ისევ ცხვირსახოცს იღებს და სველ სახეს იმშრალებს. ხშირ-ხშირად მსუნთქავს გული ამოვარდნაზე აქვს.

„...მართალიცაა! ამ კომპიუტერებმა ხომ სულ გამოგვილენჩეს კაცები, ყავის სმამ საერთოდ მოუსპო მათ ჭეშმარიტი სიყვარულის სურვილი, სიგარეტი კიდევ – ღმერთმა უწყის რა უბედურებაა შიგნით გარეული...“

მის უკან კარი იღება ამ დროს. სწრაფად გატრიალებული მამა სპორტულ შორტებში გამოწყობილ იმ წვრილულვაშას ხედავს, ხუთისთვის რომ დაიბარა ვანიჩკამ სადალაქოში.

„...მასთან ბრძოლა უპირატესად სულიერი უნდა იყოს, რაც შედის კიდეც ეკლესიის ფუნქციაში...“

ბინიდან მოხდენილი ნაბიჯით გამოდის კაცი და კარს კეტავს, თან ამრეზით ათვალიერებს მამას. მერე ტანის კოხტაპრუწა ქნევით ჩარბის კიბეებს და თვალს ეფარება.

„...ერთი შეკითხვა მაქვს, მამაო გეგა – ბავშვებს ვამზადებს ინგლისურში და ამის გასამრჯელოდ ფულს ვიღებ მათგან – ცოდვად თუ მეთვლება?...“

ისევ თავისი ყოფილი ბინის კარისკენ ტრიალდება მამა და ფიქრობს. თანდათან წყნარდება, მშვიდდება. მერე ხელს იწვდენს და ზარის ღილაკს გაუბედავად აჭერს თითს. ზარი ბავშვობისდროინდელ ხმაზე ჟღრიალებს და უცებვე წყდება.

ყუჩდება თავიდან მამა. შემდეგ ისევ იძაბება. ჯიბიდან სათვალეს იღებს. იკეთებს. ისევ იხსნის და კვლავ ჯიბეში იბრუნებს.

„...თუმცა, რაღა მახსოვს, ჩემო პატარა მეგობარო. „მატეო ფალკონე“ კი არა, ხანდახან საკუთარი სახელიც კი მერევა მამაჩემისაში!“ – ღაღადებს ბინაში ჩართული ტელევიზორი.

ცოტა ხანში ნაბიჯების ხმა ესმის მამას. ხმა ახლოვდება და უეცრად წყდება. ხვდება მამა, რომ „გლაზოკიდან“ უყურებენ და წითლდება.

„...ღრმულები, რომლებიც კი ბუნებაში მოიძევება – კლდის ქვეაბულები, ვაულკანთა კრატერები, ადამიანის ხვრელები – ყოფიერების ამოუცნობი ძალებისკენ მიმავალი იდუმალი გზებია...“

„Joska-Soska[29] ... Joska + Magda ... 1980 ... Joska, Wanitschka, Alika, Giwia = den Brüdern ... Dynamo – Ararat 4:0 ...“

Die Kratzer aus Kindheitstagen erschüttern den Vater – im Hals sitzt ein salziger Kloß. Er stellt den Korb ab und streicht mit schwieliger Handfläche über die Tür. Als ob er sich wärmen würde. Dann nimmt er wiederum das Taschentuch aus der Hosentasche und trocknet das nasse Gesicht ab. Das Herz schlägt rasend.

„... Das ist auch richtig! Diese Computer haben uns Menschen doch ganz verdummt, das Trinken von Kaffee hat ihre Wahrheit, ihren Wunsch nach Liebe überhaupt ausgerottet, und die Zigarette – Gott weiß, was für Zeug da zusammengemischt ist ...“

Hinter ihm geht gerade eine Tür auf. Der Vater dreht sich schnell um und sieht jenen Bärtigen, den Wanitschka für 15.00 Uhr zum Haareschneiden bestellt hat, mit Sportkleidung ausstaffiert.

„... sein Kampf sollte größtenteils ein seelischer sein, was wiederum zur Funktion der Kirche führt ...“

Der elegant ausschreitende Mann tritt aus der Wohnung und schließt die Tür. Dabei beäugt er den Vater finster. Dann rennt er mit eitler Geste[30] die Treppe hinunter und verschwindet.

„... ich habe eine Frage, Vater Gega. Ich unterrichte Kinder in englischer Sprache und nehme dafür als Entlohnung von ihnen Geld. Ist das Sünde oder ...?“

Der Vater geht wieder vor der Tür der ehemaligen Wohnung auf und ab und denkt nach. Allmählich beruhigt er sich, wird gelassener. Dann streckt er die Hand aus und drückt unglücklich den Finger auf den Klingelknopf. Die Klingel klingt wie in der Kindheit und verstummt sofort.

Der Vater ist wieder erschüttert. Danach strafft er sich und nimmt die Brille aus der Hosentasche. Er setzt sie auf. Er nimmt sie ab und steckt sie wieder in die Hosentasche.

„... obwohl, an irgendetwas erinnere ich mich, mein kleiner Freund. Von wegen ‚Mateo Falcon‘, manchmal verwechsle ich sogar die eigene Wohnung mit der meines Vaters!“, hört man einen in der Wohnung eingeschalteten Fernseher.

Kurze Zeit später hört der Vater ein Schrittgeräusch. Das Geräusch kommt näher und verstummt plötzlich. Der Vater versteht, dass jemand durchs ‚gläserne Auge‘ schaut und errötet.

კარს ჯაჭვზე აღებენ და ვიწრო ჭრილში საოცრად ლამაზ, ცისფერთვალებიან, მზით გარუჯულ სახეს სედავს მამა.

„...თუმცა, შენც მართალი ხარ – ვისღა ახსოვს, რომ ჩვენ სწორედ მათი გულებისთვის ვიკეთებთ ცხვირის, ტუჩების, მკერდისა და კიდევ სხვა ადგილების ოპერაციას."

ღია კარის ჭრილიდან თავიდან ფეხებამდე ათვალიერებს ენაჩავარდნილ მამას გოგო და მზერას მის დაჭყლეტილ ფეხსაცმელებზე აჩერებს.

–ერთი წამით... – იძახის მერე წკრიალა ხმით და კარის ჭრილიდან ქრება.

ვერაფერს ხვდება მამა; – აყურადებს. მხოლოდ ჩქარი ნაბიჯების ხმა ესმის, ნელ-ნელა რომ წყდება.

„...მაგ გაზეთში, მაგალითად გლდანში თუ ცხოვრობ, არ დაგბეჭდავენ..."

ცოტა ხანში კვლავ ნაბიჯების ხმა ახლოვდება. ჯაჭვის ჩხარუნიც ისმის და კარიც ბოლომდე იღება.

ისევ უსაშველოდ ლამაზი, მზით გარუჯული, ჩამოქნილი გოგო დგას ღია კარში.

„...დღეს დოლარის გაუფასურების ტენდენცია მძლავრობს მსოფლიოში. ამიტომ, ამერიკელებზე თავის შეკავება გმართებთ. გირჩევნიათ კორეელი იყოს, ან ბოსნია-ჰერცეგოვინელი, თუნდაც შვედი..."

ხელში შავი პური უჭირავს გოგოს.

–ხურდები სულ არ დამრჩენია... დედაც არაა... აი ეს გამომართვით...

„აგერ სუდარას ვხედავ, თეთრს და სანთლებს, შენ რომ გინთია თავთით; ვიღაც მელოტი მამაკაცები ირევიან შენს გარშემო და ყველანი ფეხზე დგანან..."

თავისდაუნებურად უშვერს ხელს გოგოს სულ მთლად დამუნჯებული მამა და ისიც პურს აჩეჩებს ხელში.

–იმას ტყუილად ნუ თხოვთ, მაინც არაფერს მოგცემთ... – უთითებს მოპირდაპირე კარზე გოგო და კარს ცხვირწინ უკეტავს.

ისევ ნაბიჯების ხმა ესმის მამას, რომელიც მალევე წყდება.

„Die Vertiefungen, die sogar in der Natur zu finden sind – die Felsaushöhlungen, die Vulkankrater, die Höhlen der Menschen sind hinführende geheimnisvolle Wege von unerkennbaren Kräften des Daseins ..."

Eine Tür mit Kette wird geöffnet, und im schmalen Spalt sieht der Vater ein außergewöhnlich schönes, braun gebranntes Gesicht mit hellblauen Augen.

„... obwohl, auch du hast recht – wer erinnert sich schon, dass wir gerade für sie Nasen-, Lippen-, Brust- und noch an anderen Stellen Operationen machen ..."

Aus dem Türspalt betrachtet ein Mädchen den sprachlosen Vater von Kopf bis Fuß und bleibt an seinen zerfetzten Schuhen hängen.

„Einen Augenblick", ruft sie dann mit heller Stimme und verschwindet aus dem Türspalt.

Der Vater versteht nichts und lauscht. Nur das Geräusch lauter Schritte ist zu vernehmen, das allmählich verhallt.

„... in jenen Zeitungen, wenn du zum Beispiel in Gldani lebst, druckt man sie dir nicht ..."

In kurzer Zeit nähert sich wieder das Geräusch der Schritte. Man hört das Rasseln einer Kette und auch die Tür wird völlig geöffnet. Wieder steht das wunderschöne, sonnengebräunte und wohlgeformte Mädchen in der geöffneten Tür.

„... heute nimmt die Tendenz des Wertverlustes des Dollars in der Welt weiter zu. Deshalb üben sie gegenüber den Amerikanern Selbstbeherrschung. Zieht es vor, Koreaner zu sein oder Bosnier-Herzogowiner, obwohl Schwede ..."

Das Mädchen hält ein schwarzes Brot in der Hand.

„Ich habe kein Kleingeld mehr ... Mutter ist auch nicht da ... da, nehmen Sie das ..."

„... Da sehe ich ein Leichentuch, ein weißes, und Kerzen, wie sie an deinem Haupt brennen. Irgendwelche kahlköpfigen Männer mischen sich in deine Umgebung und alle stehen auf den Füßen ..."

Willenlos streckt der völlig sprachlose Vater dem Mädchen die Hand entgegen, und auch sie drückt ihm das Brot in die Hand.

„Bitten Sie nicht umsonst um etwas, die werden Ihnen sowieso nichts geben ...", verweist ihn das Mädchen von der gegenüberliegenden Tür und macht ihm die Tür vor der Nase zu.

Wieder hört der Vater Schritte, die bald verstummen.

კვლავ ხმაურია სადარბაზოში – ნაირ-ნაირი ფრაზები სხლტებიან სხვადასხვა არხებზე ჩართული ტელევიზორებიდან.

„...უბრალოდ, თქვენ აძლევთ, კარგად დაუკვირდით, საკუთარ ყველაზე წმინდა ნაწილებს (საიდანაც სიცოცხლე იღებს სათავეს), სასირცხო და ბინძურ მნიშვნელობას!..“

კარის წინ პურით ხელში დგას მამა და ისევ აქა-იქ უცემს გული. ტრიალდება მერე, პურს სუნავს და ნელი ნაბიჯით უყვება კიბეს.

ერთ-ერთ საფეხურზე უცებ შეყოვნებული უკან იხედება მამა და თავის კალათს აჰყურებს.

კარის წინ გაფენილ ტილოზე დგას კალათი და თავი მჭიდროდ აქვს მოკრული ძველი გაზეთით.

„...დღეს კი, ყველაფერი ყირამალა! ქალებმა შარვლები ჩაიცვეს და თმა მოკლედ შეიკრიჭეს. ზოგმა ფეხების პარსვასაც კი თავი მიანება – მაინც სულ შარვალი მაცვიაო...“

* * *

შავი პურით ხელში ნელა ჩამოდის კიბეებს მამა. მთლიანად გალუმპულს გრძელსახელოებიანი, თაგვისფერი პერანგი ისევ სასაცილოდ ადგას ტანზე. შარვალიც კვლავ მუხლებგამობერილი აცვია; – ფეხსაცმელიც ძველი, ქუსლებდაბრეცილი და დაჭყლეტილი. ისევ ისეთი, ნაცნობია სადარბაზო – გრილი და ექოიანი – კვლავაც ნათურის სუსტი შუქით განათებული. ბინის კარებებიც არ გამოუცვლიათ მაინდამაინც, კედლებიც არ შეუღებავთ, და ყველაფერი, მაშინდელი – იმდროინდელი ჩხაპნილები, ჭერზე აკრული ასანთის ნამწვები, ლაქები – ჯერაც ზედაა: გუშინდელივით, თუ გუშინწინდელივით.

ყოველ საფეხურს ცნობს მამა, ყოველი ნაბიჯი ზრიალით დაუდის მთელ სხეულში და ისევ ცხელა. ოფლი წურწურით ჩამოსდის სახეზე, იქიდან ყელში, მერე უფრო ქვემოთ... თან სადარბაზოდან გამოსულს გორგოლაჭებიან ფიცარზე შემდგარი ქერა ბიჭი ეჯახება და კინაღამ აქცევს.

–Извините дядя, я ненарошно!

ფიქრებიდან უმალ ერკვევა მამა, ნაღვლიანად უღიმის ბიჭს და ხელისგულს უთათუნებს თავზე.

ერთ-ერთი სართულის ღია ფანჯრებიდან სადღეგრძელოები და ჭიქების წიკარუნის ხმა ისმის:

Erneut ist Lärm im Treppenhaus – mannigfaltige Sätze dringen aus den auf verschiedene Kanäle eingestellten Fernsehern.

„... einfach, ihr gebt, staunt baff über die eigenen, allerheiligsten Kücken (von wo das Leben beginnt), schändliche und schmutzige Bedeutung! ...“

Vor der Tür steht der Vater mit dem Brot in der Hand, und wieder klopft ihm das Herz. Dann dreht er sich um, riecht am Brot und wendet sich langsam der Treppe zu.

Auf einer der Stufen schaut der Vater sich unerwartet mit einer geringen Verzögerung um und blickt auf seinen Korb.

Der Korb steht auf dem ausgebreiteten Fußabtreter, oben ist er dicht mit einer angedrückten Zeitung abgedeckt.

„... heute jedoch ist alles auf den Kopf gestellt! Die Frauen haben Hosen angezogen und das Haar kurz geschnitten. Einige haben ganz aufgehört, die Beine zu rasieren – ich habe ja sowieso Hosen an – meinen sie ...“

* * *

Mit dem Schwarzbrot in der Hand kommt der Vater langsam die Treppe herunter. Wieder sieht das mausfarbene Hemd mit den langen Ärmeln am völlig durchgeschwitzten Körper drollig aus. Auch die Hose ist an den Knien ausgebeult. Die Schuhe sind alt, krumm und zerbeult. Erneut erscheint der bekannte Eingang – kühl und hohl – wiederum mit schwachem Glühbirnenlicht ausgeleuchtet. Die Türen der Wohnungen sind nicht einmal ausgewechselt worden und die Wände hat man ebenfalls nicht gestrichen. Da sind auch noch die damaligen Kratzstellen, und an der Decke kleben die abgebrannten Streichhölzer. Die Flecken sind ebenfalls noch drauf: wie gestern oder vorgestern.

Der Vater erkennt jede Stufe, jeder Schritt erschüttert den ganzen Körper, und wieder ist es heiß. Der Schweiß tropft in Strömen vom Gesicht, den Hals entlang, dann nach unten ... Und schließlich rampelt den durch den Eingang Hinausgehenden noch ein auf einem Brettroller stehender blonder Junge an und hätte ihn beinahe umgeworfen.

„*Entschuldigen Sie, Onkel, das war keine Absicht*[31].“

Der augenblicklich aus den Gedanken Aufgeschreckte kommt zu sich und streichelt ihm mit der Handfläche über den Kopf.

Aus den offenen Fenstern einer Etage sind Toaste und der Laut klingender Gläser zu hören:

„...ამ ჭიქით, ამ უძირო სასმისით, მეგობრებო, მე მინდა ის უდიდესი გულისტკივილი, მწუხარება, თავზარდაცემა და რავიცი გამოვხატო, ჩვენი ძვირფასი ბიჭიკოს დიდებული სიდედრის, ტრადიციების მიმდევარი ქალის, ინტელიგენტი დედის უდროოდ წასვლისდა გამო...“

–შენ რა გქვია?

–Йоска – პასუხობს ბიჭი და წაგორიალებას აპირებს.

–დამაყენებ? – უთითებს უცებ ფიცარზე მამა.

გაკვირვებით იჩეჩავს მხრებს ბიჭი; მერე ფიცრიდან ჩამოდის, განზე დგება.

„...ამ კეთილშობილმა პიროვნებამ, დამეთანხმებით, ისეთი ნატიფი სიყვარული ჩაგვინერგა ყველას თავისი რაობითა და ვინაობით, და განსაკუთრებით კი ჩვენს დაქვრივებულ ბიჭიკოს, რომ შეხედეთ ხალხნო და ჯამაათნო, რას უგავს ჩვენ ბიჭიკოს თვალები...... და არა მხოლოდ თვალები! ეს ხომ დარდის მზერაა, უთქმელი გლოვისა და ვარამის მზერაა და რავიცი!...“

მკვირცხლად ხტება გორგოლაჭებიან ფიცარზე მამა, ცალი ფეხის წვერს მთელი ძალით ჰკრავს ასფალტს და შუა ეზოსკენ მიგორავს. ვიდრე ეზოს შუაგულამდე მიაღწევდეს, ხელში შავი პურით ხტება ჰაერში, წრიულად ბრუნავს და ფეხისგულებით ისევ ფიცარს ებჯინება.

მერე ფრთხილად ჩამოდის, ფიცარს იღებს და ბიჭისკენ მოემართება.

-როგორი იყო?

„...სიცოცხლით აღსავსე, დიდებული და ბრწყინვალე ქალბატონი წავიდა ჩვენგან... წავიდა და დაგვტოვა ყველანი მგლოვიარედ, ძაძით მოსილები, მაგრამ ვითვალისწინებთ რა, რომ სიკვდილის შვილები ვართ ჩვენ ყველანი – წესია ასეთი ბუნების და კანონია იგი მისი, მაშინ ჩვენც იგივ გზას უნდა ვეწიოთ ადრე თუ გვიან... ჰოდა აქედან გამომდინარე, არც ისე დიდი მანძილი უზის შორის საარაოსა და საიქიოს. იქ გააგრძელებენ სიძე-სიდედრობას ჩვენი ბიჭიკო და...“

აგდებულად ასცქერის ბიჭი მამას და ფიცარს უკმეხად ართმევს.

–Это что, дядя, здесь двадцать лет тому назад один Йоска жил, вы бы видели, как он катался! – პასუხობს ცივად და გორგოლაჭებიან ფიცარზე შემდგარი ეზოს შუაგულისკენ მიგორავს.

თავიდან ფეხებამდე აჟრჟოლებს მამას და სადალაქოსკენ აპარებს მზერას.

„... mit diesem Glas, mit diesem bodenlosen Trinkgefäß, möchte ich, Freunde, jenen größten Schmerz, jene Trauer, jenes Entsetzen und wer weiß, was noch, aus Anlass des vorzeitigen Ablebens der guten Schwiegermutter unseres Bitschiko zum Ausdruck bringen, sie war eine traditionsbewusste Frau, eine intelligente Mutter ...“

„Wie heißt du?“

„*Joska*“, antwortet der Junge und versucht wegzurollern.

„Lässt du mich mal draufstellen?“, der Vater zeigt plötzlich zum Brett.

Der verwunderte Junge hebt die Schultern. Dann steigt er vom Brett und tritt zur Seite.

„... diese gute Persönlichkeit, ihr werdet mir zustimmen, hat mit ihrem Wesen und ihrer Abstammung einem jeden von uns eine solche zarte Liebe eingepflanzt, und besonders unserem verwitweten Bitschiko, seht, ihr Lieben, wie die Augen unseres Bitschiko aussehen ... und nicht nur die Augen! Das ist doch der Blick des Grams, der Blick des Leids und des Schmerzes und wer weiß, was nicht noch alles! ...“

Geschäftig steigt der Vater auf das rollende Brett. Mit der ganzen Kraft des einen Fußes stößt er sich vom Asphalt ab und rollt bis zur Hofmitte. Noch bevor er die Mitte des Hofes erreicht, fliegt das schwarze Brot, das er in der Hand hält, in die Luft. Er kehrt kreisförmig um und stellt sich wieder mit den Fußflächen auf das Brett.

Dann steigt er vorsichtig ab, nimmt das Brett und schiebt es dem Jungen hin.

„Na, wie war's?“

„... eine mit Leben erfüllte, gute und hervorragende Frau ist von uns gegangen ... ist gegangen und hat uns alle in Trauer zurückgelassen, mit Trauerkleidung, aber bedenken wir, dass wir alle Kinder des Todes sind – es ist das Gesetz der Natur und ihrer Ordnung, auch wir müssen den gleichen Weg ziehen, früher oder später, ja und daraus folgt: es ist gar nicht so ein großer Abstand zwischen dem Diesseits und Jenseits. Dort wird unser Bitschiko die Verwandtschaft fortsetzen ...“

Der Junge beäugt den Vater spöttisch und nimmt das Brett barsch wieder an sich.

„Was ist das schon, Onkel, hier wohnte vor 20 Jahren ein Joska. Sie hätten sehen sollen, wie der gefahren ist!“, antwortet er emotionslos und rollt mit dem Roller bis zur Mitte des nächsten Hofes.

Vom Kopf bis zu den Füßen zittert der Vater und blickt heimlich zum Friseurladen.

„...ქალმა – ქალი, რომელმაც დიდი ხნის წინ დაკარგა დიდებული მეუღლე, უსათნოესი ქალიშვილი, უპრესტიჟულესი თანამდებობა და მაინც არ გატყდა წელში: ჩვენს ბიჭიკოსთან ერთად ბოლომდე სწია საოჯახო ჭაპანი, არ ჩაუქკრია კერა და...“

წვრილულვაშას პარსვითაა დაკავებული ვანიჩკა, ეზოში კი კვლავაც ბავშვების ჟრიამულია – ისევ აქეთ-იქით დაქრიან და ერთმანეთს გორგოლაჭებიანი ფიცრებიდან ხელისკვრით ჩამოგდებაში ეჯიბრებიან ბავშვები.

უჩუმრად ჭრის ეზოს მამა და თაღის გავლით განიერ ქუჩაში გადის.

ტრანსპორტის ხმაურია ქუჩაში და დანისლული, მტვრიანი ბუღიც დგას ზაფხულის.

„...მას ყველა მილიონიან ქალაქში ჰყავდა სითბოს გამნაწილებელი და გვარის გამგრძელებელი!... მისი ცრემლები არასდროს არავის უნახავს, რადგან როგორც თავად ჰყვებოდა, ბავშვობისას ჩაეყოლებინა სამარეში ნაადრევად გარდაცვლილი მშობლებისთვის!“ – ცხელ ნიავს მეგაფონში ნათქვამი წყვეტილი ფრაზა მოაქვს. სადღაც შორიდან მომიტინგეთა გუგუნიც ისმის.

ყოვნდება მამა. მდუმარედ დასცქერის შავ პურს. შემდეგ თავს იღებს – აქეთ-იქით იყურება.

„...მის ხელისგულებზე ბედისა და მომავლის ნაცვლად საჭადრაკო პარტია იყო ამოქარგული, სადაც თეთრებით მოთამაშეს ყოველთვის ჰქონდა უპირატესობა ხარისხში!...“

მძიმედ აქნევს თავს და იქვე მდებარე ლუდხანისკენ იძვრის.

* * *

–ვობლა არი?

–არის.

–მაიტა აბა ერთი. – ჯიბიდან დაჭმუჭნულ ფულს იღებს მამა და დახლზე დებს. – ოღონდ კაი ამირჩიე...

–გაგირჩიო ბარემ?

–მე თვითონ... პური არ მინდა.

–პივა?

–არც პივა.

„... eine Frau, die vor langer Zeit ihren guten Ehemann verloren hat, die zarte Tochter, eine höchst angesehene Anstellung, und trotzdem nicht zerbrochen ist: mit unserem Bitschiko zusammen hat sie bis zum Ende an einem Familienseil gezogen, der häusliche Herd ist nicht erloschen und ..."

Wanitschka ist mit dem Rasieren des Schmalbärtigen beschäftigt, und im Hof ist wieder der Lärm der Kinder zu hören – wiederum rasen sie herum. Die Kinder stoßen sich mit den Armen gegenseitig von den rollenden Brettern.

Still überquert der Vater den Hof und geht durch den Torbogen auf die breite Straße hinaus.

Auf der Straße rauscht der Verkehrslärm, daneben ist auch ein nebliger, staubiger Sommerdunst zu beobachten.

„Sie hat in der Millionenstadt allen Wärme gespendet und ihr Geschlecht fortgesetzt! ... Ihre Tränen hat niemand je gesehen, weil, wie sie selbst erzählt hat, sie in der Kindheit zu früh die verstorbenen Eltern zu Grabe tragen musste! ..."

Ein heißes Lüftchen trägt einen durch ein Megafon gesprochenen, abgeschnittenen Satz herbei. Irgendwo aus der Ferne ist auch Menschenlärm zu vernehmen.

Der Vater zögert. Nachdenklich betrachtet er das Schwarzbrot. Dann hebt er den Kopf und blickt sich um:

„... In seinen Handflächen waren anstelle von Glück und Zukunft eine verlorene Schachpartie, obwohl er doch immer mit den weißen Spielfiguren aufgetrumpft hatte! ..."

Der Vater schüttelt ungläubig den Kopf und bewegt sich zu einer sich gleich in der Nähe befindlichen Bierhalle.

* * *

„Habt ihr 'ne Plötze?"

„Ja, die gibt's."

„Na, dann gib mal eine." Der Vater nimmt zerknittertes Geld aus der Tasche und legt es auf die Theke. „Aber such mir eine gute raus ..."

„Soll ich dir vielleicht beim Zerteilen helfen?"

„Mach ich selber ... Brot will ich nicht."

„Bier[32]?"

„Bier auch nicht."

თევზს ცელოფანის თხელ პარკში დებს დახლიდარი და ისე აწვდის მამას.

მამა ართმევს. ათვალიერებს. თან ყნოსავს. მერე თვალებს ხუჭავს.

–მაიცა კაცო, შენა იოსკა არა ხარ? – ესმის უეცრად დახლიდარის შეძახილი მამას და ისიც უმალ ახელს თვალს – დახლიდარს უსწორებს მზერას.

ცოტა ხანი მდუმარედ შეჰყურებენ ერთმანეთს.

„...რადიო-რეპორტაჟს გაუძღვება თქვენი ყურმოჭრილი მონა-მორჩილი...“ – დუდუნებს კედლის რადიო.

წარბს კრავს მამა.

–არა! – ამბობს იქვე, უარის ნიშნადაც აქნევს თავს და გატრია-ლებული სწრაფად გადის გარეთ.

* * *

მდინარის მოაჯირთან დგას მამა და მოაჯირს იდაყვებით ეყრდ-ნობა. წინ გაშლილ, თხელ ცელოფანზე განახევრებული შავი პური და დაქუცმაცებული თევზი უდევს. მისგან მოშორებით, ასევე მდინარის მოაჯირზე, ბეღურები სხედან და პურის ნამცეცებს კენკავენ.

„...ბოლოს და ბოლოს, რა მნიშვნელობა აქვს, როდესაც ძლიერ გწყურიათ, ხელისგულიდან დალევთ წყალს თუ პლასტმასის ბოთლით? ...თანაც ხომ გახსოვთ – წყალი ჭეშმარიტებაა, რადგან ის არც ტკბილია და არც მწარე!“ – შორიდან ისევ მომიტინგეთა გუგუნი ისმის.

ნაგავი მიაქვს მდინარეს.

ყარს ყროლის სუნად.

პეწიანად ჩაცმული, გულზე წიგნმიხუტებული მამაკაცი უახ-ლოვდება მამას.

–მაპატიეთ, მაგრამ ხომ არ ისურვებდით უფრო მეტი გაგეგოთ მარად ცოცხალი ღმერთის შესახებ? – ეკითხება თავაზიანად.

ძველისძველი, ქუსლებდაბრეცილი, დაჭყლეტილი ფეხსაცმე-ლები აცვია მამას. არც მუხლებგამობერილ შარვალს ეთქმის ახალი; – იღლიებამოსველებული, გრძელსახელოებიანი თაგვის-ფერი პერანგი კი საერთოდაც დიდი აქვს და უხერხულად ადგას ტანზე.

თევზსა და პურს შეექცევა მამა.

2002

Der Wirt steckt den Fisch in eine dünne Zellophantüte und schiebt ihn so dem Vater hin.

Der Vater nimmt ihn entgegen, besieht ihn, riecht dabei. Dann schließt er die Augen.

„Warte mal, eh, bist du nicht Joska?", hört der Vater unerwartet den Ruf des Wirts und auch er öffnet schnell die Augen und richtet den Blick auf den Wirt.

Kurze Zeit blicken sie sich einander nachdenklich an.

„... die Radioreportage führte ihr untertänigster Sklave und Untertan ...", murmelt ein Wandradio.

Der Vater kneift eine Augenbraue zusammen.

„Nein", sagt er sogleich. Als Zeichen der Verneinung schüttelt er den Kopf und geht, sich umdrehend, schnell nach draußen.

* * *

Am Geländer des Flusses steht der Vater und lehnt die Ellenbogen auf die Brüstung. Vor ihm liegen auf der geöffneten und dünnen Zellophantüte ein halbes Schwarzbrot und der zerkleinerte Fisch. Entfernt von ihm, ebenfalls auf der Brüstung, sitzen Spatzen und picken Brotkrümel.

„... was hat es letztendlich für eine Bedeutung, wenn Sie sehr durstig sind, ob Sie aus der Handfläche Wasser trinken oder aus der Plastflasche? ... Sie erinnern sich sicher auch – Wasser ist die Wahrheit, weil es nicht süß ist und auch nicht bitter! ...", ist von Weiten wieder der Menschenlärm zu hören.

Der Fluss trägt Müll mit sich.

Es stinkt bestialisch.

Ein adrett angezogener Mann mit einem an die Brust gedrückten Buch nähert sich dem Vater.

„Entschuldigung, aber wünschen Sie vielleicht mehr über den unsterblichen Gott zu erfahren", fragt er in vertrauter Weise.

Der Vater hat uralte, abgetragene und eingedrückte Schuhe an. Auch die am Knie ausgebeulten Hosen kann man nicht neu nennen. Das unter den Achseln nasse und graue Hemd mit den langen Ärmeln ist überhaupt zu groß und sitzt unschicklich am Körper.

Den Fisch und das Brot wird der Vater wegwerfen.

2002

Anmerkungen

1 Für den vorliegenden Text ist mitunter die Wiedergabe mündlicher Sprache charakteristisch. So heißt:
sie sitzen ზიან statt სხედან; er hat: ყავს statt ჰყავს; gut კარგათ statt კარგად; noch კიდე statt კიდევ; was weiß ich? რავიცი statt რა ვიცი; ist არი statt არის; gut კაი statt კარგი; du შენა statt შენ. Dasselbe gilt für russische Wörter in georgischer Schreibweise.
Auch werden westgeorgische Varianten für Verben angeboten:
warte მაიცა statt მოიცა; gib mir მაიტა statt მოიტა.
2 Ausdruck aus Westgeorgien. Nachsehen unter: თვალი + წკურვა (die Augen halb schließen, blinzeln).
3 Ausdruck aus Westgeorgien, (heraus)strömender Hahn.
4 Ausdruck aus Westgeorgien: schlürfen, löffeln.
5 Nachsehen unter ქუსლი = Absatz, დაბრეცილი = gekrümmt, deformiert.
6 Kneina Fürstin (verballhorntes Russisch).
7 Russisches Wort, ins Georgische übernommenes Wort = Mondsüchtiger.
8 statt Hormonbehandlung.
9 Gemeint sind die Kriegshandlungen in den 1990er Jahren (Russland-Abchasien-Georgien).
10 Jargon, neues Wort: მაზიანი.
11 Jargon mit der Bedeutung: „Ich glaube, er ist nach dir benannt" (nach deinem Geschmack = შენ პონტში).
12 Jargon mit der Bedeutung: Erniedrigung, Abscheu.
13 Üblicher Ausdruck und Beschilderung für Instandhaltung, Pflege sowie Säuberung.
14 Ausdruck aus Westgeorgien: იჩოჩებს = er schiebt zu sich.
15 Jargon.
16 Aus dem Russischen = Aids.
17 Eigentlich: Schwanz wedeln.
18 Tbilissier Jargon: Du, Mensch = ტო.
19 Russische Wörter.
20 Westgeorgischer Ausdruck: Schale.
21 Russisches Wort.
22 Jargon: აეს = აი ეს.
23 Jargon: აზზეა = აზრზეა.
24 In Weintraubensirup getunkte, aufgefädelte Walnussstange.
25 Youri Djorkaeff (geb. 1968) ist ein ehemaliger französischer Fußballspieler mit mütterlicherseits armenischen Wurzeln.
26 russisches Wort für „nur".
27 Russisches Wort.
28 Totalisatori – Art Wette.
29 Joska-Soska (Wortspiel: soska = Nuckel), Soska = russisches Wort.
30 Besteht aus კოხტა + პრუწა, ქნევა = Wedeln.
31 Kursive Buchstaben geben in kyrillisch geschriebenen Text wieder. (An dieser Stelle falsches Russisch.)
32 Bier (Russisch mit georgischen Buchstaben).

Quellenverzeichnis

ნიკო ლორთქიფანიძე / Niko Lortkipanidse:
„გული", „უცნაური სიყვარული" und „სევდა". In: ნიკო ლორთქი-ფანიძე „ერთტომეული", Merani-Verlag, Tbilissi 1981.

ამირან ნინუა / Amiran Ninua:
„ლეგენდა სტვირზე". In: ამირან ნინუა: „ლეგენდა სტვირზე", Sabtschota Chelowneba-Verlag, Tbilisi 1961. Text war deutsch (verändert) erschienen in: Ernst Eugen Schmidt: Vom singenden Dudelsack, Balingen 2005.

ნოდარ დუმბაძე / Nodar Dumbadse:
„ძაღლი". In: ნოდარ დუმბაძე: „ათი მოთხრობა", Merani-Verlag, Tbilissi 1976. Die deutsche Übersetzung war stark gekürzt erschienen in: Freie Welt (1981) 8. und „Sowjetliteratur" (1987) 9.

რევაზ ინანიშვილი / Rewas Inanischwili:
„ღარიბთა უბანში", „კაცი და ქალი" und „ვანო". In: რევაზ ინანიშვილი: „საღამო ხანის ჩანაწერები", Nakaduli-Verlag, Tbilissi 1971.

ანა მხეიძე / Ana Mcheidse:
„ლუზა თავი". In: ანა მხეიძე: „არჩევანი მე", Selbstverlag, Tbilissi 2006.

კონსტანტინე ჯანდიერი / Konstantine Dshandieri:
„განსხვავებული კალიბრის ვაზნა". In: კონსტანტინე ჯანდიერი: „განსხვავებული კალიბრის ვაზნა", Merani-Verlag, Tbilissi 1988. Text war deutsch (verändert) erschienen in: Sinn und Form, 9/10 (1996).

დათო ბარბაქაძე / Dato Barbakadse:
„მნემოზინა და ქალაქები". In: დათო ბარბაქაძე: „მნემოზინა და ქალაქები", Zeitschrift „ახალი საუნჯე", Nr. 7, 2015 und „Genius loci" in der Zeitschrift „ლიტერატურა", Nr. 31, 2009.

ლაშა ბუღაძე / Lascha Bughadse:
„ყუთი". In: ლაშა ბუღაძე: „ყუთი". Sulakauri-Verlag, Tbilissi 1998.

ბესო ხვედელიძე / Beso Chwedelidse:
„მამა". In: ბესო ხვედელიძე: „ჯილდო", Sulakauri-Verlag, Tbilissi 2002. Text war deutsch (verändert) erschienen in: „Georgica" (wiss. Zeitschrift), 29 (2006).

Übersetzernachweis

Niko Lortkipanidse (1880–1944): 3 Miniaturen „Das Herz“ (1908), „Eine ungewöhnliche Liebe“ (1909) und „Kummer“ (1944), Übersetzung aus dem Georgischen von Steffi Chotiwari-Jünger.

Amiran Ninua (Lebensdaten unbekannt) (Herausgeber): „Die Legende vom Dudelsack“, Übersetzung aus dem Georgischen von Steffi Chotiwari-Jünger und Artschil Chotiwari.

Rewas Inanischwili (1926–1991): „Im Stadtteil der Armen“, „Mann und Frau“ und „Wano“: Übersetzung aus dem Georgischen von Steffi Chotiwari-Jünger.

Nodar Dumbadse (1928–1984): „Hund“, Übersetzung aus dem Georgischen von Steffi Chotiwari-Jünger.

Ana Mcheidse (1951–1998): „Ankerkopf“, Übersetzung aus dem Georgischen von Steffi Chotiwari-Jünger und Artschil Chotiwari.

Konstantine Dshandieri (geb. 1958): „Das andere Kaliber“, Übersetzung aus dem Georgischen von Steffi Chotiwari-Jünger und Artschil Chotiwari.

Dato Barbakadse (geb. 1966): „Genius loci“, Übersetzung aus dem Georgischen von Steffi Chotiwari-Jünger und „Mnemosyne und die Städte“, Übersetzung aus dem Georgischen von Steffi Chotiwari-Jünger und Artschil Chotiwari.

Lascha Bughadse (geb. 1977) „Der Kasten“, Übersetzung aus dem Georgischen von Steffi Chotiwari-Jünger und Artschil Chotiwari.

Beso Chwedelidse (geb. 1972) „Vater“ 2002, Übersetzung aus dem Georgischen von Steffi Chotiwari-Jünger.

Georgisch lernen

Michael Jelden

Wörterbuch Deutsch–Georgisch Georgisch–Deutsch

XVIII, 400 Seiten. 2., verbesserte und erweiterte Auflage 2016.

Bearbeitet und erweitert von Lia Abuladze und Andreas Ludden.

978-3-87548-760-2. Gebunden

Mit jeweils rund 10.000 deutschen und georgischen Stichwörtern, die den zentralen Wortschatz beider Sprachen abbilden, ist dieses Wörterbuch ein kompaktes und unentbehrliches Hilfsmittel für alle, die sich mit dem Georgischen beschäftigen.

Die georgischen Verben werden in der Form des Verbalnomens und in der 3. Person Singular Präsens aufgeführt, samt den Präverbien, die in den außerpräsentischen Formen zur Anwendung kommen. Die Stichworteinträge werden zudem durch dazugehörige Wortverbindungen, Verwendungsbeispiele und Sachgebietshinweise ergänzt.

Ein Verzeichnis geografischer Namen in beide Sprachrichtungen und eine Übersicht über die georgischen Zahlwörter runden den Band ab.

buske.de